U0115706

送君入罗帷

龚心文 著

下册

湖南文艺出版社
HUNAN LITERATURE AND ART PUBLISHING HOUSE

博集天卷
CS-BOOKY

目录

送君入罗帷

第五卷

魔灵界

送君入罗帷

第五十二章

寂静的废墟

高高的建筑顶端，藏身于暗夜之人沉默地注视着行走在废墟中的那一行人。

"主人，我们为什么站在这里偷看？

"我们现在不是应该冲下去，一把将她抢回院子里去吗？

"也不知道为什么，我一看到她就觉得特别亲切，总觉得应该天天和她在一起，让她像上次那样摸摸我的脑袋。"

小傀偏站在岑千山的肩头，叽里呱啦说个不停。

岑千山伸出一根手指挡住了它不停开合的嘴。

千机抱住那根手指把它挪开："为什么不让我说话呢？主人您带我出来，而让小丫那个没用的家伙看家，难道不正是因为我能在这样激动人心的时候陪你说说话吗？"

来自仙灵界的几人并不知道他们的一举一动都落在旁人的眼中。

这一次归源宗带队前来的是清净峰的一名金丹期修士，姓娄，名学林。

娄学林性格稳重端方，深得掌门丹阳子的信赖，已经多次带着新弟子来到魔灵界，是一位经验丰富的长辈。

那些第一次来到异界的年轻修士跟在他身后，正在新奇地看着这里的一切。

夜色星空之下，寂静的废墟，未知的恐怖，灵力充沛的世界，这里的一切对他们来说都危险又刺激。

危机重重，机缘遍地，年轻的修士们身躯里的血液都兴奋了起来。

"小雪，你看这里。"丁兰兰站在一间倒塌了大半的民宅前。

屋子里有一张半腐朽的婴儿床和一辆锈迹斑斑的四轮儿童玩具车。

桌面上女主人曾经的梳妆镜已经彻底模糊不清，但依旧可以看出几百年前这里有着一个温馨和谐的家庭。

"你们快来看，这里竟然有一个卖糖果的铺子。"萧长歌的声音从外面传来。

他清除了一栋两层小楼大门外覆盖的植被，露出里面一排排深褐色的琉璃罐和罐底已经凝固成化石的糖果。

"原来魔灵界的生活也和我们差不多啊。"林尹凑过脑袋去看了半天，感慨道，"时常听到师尊提起这里，还以为他们都是一些茹毛饮血的怪物……嘿嘿，反正和我想象中大不一样。"

这两人的师父空济对魔灵界有着深刻的怨念，作为他的弟子，他们一直认为这是个妖魔横行没有正常人类存在的世界。

"为什么这么壮观的城镇会荒废成这样呢？"说话的是铁柱峰的大个子程宴。

程宴在决赛的时候被穆雪用捆仙索捆着硬丢下了擂台，至今看到穆雪还有些别扭，拖拖拉拉不好意思和师姐师妹们走在一起，只跟随在带队的师叔身边请教。

娄学林为他们解释："魔灵界灵力充沛，更利于修行，但也同时滋生了大量的妖兽和魔物。这些妖魔时常会成群结队地冲击人类聚居的城池，被称为兽潮。魔灵界的历史上，有不少曾经赫赫有名的城镇都没能顶住兽潮的冲击，在这样的浩劫中湮没了。便是如今的魔灵界重镇浮罔城也曾被摧毁过一次，如今的新城还是在废墟附近重建的。"

"师叔，这么恶劣的环境，修者都生存不易，岂不就没有凡人了吗？凡人要怎么在这么恶劣的地方生存？"另一位弟子提问。

"可是，我师尊曾经说过，如果没有了凡间的基础，无从招收新的弟子。等于失去了根基，断了血脉，任何门派都难以长久生存下去。"

"在魔灵界自然是有凡人的。"娄学林笑着说道，"凡人和魔修一起混居在城镇内，他们在高墙厚城的庇护下生活，已习惯了那些随时出现的妖兽魔物。在这里即便是凡人，哪怕是一个普通的孩子，也都善于使用各种简单的法宝道具，能够在妖魔出现之时勉强防御，并迅速地撤离搬迁到新的城镇。"

他说到这里顿了顿："只不过每一次大规模的兽潮，都会带来大量的死伤。这里确实人口稀少，大大比不上我们仙灵界。"

"怎么这样，凡人和孩子都得面对妖兽吗？"丁兰兰看着眼前那些普通人家匆忙离开时遗留下来的家具，有些不忍地说道。

"人类的韧性比我们想象中强得多。"穆雪推了推地上那个已经不会动的玩具小车，"再险恶艰难的环境，只要还能维系生存，就会有人顽强地活下去。"

丁兰兰挽住了她的胳膊："小雪啊，虽然你比我年纪小，但我有时候真的觉得你什么都看得比我还透。"

她又捏了一下穆雪的鼻子："不过大部分时候，你还是比我笨一点。"

走在队伍前方一直不怎么说话的卓玉突然抬手示警。

离他们不远处的废墟里亮起了法阵的光芒。

"没事，应该是还有其他人来了。"娄学林示意大家暂时停下脚步。

通魔御行阵的设置耗时费力，每一次都是集合仙灵界众门派之力，择一安全之地开启大阵，并分批次传送各家的弟子过来。

为安全起见，每个门派的传送地点都略有偏差，以免正好撞上危险，被一网打尽。

果然不多时，就看见那个巷子里走出了一队来自仙灵界的修士——清一色的男子，统一的制式长袍，人人头戴网巾，腰佩长剑，面色冷峻。

那些人出现之后，有几位远远向着这边瞥来一眼，却并没有打招呼的意思，自行离去。

"是昆仑山洞玄教的人。"丁兰兰在穆雪耳边说，"他们的人特别傲气，咱们别搭理他们就是。"

在远处的高楼顶部，千机正站在岑千山肩膀上来回蹦跶。

"那个女人是谁？她竟然和穆大家这么亲近。我酸了。

"那个男人又是谁？他凭什么那样指指点点地和穆大家说话？啊，那个女人还挽她的手，我忍不住了。"

"主人，派我下去，让我把这些蝼蚁全部灭了。"

岑千山有些发愁地看了它一眼。虽然千机已经完全记不得前主人穆雪了，但不知道为什么遇到穆雪的问题时，它总是显得特别激动跳脱。

千机和主人对视片刻，铁皮制成的眼皮眨了眨。

它和主人朝夕相处了上百年，从内核到身躯都时常浸润在主人的灵力里反复淬炼，它无数地在主人的意志下和主人并肩战斗。

有时候，它觉得自己那颗钢铁制成的心脏，莫名地就和主人联系到了一起，能够瞬间理解主人心中那最为隐秘的情绪。

"噢，我知道了。"千机举起一只细细的手臂，"主人你是想要等等看，看穆大家会不会主动来找我们，想知道她是不是为了你才特意过来的。"

岑千山恼怒了，伸出手指把它从肩膀上弹下去。

千机掉到了一根树干上，弹了一下抱住树枝。枝干摇动，藏身在枝叶间的细小精灵亮着微弱的蓝光，在月色中飞起。

废墟之内，数道目光被这一点异动吸引，向着这里汇聚过来。岑千山不得不转换地方，隐没进更深的黑暗中。

小小的千机努力追上迅速移动的岑千山，顺着他的裤腿爬上来，重新蹲回他的肩头。

"主人你这样是不行的。"它用那种独特的音调小声说，"你看穆大家她现在过得多开心啊。万一她喜欢仙灵界，不想要我们俩了怎么办？"

它的小嘴成一个向上的三角形："什么，你不会说只要她幸福就好，我们怎么样都无所谓吧？"

黑夜昏暗的阴影中，透出岑千山一点点幽暗的眸光，那双眸紧紧盯着那一抹红色的身影。

她笑了起来，她摸了摸鼻子，她挽着身边人的胳膊，她亲昵地靠在别人的身上。

"师尊是属于我的。"躲在暗处的男人冷冷地说，"她说过会永远和我在一起。"

"对，就是这样。"千机兴奋地鼓动他，"我们这就冲下去，把穆大家抢回家，再也不让她回什么仙灵界了。"

让千机恼怒的是，平日里做什么事都雷厉风行的主人，偏偏在这样关键的时候掉链子，嘴上说得凶，却怎么也不肯干脆地行动。

穆雪一行人谨慎地行走在废弃的古城中。

这个曾经以欢喜镇命名的城镇内有着许多成双成对的魔神像。

那魔神分为一男一女，双双容颜俊美，身姿曼妙。男的披着鲛绡绫罗，女的戴着臂膊玉珠，举止之间多有些不太符合礼仪之处。

从小持中守正的仙家弟子们多少有些不好意思。面皮薄的忍不住红了脸孔，唾弃道："魔修也未免太不知礼义廉耻了。这样不正经的塑像，也好意思光明正大地摆放在大街上。"

身为师长的娄学林解释道："此地原名欢喜殿。数百年前，这里的魔修世家崇拜大欢喜神。当年这里英杰辈出，繁华鼎盛无人可及，所以这个遗迹内才有这么多大欢喜神的塑像。"

年轻的弟子们红着脸问道："那……那什么欢喜功不就和那不入流的合欢宗一样吗？都是些邪门歪道而已。"

娄学林哈哈一笑，坦然说道："提及此事，其实并没有什么好遮遮掩掩的。我们道修，自古以来也有洞玄子房中术、龙虎三十三天双修秘法等等，和此地的大欢喜功法一般无二，本是让那些心意相通的道侣借欲成道，成就阴阳大道的大智慧法门。只可惜这些正道法门如今早已失传，反被那些流于俗念的无知之人断章取义胡修乱为。所修行的不过是那最浅薄无知，令人不齿的淫邪之术罢了。"

年轻的弟子们面面相觑，表面再正经的年轻人，实则心中谁又能对此事不好奇呢？于是都厚着面皮追问："却是为何失传？"

年轻人总有好奇之心，此事堵不如疏。既然到了大欢喜城，一路遮遮掩掩还不如便索性说开来。

娄学林看着那些损毁坍塌在尘埃中的魔神之像，微微摇头："你们还年轻，大多没有见识过真正的人心。修行本就艰难，还要从中觅得一位修为彼此相当，性情投契，能够彼此性命神识毫无保留地托付，相互扶助补益，又能千百年守心如初，忠诚不变之人，是何其难哉。实乃可遇而不可求之机缘也。逐渐失传也是无奈之事。"

暗地里的交易

第五十三章

前行一段距离，娄学林便停下脚步："师叔需要守护法阵的安全，只能陪你们走到这里。剩下的区域，你们自己小心。"

传送法阵的出口一共有五个，每一个阵盘前由一位金丹期修士守护，以免发生传送法阵遭遇魔修破坏，使得所有人都无法回归的情况。

虽然提前就已经知道会是如此，但在一个妖魔横行的陌生环境，强大的金丹期师叔又不陪在身边，所有弟子都立刻从那种悠闲的状态变得紧张起来。

"五个传送阵盘的位置大家一定要牢牢记在脑中。如果遇到无法抵御的危险，就迅速向最近的法阵跑。你们有七天的时间，好好利用这一次的机会，记得准时回来。"

娄学林细细地交代完注意事项，目送着门派里这一代最优秀的几名弟子慢慢离开自己的视线。

他已经不知道这是他第几次执行任务了。每一次他都看着这些可爱又单纯的孩子嘻嘻哈哈笑闹着离开，七天之后，回来的一个个浑身浴血，眼神都变了。

"希望这一次，大家一定要平安归来。"他轻声说道。

"都这么多次了，还这样依依不舍吗？"有人在他身后不远处嗤笑了一声。

那人头戴网巾，腰悬长剑，穿着洞玄教标志性的青色道袍，是洞玄教这一次领队的金丹期修士。

"你难道就能一点都不担心吗？"娄学林说。

"担心又有什么用，养在温室里的花，没经历过霜雪，总要送出去练练。这不就是我们每次带这些年轻弟子过来的意义吗？"那人说道，"走吧，那边的人来了。"

娄学林最后看了一眼那些孩子远去的方向，跟随那人离去。

年轻的弟子们可能不知道，通魔御行阵的开启，除了是对各大门派优秀弟子的一番试炼之外，更有一项重要而不为人知的秘密。

便是借着这个机会，将两界之间彼此稀缺的商品，进行以物易物的交换。

仙灵界修仙资源匮乏，一些十分紧缺的矿石、灵草、妖兽骨骼在魔灵界这里却并不算什么稀罕物。而魔灵界人口稀少，生存环境恶劣，十分需要大量阵盘、符箓、法宝。仙灵界因为环境安逸，门派传承悠久，也容易大量提供。

因此，虽然要耗费大量的人力物力财力，每隔十余年仙灵界都会想方设法开一次御行阵，派人潜入魔灵界悄悄进行一场私下交易。

这个秘密被牢牢地掌握在仙魔两界中最大的几个教派和家族手中，成为他们经年累月屹立不倒的根基。

师门的秘密，如今年轻的弟子们还一无所知，穆雪等人沿着废墟的道路慢慢向前探索。

"这里真是安静，走了这么久一个人都没见着。我好像有一点紧张。"丁兰兰牵着穆雪的手，走在空寂的街道上，"小雪，你怕不怕？"

穆雪看了她一眼："我记得，小时候你说你无论如何也不来魔灵界的，现在怎么改主意了？"

丁兰兰叹了口气："小雪你知道吗？我们归源宗，每隔三年就招收一批弟子。筑基期的弟子，何止千万人。但金丹期的长辈却只有那么寥寥几位。别的不提，那些金丹期的长辈，大都是来过魔灵界的。"

穆雪："真的吗？"

丁兰兰轻声问她："小雪，你想不想更进一步，成为那少数的几个人？成为金丹期的修士？"

"想。我想一直往前走，走得越远越好。"

丁兰兰握紧她的手，眼睛亮晶晶的："所以即使是怕，我也要来。这对我们来说，是一场难得的历练。"

穆雪就笑了："不用怕，这里其实也没想象中那么可怕。"

"不过话说回来，这座城池真的好大啊，走了这么久连城墙都还没走到。"丁兰兰边走边感慨，"在我们那里，从来没见过这样大的城池。"

"魔灵界和仙灵界不同，城墙之外皆是危险的世界。一般情况下，这里的凡人一生都只生活在城池之内。所有的生产活动包括农业种植，都是在城池内完成的。这里的城池会分为内外多层，主城、附城和瓮城，甚至还有在地底居住的地下城。"穆雪指给她看一大片坍塌了的地面，那里露出深深的地宫的位置，"你看那边，那底下应该就是地宫。"

丁兰兰顺着她的手指看去，在那裂开的洞穴底下，依稀可见层层叠叠的窑洞和悬空连接的连阙，俨然是一个壮观的地底世界。

"好厉害，真是太壮观了，这都是靠人力修筑完成的吗？"

"魔灵界有专攻土系术法的家族，他们修建的城池堡垒非常坚固。有了这些人，短短时间里，高墙厚池就能拔地而起。"穆雪淡淡地说。

可惜再坚固的城池也还是时常毁灭在那些强大的妖魔手下。

这里生活的人类已经习惯看着高城巨墙平地而起，转眼又成了灰烬，习惯了颠沛流离，举城迁徙，从前自己居住的十妙街，如今也早已成为一片废墟。

但有一个人、一盏灯和一只小小的傀儡，一直守在那片废墟中等着自己。

穆雪这一番话，不仅丁兰兰听进去了，其余同行的伙伴也被吸引了。

这些对穆雪来说只算得上常识的东西，对生活在仙灵界的年轻弟子们来说，却是十分冷门生僻的知识了。

"小雪好用心啊，来之前做足了魔灵界的功课。"丁兰兰夸赞她，"每次一去集市就买那么多书的人，果然是不一样。以后我也和你学习。"

每次去集市都只是为了偷偷夹带话本回来的穆雪，不好意思地咳嗽了一声。

月光照耀的大地上，一只只半透明的精灵从泥土里伸出细长的身躯，在月光中摇曳，吸收天地灵气的精华，像是那深海之中缓缓摇曳的水藻，散发着柔和而梦幻的浅浅荧光。

人类的脚步声传来，胆小的他们迅速地缩回土地里，只露出顶着一双小眼睛的脑袋尖，偷偷打量这些罕见的外来者。

等这些十分奇怪的生物离开，他们才悄悄地一只又一只地重新探出细长的脑袋来。

"看那里，是紫灵玉。"林尹指着路边一个小小的土丘前一块色泽暗淡的紫色晶石，差点蹦起来。

紫灵玉的粉末是炼制大部分丹药的催化剂，有些一年半载才能成丹的药剂，如果添加适量的紫灵玉粉，几日内便可以丹成。对炼丹师来说，这简直就是人人渴求的珍贵配伍。可惜这种晶石在仙灵界十分罕见，却想不到在这里看见了一大块。

主修炼丹术的林尹实在是心中欢喜。她走进那片草丛，裙摆纷飞处，草丛两侧荧荧生辉的精灵成片成片地缩回土地里。林尹高兴地拿起那块紫色的晶石，晶石后的土丘上露出了一个巴掌大的小洞。

一个寸许高的小人从洞中探出头来，他左右看了看，一脸怒气，叉着腰对林尹骂道：

"哪里来的人类，怎生如此没有教养，快把我们的山门还来！"

林尹被这种从未见过的小小生物骂得愣住了。身材高大的程宴凑过来，弯下腰看那个小小的人，一脸兴奋。

"这个我知道，我在书上看过，他们叫鹄人，是一种没有什么攻击能力的群居性小妖精。"

程宴从储物袋里取出一块比巴掌还大的黄金锁片，金灿灿、明晃晃，捏在粗大的手指中摇了摇，问那个小人："喏，我们用这个换行吗？"

那小人一脸鄙夷："土鳖。"

程宴满面通红："不对啊，我记得书上说，鹄人喜欢收集亮闪闪的东西。"

他甚至从储物袋里掏出一本厚厚的《魔灵界细物大考》现场查找了起来。

穆雪正好路过，看得好笑，从自己的储物袋里取出一块巴掌大的碧玉牌递了过去。

那玉牌水头莹透，碧绿喜人，精致地雕刻有山水人物，虽然不具有灵力，却是一件雕工精致的工艺品。

那小人露出欣喜的神色，匆匆回头招了招手，两三个小人一起从洞穴中跑出来，兴高采烈地抬起那块玉牌，努力地搬到洞口，堵住了他们的洞穴。他们接受了新的大门，于是不再过问被林尹拿走的紫灵玉。

林尹拿着那块紫灵玉爱不释手，别别扭扭地和穆雪道谢："算是谢谢你了。"

穆雪伸出手："一人一半。"

出身富裕的林尹从没见过这么市井之人，难得自己对这个张小雪有了一点好感，又被瞬间气得跺脚："你又不是炼丹师，要这个干什么？你不过出了一块凡玉，又不值钱。"

"不管出什么都是出。你还什么都没出呢。"穆雪慢吞吞道，手却没有收回去，"即使把它卖成灵石，半块紫灵玉也够我买一百本话本，再吃十次馆子了。"

林尹噎住了，她是个十分好面子的人，拉不下脸面独吞，只能气呼呼地挥剑将紫灵玉一分为二，丢给打算暴殄天物去买话本、吃馆子的穆雪。

程宴跟在她们后头还在边走边翻他的参考书："奇怪，我来的时候明明细细做了功课，这上面说了鹊人喜欢闪闪发亮的东西，为什么对不上号？"

穆雪回答他："喜欢闪闪发光之物的是乌鸦。你那本不行，里面大半魔灵界的常识都是瞎编乱造的，你要看的话，可以看张真人编译的《妖物志》或者《妖兽通考》，会准确很多。"

"是吗？师妹有带吗？"非常喜欢学习的程大个挠了挠头，"能不能借我看看？"

穆雪从储物袋里翻出一本："只带了《妖物志》。"

程宴接了过来，略一翻阅，见那书中果然细细标注，做满了笔记，心里欢喜又敬佩，连声道谢："多谢师妹。"

话说得多了，几日前被这位师妹捆着从擂台上丢下去的一点尴尬，也就烟消云散了。

离开娄师叔所在的位置已经很远，遥遥可以看见天边那崩塌了一个大缺口的高大城墙。

林尹得了紫灵玉，丁兰兰捡到一块火灵石，卓玉挖了一株天婴草，其他人也各有收获。

"我看魔灵界一点也不恐怖，简直就是天堂啊。"程宴又找到了一枚自己不曾见过的灵兽蛋，捧在手中忍不住哈哈大笑，一路拿到队伍后方给穆雪和丁兰兰几人看。

"说不定是龙蛋哟，龙蛋。"程宴说。

"我看看，不可能是龙蛋吧？但感觉肯定是一只了不起的灵兽。"丁兰兰小心翼翼地举着蛋看了半天。

穆雪心底偷笑，可能让你们失望了，这孵出来就是一只呆头鹅，哦，或许勉强可以称为灵鹅，因为吃得特别多。但她使坏不想说。

"是不是有什么声音？"这时候，走在队伍前头的萧长歌停下了脚步。

未知的黑暗中似乎传来了细微而古怪的吆喝声。

嗨哟，嗨哟！

那声音尖细，像是一群小孩，又似是一队少女。

很快，银白的月光下出现一队三尺高的矮人，个个戴着乌纱帽，身穿长袍，抬着一个披红挂彩的肩舆，向着这边走来。

他们步行的速度极快，如惊鸿飞燕，转眼就到了跟前。

大家这才看清这些穿着人类冠服的妖魔，却长着禽类的面孔，乌纱冠的束带束在满是翎羽的脑袋上，小小的脑袋双目浑圆，鸟喙突出。一只只边走边发出整齐的吆喝声。

他们并不在意穆雪一行人，目不斜视地抬着肩舆从众人面前穿过。直走到一个漆黑的巷子口，将那个肩舆摆放到了地上，站起身整齐地拜了三拜。

随后所有的小个子鸟妖挥舞着宽大的袖子，迅速一哄而散。

那个被孤零零留在巷子口的肩舆上，躺着一只人面鸟身的半妖。

她有着人类少女的面孔和一头柔软的长发，双手被死死捆束在身后，手臂上洁白的长长翎羽凌乱地拖着。

归源宗的弟子面面相觑，萧长歌伸手拦住其他人，小心戒备上前查看。

"你……需要帮忙吗？"萧长歌试探着问了一句。

银色的月光下，少女蜷缩着身躯，双目紧闭，一言不发，晶莹剔透的泪珠不断顺着她白皙的脸颊滑落。

"没事，不用害怕。我们不会伤害你。"萧长歌保持着一点距离，骈指出剑诀，隔空挑断了那少女手上的绳索。

那个纤弱的身躯依旧蜷缩着一动不动，只是不知为什么颤抖得更厉害了。

萧长歌正想再上前一步，一路沉默寡言的卓玉突然出现在他的面前，一把将他狠狠摔到后面。

刚刚赶上来的林尹扶住自己的师弟，正要开口怒骂，洁白的羽毛在她的眼前乱飞，炽热的血液喷了她和萧长歌一脸。

就在这样美丽宁静的月光下，凌乱飞舞的羽毛后，一只巨大的牛头人身的妖魔，叼着那只羽毛散乱的鸟妖，扶着残缺的墙壁，从那个漆黑的巷子里探出脑袋来。

那副魁梧的身躯从黑暗中慢慢站起，头上戴着纱帽，身穿一件破旧的长袍，腰束蟒带，巨大的牛头上一双黄色眼睛从黑暗处发出光来。

那皮肤黝黑的手臂上毛发虬结，五指一瞬间抓碎了石墙，但那从尘埃中跨出的双腿却是一双牛蹄，龇着的白牙中叼着他半死不活的祭品，下巴湿漉漉的毛发正滴着鲜血。

这魔物居高临下地看了过来，鼻子里喷出一团团烟雾。

所有第一次见到真实妖魔的仙门弟子，都控制不住地打了个冷战。

卓玉第一时间驱动玄火诀，熊熊烈火形成的火墙瞬间升起，挡住那只牛头人身的妖魔。

混元袋被召唤至空中，雄风烈火，风助火势，烈焰火光骤然高升，湮没了那漆黑巨大的身影。

卓玉刚刚松一口气准备后退，那只一脸愤怒的妖魔，低头用尖锐的双角顶破火墙，从一片火光中大踏步冲出。

他呸掉口中啃了一半的鸟妖，巨大黝黑的五指一把抓住卓玉的脑袋，把他狠狠摔在地上。卓玉五脏剧痛，身躯被掼在地上，又被高高抢到天空中。

头晕目眩中，他勉强举臂抓住那只欲置自己于死地的粗大的手腕，全力燃起玄火诀，想逼那皮坚肉厚的魔物松手放开自己。

狂怒中的牛妖不顾手臂上的火焰，一心想摔死手中这个可恶的人类。

尽管攻击没有效果，但卓玉依旧全力施为，他知道自己绝不能放弃自己，因为没有人会来帮助他这样一个被排斥在团队之外的人。

又一次恐怖的重击，他几乎失去意识。一股冰天雪地的寒意穿透了他的肌肤，遮盖住他视线的黑厚手掌终于松开，把他丢弃在地面上。

卓玉勉强睁开眼睛，看见一朵流云从眼前飘过，云朵之上一袭红衣的身影使一柄如水短剑，剑意化雪，万千寒冰激射向牛妖的双目，引去了那只妖魔的全部注意力。

牛妖的铁蹄哐哐向那身红衣追去，漫天尘土飞扬，妖魔浓密的毛发几乎就在头顶摇晃。

卓玉吐出一口血，勉强拖着内脏受损的身体在浓烟中向战场外围爬。一只三角状的玄铁飞行法器穿过浓烟疾冲而来，飞行法器上的那人俯身向他伸出了手掌。

卓玉抿住咳血的双唇，觉得自己不应该接这只向自己伸来的手。

就在不久之前，他在擂台上毫不留情，为了取胜不惜重伤了这位坚持不愿认输的同门师妹丁兰兰。

"快！"丁兰兰呵斥一声。

卓玉不知道自己怎么鬼使神差地举起了手，被那有力温热的手掌一把握住拖上了飞行法器，带离危险的战场中心。

脱离战场之后，玄丹峰的萧长歌接住了他，先给他套了一个润物诀，再立刻摆出一整套的瓶瓶罐罐，迅速着手为他治疗伤势。

那在卓玉身边飞快忙碌的双手，卓玉还记得，不久之前，他扭过那只手掌，把人按在泥水中，逼他开口认输。

那个雨泽施布的师弟不仅一心一意忙着为自己这个对他下过狠手的人治疗，连那个被咬去手臂和翅膀的异族少女，都已经被简单包扎，正躺在自己身边的不远处。

天空之中明明只有柔和的月光，卓玉却突然觉得月光刺疼了自己的眼睛，转过头去闭上了自己的双眼。

第五十四章

突然出现的魔修

风雷怒，霜雪降。

忘川剑起狂风暴雪，映天云拟龙走蛇游。

隙月斜明，刮骨寒刃从天而降，簌簌如雨攻向那只牛头人身的妖魔，直打得他皮开肉绽，鲜血淋漓。

那牛怪似并不畏疼，哪怕肌肤剥落，头骨掀起，依旧悍不畏死地顶着漫天剑影一步一顿地向着半空中的穆雪逼近，低沉的咆哮声在月夜下一声声回荡。

穆雪心里清楚，自己看似凌厉的攻击不足以给这只牛头人造成致命的伤害，甚至已经渐渐赶不上他越来越快的愈合速度。

虽然此刻自己貌似占据上风，但只要自己的攻击略有停歇，那鲜血淋漓、残缺不全的牛头就会以肉眼可见的速度，迅速愈合重生。

狂怒的牛妖咆哮着前进，铜黄色的双眸逐渐转为血红，那迷雾中粗大的手臂突然由两只化为四只，昏暗的飞沙走石中现出黑色的重重手臂乱舞。

穆雪驾云从他毛发浓密的手臂下险险擦过，被那呼啸的拳风扫中肩膀，她重心不稳，一下从云端上翻了下来。

就在她往下掉落的那一瞬间，有一股温柔的力道及时托住了她的身躯，那股灵力极为小心翼翼地把她轻轻捧了一下，又谨慎地迅速撤离了。

穆雪借着那一托的时机，举臂攀住云端，挂在云边四处张望了一眼，找不出是谁的灵力这样收发自如，及时帮了自己一把。

但她没有工夫细想。以她这副筑基期的身躯，只要一个不慎被这只怪物的拳头击中或是抓住，那等待她的有可能就是灭顶之灾。此刻自己的灵力已经损耗巨大，而眼前牛妖蛮横的体力看起来还无穷无尽。

穆雪忍不住开始反思自己这些年是否过于松懈了。即使再勤勉的一个人，生在一个安逸的环境也免不得懈怠。不过是一只牛妖，就让自己这样狼狈起来？

牛妖后蹄刨地，鼻中冒着白烟，发力向穆雪奔来。

穆雪身后，传来一声暴喝：

"法天象地！"

只见程宴双掌胸前合十，浑身肌肤亮起金光。那金色的身躯越变越大，几乎和巨大的牛妖等高。

金光闪闪的巨型程宴迎着牛妖冲上前去，双臂肌肉鼓起，死死抵住了那只气势汹汹的牛妖。

铁柱峰的弟子多半修习金刚不坏法门。法天象地乃是这套法门的终极成就，大成之后能有金刚不坏之身，可化身为山岳般巨大。当然此刻程宴施展出来的，不过是此术法的皮毛，坚持不了很久。

程宴的双腿不断后退，终于挡住了发狂妖魔的追击，让穆雪得以脱离危险。

妖魔的脚下亮起一道火光，一条火龙缠绕着牛妖盘旋而上，燃起明亮而炙热的烈焰。

身负重伤的卓玉站起身，一手捂住刚刚包扎好的腹部，一手施展手诀，祭出了他最强的火系技能。

"你脾脏破裂，肋骨也断了，就别逞能了，躺回去歇着吧。"萧长歌忍不住开口劝道。

"脏腑受损，骨骼断裂，只是不能近战，并不影响使用灵力。"卓玉面色苍白，嘴角溢出血来，"不趁现在拼命，等张小雪败下来，你们有谁能挡得住这只牛妖？"

萧长歌好意提醒，卓玉却回答得又臭又硬。一旁林尹见他如此说话，十分不满地冷哼了一声，翻手祭出一柄精钢铁骨的折扇，踩着扇面迎风而起，加入战场去了。

一时间所有反应过来的归源宗弟子纷纷加入战斗。

丁兰兰的两只机械傀儡，萧长歌的藤蔓木枪，程宴的法天象地，卓玉的烈焰火龙，以及乱七八糟的一堆符箓法器，呼啦啦全冲着那只牛妖攻去。

"这样不行，大家先散开。"映天云上的穆雪皱起了眉头，出声提醒。

虽然这里每一个人单体战斗力在筑基期弟子中算得上佼佼者，但很明显大家的战斗经验和团体配合能力远远不够。一哄而上地狂轰滥炸，不仅彼此间的技能会互相消耗，还更容易激怒性情暴躁的牛妖。

果然，穆雪的话音未落，那只牛头人身的妖魔大吼一声，张开牛嘴，吐出一团黑色的光束，打在程宴金色的身躯上，发出一声巨大的金属碰撞声。

声音荡荡，程宴巨大的金身一层层缩小，被远远弹开，撞倒了一棵大树，一时爬不起身来。

巨大的手掌从浓烟滚滚中伸出，将丁兰兰的一只玄铁傀儡瞬间拍成铁饼。

三四只黑厚的大手从天而降向着丁兰兰砸下来，丁兰兰抬头看去，清晰地看见那如钩的指甲和乌黑的掌纹盖顶而下。

离她不远的林尹突然祭出了一个倒扣着的炼丹炉，一下躲了进去，还顺便伸手拉了丁兰兰一把，把她一道拖了进去。

砰砰砰！

巨大的击打声后，怪物的吼叫声渐远。

两个女孩小心翼翼顶开炼丹炉，从沙土中冒出头来。

只见身边的土地上留着一个又一个深深陷入地面的巨大手掌印。

如果刚刚没有及时躲进炼丹炉内，此刻怕是只留下一堆肉饼。

两个平日里不太对付的女孩面色苍白地看了看彼此，劫后余生使得她们短暂地忘记了往日的不愉快，相互拉扯一把，从沙土中爬出来。

"归源宗的所有人让开，这里交给我们洞玄教。"中气十足的喊声在暗夜里传来。

一道银光闪闪的四柱天罗阵从地面显现，将那只暴躁的牛妖困在法阵中心。

头戴网巾、手持长剑的洞玄教剑修身影出现在四周。

这些人的配合十分默契。两个身材魁梧的修士，顶着防御力强大的盾形法器站在法阵内不断激怒妖魔，承受着牛妖的所有攻击。

其余几人远离阵盘，齐齐祭出飞剑，数柄小剑合而为一，凝聚成巨大的剑气，雪白的巨大剑光劈开浓雾，出其不意地将那凶狠的牛妖头颅一剑斩断。

牛妖失去头颅的雄健身躯，还挣扎着想从地上爬起，四柱天罗阵上红色的血线亮起，将那巨大的妖魔躯体不断肢解切割，不让他有复原痊愈的机会。

浓烟散去，铁塔似的妖魔终于轰鸣倒在血池般的法阵中。洞玄教的修士整齐划一地收回各自的飞剑。

其中一人踩着妖魔的尸块，从血泊中取出一枚荧光璀璨的妖丹，回首看了伤痕累累的众人一眼，嗤笑一声。

"归源宗这一届的实力，真是弱得可笑。"那洞玄教的修士御剑离开，空中留下他嘲笑的话语。

丁兰兰愤怒地想要上前对峙，被穆雪拉住了。

"可恶，这些人也太嚣张了。"丁兰兰怒道。

"别搭理他，实力不是靠吵出来的。"穆雪劝住她，"我们只是缺少默契，多配合几次就会好起来的，并不比那些人差什么。"

这慌乱而匆忙的一战，让归源宗的弟子们吃足了苦头。人人都或多或少地挂了彩，受了点伤。只得生火扎营，布下法阵，调整休息，准备就地休整一夜。

那个被献祭给牛头怪的女妖被咬断了一条胳膊和翅膀，几乎失去了小半截身躯，竟然还没有死去。在萧长歌的治疗下，她缓缓睁开眼睛，动了动残破的身躯，蜷缩在草叶间虚弱地喘息着。

"刚刚那些是你的族人吧？"萧长歌问她，"他们为什么把你抬到这里？"

那少女初时有些害怕，后来渐渐从他身上感受到了一股熟悉的植被气息，于是慢慢放松了警惕。

"我们种族的雄性没有什么战斗能力，"那少女模样的妖魔低垂着眼睫，轻轻说道，"所以他们依靠把族里漂亮的雌性献祭给强大的妖魔，换取族群的平安。"

"我查到了，你们是夜照族对不对？"程宴一只胳膊折了，吊着绷带，还不忘抽空查阅穆雪借给他的《妖物志》，"书上记载，夜照族繁殖能力强大，聚族群居，但雄性大多好吃懒做，几乎全部由雌性承担劳作、生育和照顾后代的责任。如果居住地附近出现强大的妖魔，他们还会选出漂亮的雌性定期上供，以求得安逸的生活。"

丁兰兰和林尹这一次难得同仇敌忾，露出了鄙夷的神色："噫，这个世界上竟然还有这么恶心的雄性。"

"妖魔嘛，自然和我们人类是不一样的。"程宴摆摆手继续翻阅，"你们看这里还记载着一种食疣族，他们的雌性新婚之后，靠吃……吃掉雄性来获得营养，以保证种族的延续。"

听见他说话的几位男性都狠狠打了一个抖："太恐怖了，不愧是妖魔，一点人性都没有。"

温暖的火光和锅炉里逐渐溢出的香味，让营地里很快有了宁静的氛围，也让大家紧绷的心逐渐松弛下来。

就在这时，道路深处传来了御剑飞行的破空声。

刚刚离开不久的那些洞玄教修士此刻踩着各自的飞剑，形容狼狈，慌慌张张地往回奔逃。

逃在最后的一人似乎想起了什么，突然从怀中掏出一张符箓，引燃丢在空中。那符箓爆出一团烟火，落在穆雪等人头顶的空中，将他们布下的简易隐蔽法阵破开。

隐蔽行踪的法阵被破开，暴露了一行人就地扎营的身影。

那洞玄教的修士边跑边指着他们大喊："这里，这里还有人。"

在他身后，十余个高矮不一、衣着怪异的身影骑着一种两轮的飞行法器从黑暗中现出身形来。

当先一个吊儿郎当的鬓发男子，手上提着三个血淋淋的人头。

仔细一看，那人衣着打扮和仙灵界大不相同，乃是生活在此的魔修。手上提着的正是洞玄教弟子的人头，其中一个竟然就是不久之前才高傲地嘲笑归源宗无用的男子。

这个人片刻之前还手持巨盾，稳稳地挡住那只巨大牛妖的攻击，想不到没死在妖魔口中的他，反而死在了人类的手里。

"哎哟，今天是什么日子？一时兴起来废墟狩猎，有幸遇上这么多仙灵界来的客人。"那个提着头颅的魔修笑着出声，"竟然还有几位娇滴滴的小仙子，那我们可一定要好好款待一番。"

他身后一个又一个魔修骑着飞行法器悬停下来，应和着吹起了口哨。

"款待，必定要好好款待，老子这辈子还是第一次见到仙灵界的女人，哈哈哈。"

"仙子们不用怕，咱们魔灵界的男人比你们那儿的小白脸可有劲得多。"

"也不要厚此薄彼啊，这些仙君难得来一回，也让他们见识见识咱们这里的快乐。"

魔灵界的修士，穿着妖魔骨骼制作的铠甲，挑起那几个血淋淋的人头，嬉皮笑脸，吹着口哨，把从仙灵界来的修士看作一群待宰的羔羊。

程宴扯掉了挂在脖颈上的绷带，肌肤上亮起了金色的光泽："我断后，你们先退。"

萧长歌上前一步，站到了他的身边："师姐师妹们先走。"

脸色惨白的卓玉没有说话，但卓玉也没有移动脚步。

战斗还没开始，但几乎所有人的心底都已经觉得他们面临的将是一场难以取胜的死斗。

"凭什么先走，在凡间的时候重男轻女也就罢了，如今入了修行之门，没有了肉体上的差别，我们女子又不比你们差在哪里。"丁兰兰说道。

卓玉沉着面孔接了她的话："这些可不只是男人，而是一群禽兽。他们的恶行猖狂，会让你后悔的。"

丁兰兰祭出自己的傀儡："我不会后悔，在后悔前我已经战死。"

林尹苍白着脸抽出了随身的佩剑："就是，和他们拼了。还没比过为什么要怕他们。"

这里的所有人中，只有穆雪最深切地明白双方实力上的差距。

仙灵界在安逸中长大的弟子，很难是这些在尸山血海中打滚出来的魔修的对手。何况双方人数还相差这么多。

穆雪检查自己随身的装备。

出门之前师尊给了各种防御的法器，师姐给了疗伤的秘药，师兄们送了逃跑用的符箓。自己有映天云和可以拖住敌人让自己逃跑的捆仙索。

她独自逃离没有问题，但要带着这么多师兄师姐一起逃走，却几乎没有可能。

穆雪犹豫了一会儿，闭眼深深吸一口气，握住了手中那冰冷的剑柄。再睁眼的时候，双眼已经没有迟疑，只剩一片清明。

到了这个时候，她才找回了那种久别的熟悉感，那种面对强大的敌人时不畏生死地搏斗，那种在死亡边缘穿梭，热血沸腾，凛然不退的感觉。

"主人，让我陪您一起，割破敌人的肌肤，品尝敌人的鲜血。"

一道稚嫩的童音在穆雪的识海中响起，手心里冰凉的短剑传来一种心意相通的感觉。

自从将忘川剑从宝库中带出来后，穆雪就再也没有听见剑灵的声音。

这还是第一次，剑灵敞开剑心和她建立了连接。

那声音稚气的剑灵，受到穆雪心中战意的感召，同穆雪一样战意高昂，心绪鼓荡。

何谓之性，元始真如。[1]

修性求真，遇事于前，不可强求，也绝不畏缩回避。

提着人头的魔修架着脚坐在飞车上，手中的人头滴滴答答落下鲜血，他抖着腿，舔舔嘴唇，准备享受一场杀戮的盛宴。

一位年轻的红衣女修驾云挡在他的面前。

那女修一言不发，抬手抛出一柄如水短剑，凌空雪剑亮起寒光，铺天盖地的冰凉剑气已逼到他的眼前。

魔修瞳孔骤缩，驱动身下的飞车向前冲。只见那突袭的女修手臂上覆着一层黑色的机甲，只微一抬手，似乎连看都不用看，瞬间就拆卸了他飞车的核心零件。

被剑气逼到咽喉，飞行法宝又瞬间失去动力的男人口里骂了一声，知道遇到了棘手的敌人。

他刚刚才和仙灵界一大教派的洞玄教交过手。

那些修士开打之前啰啰唆唆，动起手来反应僵化，轻轻松松就被他割下三个人头，让他很有些瞧不上。

想不到到了这里，随便出来的一个小姑娘，动手之间狠辣果决竟完全不输于自己，一言不发便攻到自己面前，还真的让他陷入了狼狈的境地。

那魔修虽然人品低劣，身手却没有水分，他翻身舍弃飞车，又从车下钻出来，身如蛇行，扭躯避开漫天寒光。

在这样危机重重的战斗中，他竟然还敢伸手向穆雪白嫩的脸颊摸来，口里不干不净地道：

"好辣的小妞，一会儿爷让你高兴高兴，包你忘了从前的小白脸，舍不得回仙灵界去。"

穆雪并不因对方的言语动怒，目光森冷，手臂上鳞甲刀刃齐出，抓向对方咽喉。

就在这一刻，一只和她手臂上黑甲十分相似的鳞甲手臂从旁伸来，以迅雷不及掩耳之势一把掐住那个狼琐男人的咽喉。

喋喋不休的声音戛然而止，暗沉的铁爪发力，把那个男人狠狠从空中掼到地

---

[1] 出自《性命圭旨·性命说》。

面之上。

一片尘埃激起，那魔修的脖颈软软后仰，彻底没有了气息。

战场的另一边，和丁兰兰交手的魔修身材矮小，笑容猥琐。但丁兰兰却陷入了苦战之中，她绝望地发现虽然修行了这么多年，但自己确实远远不是眼前这个男子的对手。

对方不过是带着一种猫逗老鼠的恶趣味，轻松吊着她戏耍，她已经累得疲于奔命了。

她的心渐渐沉到了谷底。

突然之间，眼前那凶狠的敌人仿佛见到地狱里来的恶鬼一般，露出了一脸惊悚的表情，撇下了她连连后退，指着前方："岑……岑，他怎么来了？"随后他立刻丢下丁兰兰不管，连滚带爬地上了他们的飞车，一群飞车拖着长长的尾气，瞬间消失无踪。

本以为是一场代价惨烈的战斗，却因为一位身着黑衣的魔修突然出现，戛然而止。

那位突然出手相助的黑衣魔修在击退众多敌人后，独自僵立在当场。他一身黑衣，气场强大，出手狠戾，可是在一招掐死敌人之后，却只是一言不发地沉默着，既不说话，也没有准备离去的意思。

归源宗的弟子们面面相觑，最终还是由年纪稍长的程宴上前施礼道谢。

"多谢前辈出手相助，敢问前辈高姓大名？"

"不必称前辈，称……称道友即可。"那位始终沉默的魔修立刻开口纠正。不知为什么，他似乎特别在意此事，还找补了一句："我和你们逍遥峰的付云是旧识，平……平辈论交。"

"啊，我知道你。"丁兰兰突然反应过来，她几乎要跳起来，"你就是那位多情……不不不，您是岑千山，岑大家是吗？"

休息的营地被重新收拾好，恢复了表面的宁静。

但几乎每一个人的心都因那位陌生的加入者而紧绷着。

这里的夜晚真冷，寒冷又寂静，就连遗留在惨烈战场上的血腥味都被这一份寒冷给冻住了，传递不到营地这边来。

土地里的精灵们又悄悄地探出脑袋，像极了年轻的弟子们此刻想要探究又有些惴惴不安的心。

坐在营地边缘的那个漆黑身影，是一个本来只属于传说中的人物，强大，俊美，悲情，生活在神秘而遥远的异界。

一个不太真实的神秘角色，却突然从天而降，帮助了他们，还打算留在营地和他们一起度过夜晚。

"为什么他还在这里啊？我都不敢睡觉了。"一个归源宗的弟子躲在毛毯里，极小声地附在同伴耳边说话。

"不知道啊。"她的同伴用气音回复，"谁知道这样的大佬为什么会和我们待在一起。我也不敢睡啊。"

也有一些人并不惧怕那位停留在他们营地的魔修。

程宴翻看着那本《妖物志》已经入了神，偶尔挥动吊在脖子上的受伤胳膊，还发出一些莫名的唏嘘声。

萧长歌在寒冷的天气里催生出细嫩的枝条藤蔓，在一堵矮墙上搭了一个密实柔软的鸟窝，让那位夜照族少女在里面休息。

少女从窝棚里伸出仅有的一只手臂，拉住了萧长歌的衣袖，挽留他陪自己说说话。

丁兰兰正在努力修复自己被牛妖拍扁了的傀儡，工程量浩大，穆雪蹲在她身边帮忙。

"小雪，小雪？"丁兰兰推了她一把，才将穆雪从半愣神的状态推醒，"傀儡手部的传感阵好了吗？"

穆雪醒过神，看了一眼自己手里画得歪七扭八的阵符，不好意思地道："啊，我马上再弄一个。"

"你这是怎么了？从刚才开始就一直呆愣愣的。"丁兰兰接过穆雪制作的阵符，一边小心地嵌入傀儡的手臂，一边说道，"话说你小的时候，不是也见过岑大家吗？你怎么不去打个招呼，这样会不会不太礼貌？"

如果丁兰兰不是这样专注地修复傀儡，她一定会发现自己的师妹此刻不太对劲。

"打招呼？嗯，对，是的……我应该去打个招呼。"穆雪咽了咽口水，觉得自己连心跳的速度都莫名地变快了。

她差点给这样莫名腼腆的自己揍上一巴掌。在仙灵界待久了，拳头有些生锈，难道连性格都不利索了吗？

到底有什么可紧张的？穆雪问自己。

那可是小山，岑千山，自己的徒弟而已。

别看他现在人五人六，站一站就能吓退一群流氓，小的时候可是连屁股都被自己打过的。

岑千山独自坐在篝火的那一头，所有人都下意识地选择了远离他的位置休息，以至于他的身边空出了一大块空阔的位置，有些孤零零的。

火光映在他黑色的短靴上，显出细腻的皮质和考究的做工，再往上是笔直的长腿，被剪裁精致的布料包裹出迷人的线条。他的手肘支撑在双腿上，修长白皙的手指交错抵在唇边，正愣愣地看着火焰出神。

穆雪走过来的时候，岑千山的肩头跳下来一个小小的机械傀儡。

那个小傀儡不知有什么事导致高兴过度，手舞足蹈地绕着岑千山转了半圈，不小心在地上绊了一跤，爬起来以后依旧欢天喜地挥舞着细细的手臂跑远了，给岑千山和穆雪留下了独处的空间。

"岑……岑道兄，你还记不记得我？"穆雪站在篝火边，弯腰问坐在火边的男人，"我是小雪啊，在神道的时候……"

篝火噼啪的爆燃声里，那人抬起眼睑看过来一眼，那眼神不知为什么似乎带着一种无声的谴责。

穆雪就笑了，她知道这人还记得自己。

"真是巧啊，竟然在这里遇到。本来我还想着怎么找机会去浮冈城见你一面。"穆雪盘腿在他身边坐下，"真想不到一来魔灵界，就遇到你了。"

岑千山听了这句话，终于慢慢转过脸来正视她，那眸中映着火色，摇摇曳曳，烈烈如歌。

十年不曾相见，一语乱了眸中秋水，百般心思欲说还休，万语千言不忍言说。

小千机溜溜达达，正好路过丁兰兰身边，看见她在修复傀儡，一时好奇跳上了她的工作台。

"咦，你们仙灵界的傀儡和我们差不多嘛。"千机伸缩手臂帮丁兰兰递了一个尖嘴镊子，"需要帮忙吗？"

"啊，好的，你能帮忙吗？"丁兰兰觉得很是新奇。她从未见过这样的傀儡，如此具有自我意识，灵活机变，几乎就和一个真人一样，甚至还能够帮忙修复傀儡。

小小的傀儡伸出手臂准确地钳起了一个细小的配件递给丁兰兰，手掌变为圆锥形，射出一道细细的灵力，协助丁兰兰把那个细小的配件组装上了。

"哇，你好厉害。"丁兰兰不遗余力地夸赞它。

"这样就厉害啦？你还没见过我更厉害的地方呢。"千机挺直小小的胸膛，没有什么升降调的声音里透出一股得意，"我不知道帮着主人组装过多少比这个精密百倍的家伙啦。"

性格热情的丁兰兰很快和这个天生活泼的小傀儡混熟了。

"你的主人在我们那里很有名呢，我们在学堂里都见过你们的影像。"丁兰兰低头小声地和千机说，"你们那儿的话本都传到仙灵界来了。"

"是吗？"千机说道，"我们那里的话本很多，我很喜欢看那些话本。我就是通过大量阅读话本来研究人类的行为模式的。"

"读……读话本来研究吗？"丁兰兰有些结巴。它真的知道话本指的是什么样的书籍吗？

"是的，"千机一本正经地说道，"这样才能更好地揣摩主人的心思，为主人提供优质的服务。"

丁兰兰为难地看着自己手中正在修复的傀儡，认真思索起以后是不是也有给它们阅读言情话本的必要。

"不过岑大家看起来比我曾经看见过的样子好多了。"丁兰兰说。

"什么地方好多了？"千机的手臂变成了螺丝刀，飞速旋转拧紧了一枚螺母。

"就是……他虽然有一点厌世疏离的感觉，但没有海蜃台呈现出来的那种颓败模样，总觉得他好像更有人情味，甚至还有一点腼腆呢。"丁兰兰悄悄打量了一下和张小雪一道坐在篝火边的那个身影，"衣着品位也好，精悍又爽利，反正比想象中的还要俊美。"

那是当然，千机在心里想，这一趟来之前不知道洗了几遍澡，换了多少套衣服，还支开我们，自己在铜镜前面打量了好久。

明明练习了那么久，怎么一到这里就变哑巴了？穆大家都主动说了那么多句话了，他竟然还没有说话。

千机看着坐在火堆边的两个人，心中焦急，疯狂吐槽，主人什么时候都很能干，为什么到了穆大家面前就变傻了，简直让人急死了。

穆雪从储物袋里拿出一包点心递给岑千山："这个叫驴打滚，魔灵界没有的，你要不要尝尝看？来之前我特意求师姐做的。"

就是想带给你吃的。

岑千山的手指微微迟疑，最终伸了过来。

他从穆雪手中接过那个袋子的时候，指尖有意无意地在穆雪的手指上轻轻钩了一下。那指尖滚烫而炙热，在肌肤上留下了经久不散的触感。

穆雪抬起头看时，他却已经转回头去，用手指拈出一个点心，慢慢地吃了起来。

那薄薄的双唇沾到了一点黄豆粉，使这个疏离清冷的男人一下就有了烟火气息，不再那样令人望而生畏。

有了几分当年依靠在自己身边吃东西的熟悉感。

穆雪嘴角的弧度忍不住变大，坐在岑千山身边，从储物袋里取出一罐炒红果、一碟麻酱糖饼、一盒子奶酪卷……

"来之前去山下买的，攒在储物袋里，特意带了过来。"她一边摆一边说，"你要不要都尝一点？"

她忽略了自己语句中的一点疏漏，岑千山也没有点破，他每一种点心都吃，吃得仔细又认真，一刻都没有停下来。像是饿了许久，没有尝过甜的味道，一经入口，就不愿再停下来。

穆雪坐在他身边，陪着他一起慢慢吃东西。十年没见，还和当初一样，很快就熟识了起来。

这样的氛围使得整个营地的人都有所放松。

有人立刻活络了心思，想要借着这个难得的机会，和传说中的魔修第一人请教一下学术上的问题。

"岑大家，和您请教一下。"程宴拿着那本从穆雪手中借来的《妖物志》凑过来，翻书给岑千山看，"这是我们那儿编译的《妖物志》，也不知有没有错漏。比如这里说食疣族的妻子在新婚之夜，会把丈夫吃进肚子里，我就觉得不太可能。"

那厚厚的书籍上写满了批注，字体俊逸洒脱，粗看字迹和曾经完全不同，若是细细看去，笔画之间全是当年那人手记的模样。

岑千山单手接过，一页又一页地往下看，看了许久，突然合起书，理所当然地把书收入自己的储物吊坠中，说道："没错，确实有很多疏漏。建议改看《妖兽通考》。"

他从自己的储物袋里取出一本厚厚的新书递给了程宴。

崭新，厚实，装饰华美，一看就价值不菲。

那意思是穆雪的那本《妖物志》就不还了，用这本交换。

程宴简略一翻，只见那书印刷精美，细细记录了魔灵界各种妖魔的习性。他得了魔灵界正版的《妖兽通考》，再也不用担心遇到自己感兴趣的妖兽时无处查阅资料，高兴得两眼放光。

兴奋了片刻，他才想起来那一本《妖物志》根本不是自己的，不应该这样直接送给岑千山作为交换。

他不好意思地挠挠头对岑千山说："不好意思啊，岑大家，刚刚那本《妖物志》不是我的，是小雪师妹借我看的，还要问问……"

莫名地，那位岑大家看向他的目光瞬间变得凌厉冰冷。无形的威压让程宴几乎下意识就要运转金刚不坏法诀护身。他甚至没搞明白，自己是哪里说错了话？

岑千山取出了一本书页陈旧的古籍，亲自递给身边的穆雪。

"我用这一本……和你换，"他修长的手指微微在那陈旧的封页上摩挲了一下，似有着一丝不舍，"行不行？"

那是一本百年前出版的《妖物志》，看起来历经了主人的反复翻阅，已经十分陈旧。穆雪翻开书页，发现上面同样密密记着笔记。那字迹稍显稚嫩，后渐渐变得成熟。

这本书看起来十分眼熟，好像是小山小时候自己给他的书？

穆雪终于想了起来，当年收岑千山为徒的时候，第一本教他看的书，便是这本《妖物志》。那时候自己从书架上取下这本书递给他，教他细细通读，手把手教他怎么做好笔记。

真是巧了，自己竟然也借给程宴这样一本书。

虽然不知道岑千山为什么要拿自己的书和她交换，但穆雪并不介意，爽快地答应了。甚至因为怀念，借着火光翻看起了这本旧书。她不曾注意到，坐在篝火边的男子随着她翻看书页的动作略微局促了起来。

手中的书页空白处用各种颜色的墨汁密密写满了文字，甚至还有一些涂鸦，有的地方看得穆雪忍俊不禁。

"某年某月某日，在青丘捕获白狐一只，献于师尊。狐化而魅之，师不喜。逐。"边上画了一只丑了吧唧的小狐狸，还打了一个大大的叉。

小山是不是写错了，穆雪想着。她还记得当年那只小狐狸变化成一个有着狐狸耳朵和尾巴的小小少年，自己挺喜欢的，并没有不喜欢的意思。可不知道为什么第二天那狐狸就不见了，听小山说是他自己逃跑了。

"某年某月某日，杀红龙，献红龙骨血于师尊。因伤重瞒而不报，师怒，罚掌掴十次，又怜我体弱，记而未罚。至今赊欠。"

"某年某月某日……"

穆雪坐在篝火边，慢慢翻动书页，夜空中明月在彩云中行走。

篝火的另一边，那位夜照族少女从鸟巢的边缘探出头来，和盘坐在附近的男孩子说话，她柔软的长发微微搭在男孩的肩头。

萧长歌说了几句什么，引得那位少女轻声笑了起来。

那少女就从嫩绿的枝叶中伸出翎羽洁白的手臂，捧过他的脸，轻轻在他的脸颊上落下一个吻。

"谢谢你，我喜欢你，人类的少年。"

自小得严师教导，古板又青涩的少年，哪里见过妖族这样直白热情的表达方式。他瞬间彻底涨红了面孔，一下站起身来，手脚都不知道该摆放在哪里。

周边看到这一幕的人哄笑一片。

"妖族和我们可不一样，他们纯粹得很，对待任何感情都是热烈而直接，从来不会掩饰的。"穆雪看见萧长歌手足无措，笑着摇头，手中翻动的书页里掉下一枝风干的桃花。

"某年某月某日，得萤火桃花酒一盅，共饮于月下，师尊醉，面如桃花，许我一世相守。"

第五十六章

采药归炉

穆雪看到这句话的时候，篝火对面正好响起了一阵哄笑声。

正是知好色则慕少艾的年纪，又没有长辈在场，看见年轻的女妖精亲了萧长歌一下，大家都忍不住要起哄。

大家的注意力集中在那里，也就没有人注意到火光这一边穆雪的呆滞茫然。

篝火摇曳，暖红色的光芒模糊了视线，从前的记忆，在这一瞬间变得异常清晰。

那时也是在这样的一簇篝火前，自己和已经成年了的小山举杯共饮。

头顶也是这般苍穹辽阔，明月高悬。

萤火族酿制的桃花酒乃是酒中珍品，那琥珀色的酒液微微带着一点苦涩，苦涩之后又透出一股香甜来。初入口时觉得酒意清淡，后劲却又浓郁得很。

甜苦滋味交错绕在舌尖，酒色动人，心头悸动，余韵绵绵难舍。

从未尝过这样滋味的穆雪，忍不住就喝多了。

她醺醺然地靠着岑千山的脊背，摇了摇手中的酒盏：“想不到这样冰天雪地的地方，竟然也能喝到桃花酿的酒。”

“若是师尊喜欢桃花，我想办法折一枝回来给师尊看便是了。”身后的人轻轻说。

什么时候小山都长得这样高了，已经有了这样坚实的脊背，可以让自己靠着他的后背了。

　　"好呀，等你带桃花回来。"穆雪喝了酒，身上暖，心里也暖，"小山你真好，我怎么就那么幸运，能遇着你。"

　　身后靠着的肩头微微动了动，那人似乎回过头看她。

　　穆雪醉眼蒙眬，已经看不太清楚了："本来打算就这样一个人把这辈子过了，虽说也没什么。只是有时候我这心里太安静了，静得我难受。现在有你和我在一起，真是好……好多了。"

　　"那小山以后就永远陪着你，好不好？"

　　"好……好啊。"

　　"一辈子，就只有我们两个，住在这里。"

　　"当……当然，那还能有谁？"

　　"那就约好了。"

　　"嗯，约……约好了。"

　　那时的夜空高远，桃花酒醉人，便是冰封多年的心，也裂开了一条自己都不知道的缝，吐出了那么点酒后真言，被那个少年牢牢握住了，固执地死守这么多年。

　　篝火前的穆雪微微伸手想要捡起那枝风干了多年的桃花。

　　一只手掌从旁伸了过来，拾起那枝掉落在地上的干花。

　　精纯的灵力在那人指间萦绕旋转，枯死多年的花枝奇妙地重新圆润饱满了起来。

　　枝头先是冒出一个花苞，随后春花吐蕊，绽放出一朵灼灼其华的桃花。

　　"从前有一个人，生在冰雪的世界，名字里也带着雪，喜欢的却是春天里的花。"岑千山手中持着花枝，把那一朵灼灼其华的桃花递到穆雪面前，"你大概也和她一样吧？"

　　穆雪愣愣地接过花枝，茫然地抬头看去。

　　眼前的人眸色深深，映着春华，映着火光，也映着自己的影子。

　　不管是曾经还是现在，他总是用这样湿润的眸子看着自己，像在期待着什么，又像在无声地谴责着她。

　　那纤长的睫毛轻轻颤了颤，有如蝴蝶轻盈飞过穆雪的心头，轻轻一撩。

　　穆雪仿佛听见了初春的时候冰雪消融的第一声。

他是不是发现了什么？穆雪的脑袋乱成一团，有了片刻的空白。

回到丁兰兰身边的时候，她手中还拿着那朵盛开的桃花。

"哎呀，这么冷的地方哪里找来的桃花？"丁兰兰看了一眼她手里的花，"快快快，帮我一把，最后的传感连接了。"

萧长歌那边还闹哄哄的，程宴正兴奋地翻阅自己新得的典籍，不久前还悄悄说着不敢睡觉的几个女生已经打起了呼噜。

千机一溜烟跑回了岑千山身边，攀上他的膝盖，爬上他的肩头，背着人给他比了一个大拇指，还风骚地背了两句不合时宜的古诗——"桃花羞作无情死"，"一片幽情冷处浓"①。

以为不会搭理它的主人沉默了一会儿，突然开口问它："我……刚刚怎么样？"

主人说这句话的时候，千机无端地感觉到有一种强烈的紧张情绪从主人那里传递过来。

千机很少体会到这种情绪。从前紧张和欢喜是最少出现在主人心里的情感。在那颗血肉组成的心脏里，大部分时候都只有悲哀、孤寂和麻木。

因为感受到这份情绪，它不敢再像平时那样插科打诨，开始努力调集自己所有的知识，给主人提供帮助。

"可以的主人，你做得非常完美。"千机说道，"穆大家不是把花接过去了吗？我看书上说，姑娘家只要愿意拿你的花，那这八字就算撇了好几撇了。"

"八字总共就只有两笔。"岑千山破天荒地勾起嘴角笑了，伸手把它从肩头拿下来，放在自己的腿上。

"主人，我觉得您应该和我一样，多看看那些男女之间互诉衷情的话本，和里面那些郎君学一学怎么讨女子的欢心。"小千机积极地给主人出谋划策，"这年头女郎们不喜欢青涩呆滞的男人，都喜欢经验丰富能讨她们开心的人呢。"

岑千山果然犹豫了，迟疑道："这种事……看话本可以的吗？"

"当然，我就是看了许多话本，才学到了很多有用的知识。"小千机难得被主人询问，高兴地挺起胸膛，"我这里有魔灵界古往今来几乎所有的话本，主人要不先从这几年最热门的几本看起？"

岑千山抿住嘴没有说话。主人不说话惯常就是可以的意思。

---

① 出自纳兰性德《采桑子·桃花羞作无情死》。

千机积极地从自己的乾坤袋里取出几本封面香艳撩人的小册子，被岑千山一把扯了过去，飞快地收入怀中。

一天之内，历经种种波折，众人免不了神思疲惫，营地里渐渐安静下来，大家都陷入了梦乡。穆雪躺在营地中，有些辗转反侧，怎么也无法安心入睡。

坐在篝火边看书的岑千山，就像黄庭中的那只水虎，哪怕不刻意去看，也能清楚地知道他在哪里。

他就坐在篝火前，五官俊美，轮廓分明，有着结实的肩膀和修长的腿。他借着火光在看一本书，微微蹙着漂亮的眉头，不知是否因为篝火的晕染，那脖颈和耳垂都仿佛泛着一层诱人的粉色。

他看的会是一本什么书呢？

那被油纸重新包了一层书皮的书本，肯定是一本值得珍藏的好书吧。

穆雪叹了口气，索性坐起身来打坐运功。

入静之后，黄庭之中沃土坚实，心湖澄明，天空中斗转星移，璇玑自行。这是十年里穆雪日月运行胎息诀为自己奠定下的坚实基础，她早已视之如常。

只是令她吃惊的是，今天，那个日日都在心湖玩耍的"岑千山"此刻竟然不见了身影，不知去了何处。

黄庭中的天空燃起烈焰，焰中飞出矫矫火龙。火龙在空中盘旋一圈，引颈清鸣一声，澄明的心湖底下，便跃出一只眈眈猛虎。

那火龙看见白虎，兴奋异常，一口叼住虎颈，红艳艳的龙躯盘卷虎身，互相吞啖，一时间黄庭中阴阳互动，日月合光。

水火发端，阴阳聚会，大地上土壤破开，生长出一枝惹人心喜的嫩芽。

黄庭之内浑浑噩噩如迷雾未开，纷纷扬扬如同冬雪弥天，一切变得混沌不清，只看得见这一株生机勃勃、昂然勃发的黄芽。

穆雪只觉体内涌起一股暖意，身躯热烘烘、软绵绵，一种难以言说的奇妙感觉于体内首次萌发。

她知道自己终于到了"天人合发，采药归炉"的阶段。

拜入山门之时，师尊留给她的心印在此刻被触动，她脑海中悠悠响彻一段修行口诀：

"采取天地未分之气，夺取龙虎刚合之意，及时采到黄庭中，炼成至宝。"

穆雪端坐黄庭之中，伸手将那初生的黄芽采摘下来，归炉炼为金液，终得一点大药之根元。

穆雪睁开双目，心中欢喜。

十年之前她因为黄庭内水虎不宁，固守境界不前，只能转为潜心修行胎息诀，淬炼己身，牢固根基。那时候她也曾请教恩师，何时进阶有望。

师尊只是摸摸她的脑袋："大欢喜时得大智慧，初识真性情时，阴阳自调，坎离相合，龙虎相会而生大药。小雪不必心急，到了那一日，你自然便开窍了。"

虽然还不太明白今日是什么缘故而得到了契机，但自此之后，丹诀路上终于可以前进，可以慢慢采夺大药，归炉还丹，金丹大成有望。

天色渐明，众人收拾行装准备继续上路，萧长歌起身为所有昨夜受伤的人员更换药物，在出行之前做最后的伤口检查。

他快到穆雪身前的时候，穆雪不知为什么，莫名感到一阵心虚。她避开萧长歌，突然站起身来，走到林尹的身边，举起战斗中烧伤的手臂给林尹看："林师姐，你帮我换个药，施一遍雨润诀吧？"

林尹拿眼睛瞪她："你脑子坏了吗？我怎么可能给你治疗伤势？为什么不找萧师弟？"

穆雪："很疼的，师姐，你快一点。"

林尹吹胡子瞪眼，最终还是挨不过软绵绵的穆雪，勉为其难地给她换了药，连施了几遍雨润诀。

队伍开拔，丁兰兰困顿得不行，几乎想挂在穆雪身上走路。程宴站在一块岩石上，大声清点人数。

那位夜照族少女并不因为昨夜之事羞怯，化身为一只羽翼纯白的小鸟，叼着萧长歌的袖子摇晃，请求他带自己走上一段路。她目光清澈，声音婉转，又残缺了半边身躯，当真楚楚可怜。老好人萧长歌不得不红着面孔同意她暂时以鸟兽的模样停歇在自己的肩头。

年轻的队伍热闹喧哗，准备随队启程的穆雪回头看去，只见那一抹茕茕孑立的黑色身影沉默地站在冰天雪地之中。

十年前在神道上，自己跟着师兄师姐走了，这个身影就是这样站在黄昏中，沉默地目送自己离开。

在神磬第一次响起的那夜，这个身影是这样站在门槛前，沉默地看着自己渐渐消失。

桃花酒醉，自己曾许诺同他彼此相伴。

而如今自己的世界这样热闹，温暖，什么都有。

只是把小山给丢下了。

站在晨曦中的男人看起来很强大，肩宽腿长，挺拔如松，被称为魔灵界最强之人，随随便便拿出一个名头，就能吓退敌人。

或许只有穆雪才知道，越是看起来这样坚强的人，心里越有着他人所不知的脆弱。

"他的心中有一个不能触碰的地方，轻轻一碰，他就哭了。"

岑千山站在那里，看着那一行人热热闹闹地向前方走去，只有他一个人被留在了原地。

仙灵界或许真的是一个特别好的地方，所以师尊选择了那个世界，而把自己给舍弃了。

"没事，还有时间。总算是见到人了，我们慢慢来。"他转过头，安慰沮丧地趴在肩头的小傀儡，也安慰自己。

小傀儡耷拉着脑袋，没精打采的，只发出了一些没有意义的吭哧声。

"岑道友。"一个熟悉的声音突然在空中响起。

岑千山抬起了头。

半空中悬着一朵柔软的白云，红衣的少女亭亭玉立，盘腿坐在云端。她摸了摸鼻子，有些不好意思地说："那个……你要往哪个方向走？如果不介意的话，要不要和我们同行？"

听到这话，岑千山肩头的小千机率先恢复了活力，一下蹦跶起来："不介意，不介意，当然不介意，我们本来就想跟在你们后面……呜呜。"

它的嘴巴被主人施术封住了，呜呜发不出声音来，心里急得不行。

主人你不让我说，你自己倒是说话啊，你以为谁都和我一样知道你不说话就表示同意了。

"那好得很，我们又可以同行了。"白云上的少女笑了，"走吧，我已经和伙伴们说好了。"

第五十七章

洞箫声起

崩塌的岩土石墙上，开了一朵颜色绚丽而巨大的花。

程宴欣喜地走上前去采摘："我告诉你们，我昨天在《妖兽通考》里看过，这叫大王花，是魔灵界特有的……呜。"

他的话还没说完，那花的五片花瓣突然合了起来，把他整个人包进里面，只剩下两只脚在外面乱蹬，发出呜呜的叫喊声。

卓玉放出火焰灼烧花茎，火克木系植物，但那花朵似乎不太畏惧，只是十分不满地把人呸了出来，嫌弃地说了一声："呸，难吃。"

随后花避开火焰，贴着石壁迅速地向上移动，很快消失在众人视野中。

"那不是大王花，是一种花形的妖兽。名为花目。"穆雪笑着说。

"奇怪，我看错了吗？"程宴沮丧地清理残留在身体上的黏糊糊的液体。大家嘻嘻哈哈地笑起来。自从得到了新书之后，他一路上看到什么新鲜物种都想要采摘一份回去，已经干过数次这种事了。

就在此时，队伍的最后传来轻轻的一声提醒："来了。"

跟随在队伍最后的那位魔修，淡淡地提醒了一声。虽然还没有看见任何东西，但所有人条件反射地绷紧身体，祭出武器，对着前方浓雾弥漫的道路凝神戒备。

不多时之后，远处的浓雾之中才传来窸窸窣窣的响动。众人屏住呼吸，凝神以待。

白茫茫的雾气里先是伸出几只毛竹般粗细的步足，随后是高悬空中的八只红色眼睛——一只巨大的八脚花背蜘蛛从浓雾中现出身形。

林尹呕了一声，连连摆手："老天，这东西我不行。"

程宴双手一合，使出法天象地，肌肤泛起金光，身躯巨大化，向着那恐怖的妖魔冲去。

柔韧的藤蔓破开土地，疯狂生长，死死缠绕住那妖魔的身躯。灼灼烈焰张天而起，烧得那巨大的妖物挣扎尖叫。

穆雪红色的身影出现在蜘蛛尾部。

忘川剑出，霜雪一怒，剑气亮起一道长阔的寒光，凌空斩下，一剑斩断了那蜘蛛的腰部，含着剧毒的绿色血液溅了一地，被火焰一烧，蒸腾起一片毒烟。

身躯断为两截的妖魔发出一声刺耳难听的尖叫，蜷缩起长长的步足，在满地的烈焰中滚了几滚，渐渐不再动弹，火焰中传来一股烧焦的臭味。

穆雪立于云端，提剑在手，此刻胸中战意未消，心与剑相通，胸怀畅快，恨不能长啸一声。

卓玉举目看她："你的剑意好像又提高了。"

"哇，这么快就解决了。我还没来得及出手呢。"丁兰兰高兴地鼓掌道。作为女孩子，没有几个不怕这种蜘蛛的，能不参与战斗真是太好了。"果然和小雪说的一样，配合默契之后，我们也是很厉害的啊。"

众人还来不及高兴，浓雾之中再度传来那种窸窸窣窣的声响，回首一看，只见数只和之前一般的巨大身影，慢慢从雾气中现出身形来。

丁兰兰无奈地捂住额头，怜惜地摸了摸熬夜新做好的傀儡："上吧，委屈你了！"

十余只如房屋般巨大的蜘蛛出现在众人眼前，战况激烈。

小傀儡千机在一堵矮墙的墙头摩拳擦掌，不安地来回跑动。那些仙灵界来的修士面对这么多巨大的蜘蛛魔物还是太勉强了，不少人都挂了彩，主人却只抱着手，远远站在这里观战。

"我们真的不用出手吗，主人？"千机搓搓小手，"他们好多人都受伤了，让我变成战斗形态，一举替他们消除烦恼啊。"

"不必，"岑千山淡淡地说，"实战才最锻炼人。这些人都太弱了。"

战场之上，林尹的飞行法器被一抹蜘蛛丝粘住，猝不及防地从空中摔落。一朵流云掠过，穆雪伸手拉住了她。

"用不着你救，谁……谁要你多事了？"

"哦，那我放手了。"穆雪抬了抬眉头。

林尹低头一看，一只浑身长毛的长足妖怪，正在她脚下冲着她张开那黏糊糊的恐怖口器。

"不不不，别放，快飞，飞快点。别放手。"林尹尖叫一声，死死抓住穆雪的手。

小千机在墙头上说道："也是哟，这些人估计生活得太安逸，看起来都好弱，不适合在她的身边，是该锻炼锻炼。"

话还没说完，主人的身影突然消失，瞬移进战场去了。

穆雪拖着林尹从满天魔怪的附肢中穿过，避开一抹黏性极强的白色蛛丝，挥剑斩断两只抓到眼前的螯肢，从那近在眼前的截断面里，有绿色的毒血飞溅而来。穆雪无从躲避，举臂遮挡，心底知道这一下必会烧伤皮肤。

一道黑色的身影瞬间出现在她的身前，单手张开一个红色的圆阵，挡住了漫天飞溅的毒血。

那人侧过眼，上下打量她一遍，看见她手背上一点点被腐蚀的小伤，双眸中陡然生出了煞气。

啊，原来不是受点伤没关系，是除了穆大家之外，其他人受点伤没关系。真是的，也不说清楚点。千机抱怨着，从墙头跳了下来，向着战场跑去。

林尹跟着穆雪一道从映天云上下来。她十分惧怕蜘蛛这种生物，为了不让大家看扁了自己，她咬着牙克服心中极度恶心的感觉，和这样巨大化的蜘蛛战斗，腿都几乎要吓软了。

烟尘弥漫的艰难战场，在岑千山加入之后，已经变成了单方面的屠杀。

最让大家诧异的是，岑千山肩头那只一路卖萌的小小铁皮傀儡却是一只大杀器。只见它摇身一变，变成了一个六臂三目、面目狰狞的大黑天神。

满面怒容的机械天神站在浓烟之中，眉心的天眼中射出一道凝而不散的强光，将滚滚烟雾中的那些巨大蜘蛛无情地切割绞杀。

"我发现了，这位岑大家一路走来，谁也不会管，就只护着你一个人。"林尹不满地说道，"你们是不是早就认识？"

"哈哈，十年前跟着付师兄去东岳神殿的时候碰巧认识的。"穆雪打着哈哈，

"那时候一起走了一段路，比较熟悉点。"

十年前穆雪才六岁呢。林尹心里有些不是滋味。

她和穆雪同届上山，这个年纪比自己还小的师妹看上去性格绵软，其实一肚子坏水，但凡自己想要欺负她的时候，最后倒霉的总是自己。

而且她运道特别好，师门中不论师长，还是那些师兄师姐，都特别护着她。

如今，就连这位大名鼎鼎的魔修都这般维护她。

林尹心里嫉妒，就想着再不搭理这个讨人厌的家伙了，偏偏穆雪还拉着她，给她看自己手背上被毒液溅到的一个小点子，还噘起了嘴。

"这……这么一点伤都要拿出来吗？"林尹没好气地说，但终究还是施了两三遍雨润诀，把那一处肌肤恢复到了完好如初为止。

天空之中，一点阳光透过云层射向大地，终于驱散了那些混沌不清的浓雾。

战场上的硝烟散去，留下左一块右一块山岳般的巨型尸体。

化身修罗诛杀群妖的男子收刀入鞘，慢慢从那尸山血海中走回来，在他身后那面目狰狞的大黑天神收缩身形，又变成了一只小小的铁皮傀儡，蹦蹦跳跳一路跟随。

归源宗的弟子们，第一次真正见识到魔修的实力，也算是第一次见识到战场之上真实的杀戮和残酷。

"岑大家，像您这样的实力，猎杀妖兽的时候想必是所向披靡，魔灵界恐怕没有您绞杀不了的妖魔吧？"休息的时候，程宴找岑千山了解魔灵界的情况。

"你会说这样的话，是因为你没有见过魔灵界的战场。"岑千山低着头，用一块细布擦拭傀儡上的血污。

他们此刻在废弃的城墙附近，曾经高耸入云的城墙如今缺了一个巨大的口子，丝丝天光透过那个缺口照进城墙里来。

光影斑驳之处，堆积着大量半风化的斑斑白骨。可想而知，数百年前妖兽破城之时，这里战况的惨烈。

"在这里每一天都有很多人死去，每隔数十年就有一座城市覆灭，"岑千山淡淡地道，"再厉害的修士也有可能下一刻就陨落在战场上。我之所以有那么点小名气，只不过是因为凑巧还没有战死而已。"

程宴沉默了，他自小就喜欢阅读关于各种妖兽的书籍，很是向往妖魔混居的魔灵界，时常在夜深人静的时候，想象那个人类和精灵共存的世界是多么富有传奇色彩。

直到如今，真的到了这里，他才有些明白对这里的人而言，每一天都面对那样巨大而恐怖的妖魔，每一天都参与刚刚那样生死一线的战斗，是一种极其艰难而辛苦的生活。

从前，铁柱峰的师父喜欢安排他们去山下的冲虚观里值班，或是看守面摊，或是接待香客。年轻的他们总觉得这样的任务过于无聊，渴望着能接到轰轰烈烈、热血沸腾的战斗任务。

此刻他突然怀念起面摊上那舒适飘香的气味来了。

岑千山翻手取出一支长箫，眸波微不可察地向某个方向动了动，举箫就唇。

天空寸寸微云，丝丝残照。

大地上洞箫声起，如清泉冷透，似卧雪怀冰。

曲乐呜咽，清且远，浓又烈。似有人缠思剥尽，婉转心伤。独立在那寒庭，孤寂余生，心中无名灭难消。

又似有人芙蓉帐暖，桃花酒醉，双双柔情似水，雪里惊心，多少春情不负。

非情深者，奏不出此调；无意重者，吹不成此曲。

吵闹的营地在这样的悠悠洞箫声里渐渐安静下来，听曲的人都免不了因曲动容，同尝一杯苦酒，共理一份情愁。

几个女孩子围坐在炉火边，丁兰兰伸手抹了一下眼角。

"唉，我怎么都给听哭了。"她有些不好意思地说，"这曲子听起来太让人心酸了。"

蹲在她对面的张小雪，低头持着树枝拨炉火，沉默无言，不知心中想着什么。

"以前，看他们那些话本，倒也觉得没什么，总觉得是个故事，还挺有趣的。"另一个女孩示意了一下箫声传来的方向，压低了声音，"如今看到真人，突然就觉得特别悲惨，你们想想，一百多年，独守在空荡荡的废墟里，是怎么熬过来的。"

"欸，我真的很好奇穆雪是一个怎样的女人。你们看那位吧，有才有貌，什么都拿得出手。为什么当年穆大家就看不上他呢？要有一个这样的郎君对我献殷勤，我只怕是挡不住。"

"明明一起生活了那么多年，却连个名分都不给，这个穆雪也未免太渣了吧？"

女孩们的话题逐渐偏离到了奇怪的方向。

一曲终了，余音悠悠。

岑千山垂下眼睫，摩挲着手中的洞箫，眼底是一片冰雪纷飞的世界。雪舞空中，自由自在，却不愿为他停留。自己什么时候才能接她在手心，等来雪化之时？

小千机一溜烟从女孩们那边溜过来，冲他比了个成功的手势。

岑千山那沉沉的眼眸就有了细碎的光。

"我都听到了，那些女郎听了曲子都感动得不行。穆大家肯定也心动了。"千机飞快地翻出一本小册子，小手指掰起来，"想要取得女郎的欢心，就得按着上面的做：第一步，给她送桃花；第二步，在她面前展现才艺。"

岑千山忍不住问道："第三呢？"

"第三步就是在她面前……"

主人你自己又要问又不让我说出来是几个意思？

第五十八章

乱了的心湖

岑千山把千机抓在自己膝盖上做日常的保养，用灵力清理它身体缝隙里的细沙，给它的关节涂上新的机油，舒服得它发出吭哧吭哧的声响。

"在保养傀儡呀？"穆雪在他们身边蹲下来。

男人沾着机油的手指微微顿了顿，没有抬头："嗯，它的年纪已经很大了，需要仔细保养。"

千机不满意地小弧度挥动小手，抗议主人居然在穆大家的面前说自己年纪大了，可惜因为此刻胸腔被打开了，不敢随意乱动。

穆雪伸手在小傀儡光溜溜的脑壳上摸了摸，安抚它。千机翻翻铁皮小眼睛，发出高兴的哼哼声。

虽然这么多年了，千机还是和当年一样可爱呢，而且还被保养得这么好，穆雪心里高兴地想，这是陪着自己最久，也是自己最疼爱的小傀儡，当年还以为它陪着自己魂飞魄散了，心里一度很伤心，看来是小山后来把它捡回去了，还把它修理养护好了。

穆雪看着岑千山手里的洞箫，有些好奇："你的箫吹得真好，想不到你会这个。"

"本来是不会的。"岑千山语气淡淡的，貌似随口回话，"有一次，师尊回来的时候，说喜欢柳如烟吹的曲子，我就悄悄开始学了。"

穆雪疑惑地嘀咕了一句："柳如烟是谁？"

岑千山抬头看了她一眼，又低下头去。

我什么时候夸过别人的音律好了？根本不记得了，穆雪摸了摸脑袋。她没有注意到岑千山因为自己这句无心的话，一直抿着的嘴角不可抑制地带上了愉悦的弧度。

"你不知道也正常，那只是一个无关紧要的人。"岑千山低头忙碌，手里动作不停，"从前，师尊喜欢听曲子的时候，我还不会吹箫。可是后来我练了好多年，终于学会了，就想着有一天能吹给我师尊听。从前我不太懂事，天天麻烦师尊做饭给我吃。现在我也学会了做饭，就想着也能做给师尊尝尝。"

他给千机换上了一块新的灵石，闭合它的胸腔，拍了拍它，让它起来。

然后他抬起头，转过眼看着穆雪，眼中有水光，透着一点点期待："你觉得，她会不会喜欢？"

此刻，他们彼此之间挨得有些近，以至于穆雪可以清晰地闻到他身上传来的一股熟悉的皂角味。

那是在一座落雪的院子里，有一个小小的洗浴房，那里面的皂角所特有的香味。

"她……她必定是很喜欢的。"穆雪忍不住这样说。

突然就想起刚刚师姐们说的话，像他这样俊美又温柔的男人，费尽心思地对谁下功夫的时候，又有谁能挡得住呢。

"你……有没有想过，"穆雪小心翼翼地道，"如果你师父她……再也回不来了，或者哪怕她回来了，但是她没办法回应你的这份感情，那你该怎么办？"

仿佛配合着她的话语一般，空中那一丝丝阳光也躲到了云层的后面。

天色暗淡下来，飘散着冷冷的细雪。

对面的男人眼底似乎激起怒意，死死凝视着她，半晌后仿佛自嘲地笑了一声："我该怎么办？"他抬起自己的手，那手指修长，线条流畅，指腹沾了一点点机油。他用这样的手接住了一小簇从天空飘落下来的雪花，把一点亮晶晶的东西递给穆雪看："你看，这是雪。在我曾经生活的世界里，是没有这样干净的东西的。那里既黑暗又污浊，充满了腐朽和恶臭。"

"我从很早以前就喜欢上了她，日久而深陷，直至再也拔不出来。"他漂亮的眼眸动了动，像冬季里的一湾深潭，映着荧荧的雪光。

"但我那时候不敢说。我觉得像自己这样从沟渠里出来的东西，腐朽又恶臭，配不上那样纯白的她。"

"不不不，你怎么会是腐朽的东西。"穆雪心里急了，脱口说道。

"可是，现在我后悔了，这一百多年，我没有一天不在悔恨中煎熬。"岑千山抬起眼睑，"我应该更努力才对。配不上她，就努力让自己变得优秀。她眼中没有我，就努力到让她看见自己为止。我不该那样愚蠢怯弱地松手，以致错失了她。失去了她，我还能剩下什么？"

穆雪张了张嘴，被那掏自肺腑的宣言压得说不出话来。

"你觉得，如今的我，有喜欢她的资格吗？"岑千山低头看着穆雪，声音又低又哑，带着一点压抑的委屈，"我能不能有这份资格，试一试？"

穆雪心底的话滚了又滚，怎么也不忍心说出否定的话，只得讷讷道："当……当然。"

那个男人就笑了，他仿佛放下心中的一块大石，在飘雪的季节里因为一个短短的回答，露出了松了一大口气的笑容来。

"哪怕她还不喜欢我，不愿意搭理我，都不要紧。我会试着让她看见我，试着让她回到我的身边。"他的手指按着自己的脖颈，那里有一枚赤红的吊坠，"我可以一直等，一百年，两百年，直到我燃尽，熄灭，化为灰烬的那一天为止。"

这个世界上，最能打动人心的东西，从来都不是话本里精心雕琢的浓词艳句，也不是诗词歌赋里伤春悲秋的语调，而往往是这样取自肺腑之中，剖开胸腔从心里掏出来的话。

眼前的岑千山，微微敞着的衣领里露出挂在脖颈上的那条红玉项链。那雕成红龙的吊坠红得就像一团火，燃烧在那白皙的锁骨中间。

在此刻穆雪的黄庭之中，心湖之畔同样站着个一模一样的岑千山，那人从水中出来，发梢上落着水珠，眼眸中盛着清泉，沉默无言地直视着她的元神。

一时之间心境里外，两双眉目重叠，搅得那心中湖水皱成一团。

"你觉得她会不会怪我，会不会说我大逆不道？"岑千山慢慢逼近，用喉音轻轻问询。那喉音低沉，尾音挑着一个嗯字，有一种天生撩人的味道。

黄庭中的那条火龙从云里降下来，盘着穆雪的元神转了一圈，看着湖边那只湿淋淋的水虎，悄悄在她耳边说话："答应他吧，我很中意他。"

水火之间，炙热如斯，心湖一片混乱，穆雪甚至不知道那是火龙的声音还是自己心底的话语。

时间仿佛在那一瞬间停滞了，周围的一切都变得朦胧不清。整个世界里只剩下彼此静立着的两个人，灼灼的目光试探着去触碰对方的心。

此时此刻，在离他们不远之处，那残旧的古城墙下。

夜照族的白色小鸟不知从哪里叼来了一朵花，扑腾着残缺的翅膀，挣扎着跳上萧长歌的肩头，歪着小脑袋把口里的那朵花递给她喜欢的人类男孩子。

她口吐人言道："我喜欢你，你比花朵还要好看。"

附近几个和萧长歌相熟的弟子吹着口哨笑话起她来。

萧长歌脸红了，伸手阻止了他们："别笑，不要取笑她。"

他红着面孔把那只残缺了翅膀的小鸟从肩头抱下来，捧在手中，看着她的眼睛认真地说："谢谢你喜欢我，这还是我第一次收到女孩子送的花，我真的很高兴。可是请你原谅，我是无法接受你这份感情的。我们种族不同，生活习惯不同，何况我只能在这里待七天，七天之后我就要回我的世界去了，那里有我的家人和朋友，还有敬爱的师长在等着我。"

小鸟伤心地用爪子抓了抓他的掌心，吧嗒吧嗒开始掉眼泪。

萧长歌用藤蔓催生了一个小小的鸟巢，把那只眼泪汪汪的小鸟安顿在上面，摸了摸她还绑着绷带的颈背。

"你可以先跟着我几天，我每天给你换药，等你的翅膀长出来，再自己飞走吧。"

他举起手臂，把鸟巢暂时放在门洞边一个凸出的石像上。

城墙深深的门洞里在这个时候传来嗒嗒嗒的拐杖声。

萧长歌抬头看去，正看见一个身材枯瘦矮小的老妇人，一手挂着拐杖，一手提着篮子，佝偻着脊背从半明半暗的城门里走出来。

她看见了萧长歌，还笑眯眯地歪着脑袋和萧长歌点点头。

是妖怪吗？萧长歌脑袋里转过一个念头，但怎么一点灵力波动都没察觉到，该不是普通人类吧？

普通人又怎么可能出现在这样妖魔丛生的废墟里。

这个念头还没有消失，一条熟悉的红绳突然出现，紧紧捆束住那个身材矮小的老人。一道雪亮的刀光几乎同时闪过，气势汹汹地将人一刀劈成两段。

两段残躯，一摊血水洇湿了土地，其余众人才反应过来，纷纷站起身。

"怎么回事？是妖魔吗？怎么一点妖力都没感觉到？"

"看起来好弱，这是什么妖？"

"是不是草率了点？"

"岑道友出手了？是什么厉害的妖魔吗？"

一路走来的这段旅程中，穆雪很少依赖她那条极为厉害的捆仙索，不到紧要关头从不使用。

而岑千山更是几乎从来不率先出手，大部分时候只在队伍的最后默默看着他们战斗。

令大家吃惊的是，刚刚那个灵力波动全无，看起来十分弱小的老太太，不知什么地方惹得穆雪和岑千山第一时间齐齐出手。

"知道是什么东西吗？"穆雪低声问岑千山。

"不知道，但我感觉很危险。"无数次生死之战磨炼出来的直觉告诉岑千山，眼前是一个绝对不能掉以轻心的敌人。

一路上，他保持警惕将神识外放，方圆数里之内带有灵力的生物都不可能逃过他的感知。

但这个其貌不扬的"老妇人"竟然就这样不声不响地走了进来，直走到他的视线所及之处才被发现。

再柔弱的普通人，也有属于生物的一丝灵力。眼前这个老人，在自己神识的笼罩下，竟然连一丝一毫的灵力波动都没有，就像是根本不存在一样。

片刻工夫，那浸透在血泊中的两段身躯各自发出了咕噜咕噜的气泡声，两个大小形态和之前一模一样的老妇人从血泊中爬了起来。

她们似乎忘记了自己刚刚死过一回，依旧挎着篮子，拄着拐杖，嗒嗒嗒地往前走，边走口中还不停唠叨闲话：

"下雪了，这样的天气喝一盅暖乎乎的黄汤才舒服呢。"

"听说秦淮馆新来了一位小先生，该去听一曲的。"

"神殿的祭品还不曾换，莫要忘记了。"

这样颤颤巍巍的老婆婆在被程宴拦住道路的时候，却突然张大了没牙的嘴，发出一阵极为刺耳难听的尖叫声。

那声波似一股污浊恶臭的潮水漫过所有人的识海，污染了神识，搅弄得听者识海混沌，灵气紊乱。

金光护身的程宴却挡不住这样污染神识的攻击，捂住脑袋痛呼一声，口中溢出血来。

丁兰兰的傀儡从天而降，一脚踩死正在尖叫个不停的魔物。

但没过多久，魔物的尸骸中，又生出了数个一模一样挎着篮子的老妇人。

更多的人参与到了战斗之中，可怕的是每一次杀死一个魔物，很快就会生出更多的魔物。

不多时，城墙前的这块街区上，来来回回走着的全都是白发苍苍、身躯佝偻的老妇人。

"去找王婆子唠唠嗑吧。"

"打神鞭居然在这样的小丫头手中。那不是白无常的东西吗？"

"听说西街二狗子的老婆和汉子跑了。"

"又下雪了，晒在院子里的线香收起来了没？"

"这一次献上来的祭品可真不错。"

众多的老妇人来回穿行，絮絮叨叨自言自语，看上去人畜无害。

可是她们一旦在某个地点停下来，就会突然张口发出刺耳的尖叫声，让身在近处的人痛苦不堪，骤然失去战斗能力。

他们陷入了僵局，越杀敌人就越多，但如果停止杀戮，众多魔物齐声呐喊起来，谁都受不了。

这样下去不是个办法，穆雪站在高处想。

这些一定不是妖魔的本体，要找到本体，彻底将之剿灭才行，否则越拖延下去越危险。

穆雪坐在映天云中，沉心静气，神识向四面铺展，向着大地深处渗透下去。她身体虽然还处于筑基期，但如果单论神识的话，她已经是接近金丹期的修士。

穆雪的神识化为数抹银丝，向着地底深处一路探索下去。大地之下先是坚实的城基，后来是黑暗无光的泥层。

再往下，嗯？似乎有一个尘封在万顷土石之下的巨大神殿。那神殿宽广无边，深处隐约有一团光。

穆雪努力将神识拉伸得更长，想要瞧清楚那一团朦胧的光影到底是什么。渐渐看得仔细了——像是一块凝固了多年的琥珀，里面封闭着一个双目紧闭的元神。

穆雪的神识慢慢靠近的时候，琥珀之中一抹冰冷刺骨的意识蔓延出来，一把拉住了穆雪，把她往下拖去，那是一个蜷缩着身躯抱着双腿的女子，她突然睁开眼从琥珀中向穆雪看来。

她有一双曼妙的眼眸，含着春情与秋思，妩媚又迷人。

穆雪在下坠中听见了一声幽幽的叹息之声。

"咦，好有趣的孩子。拥有这么强大的神识，却又才刚刚开始修行。虽然刚刚开始采液还丹，但根基却如此扎实而稳固。"那个声音在空洞无人的世界里笑起来，"最妙的是走的还是有情道。看来，终究还是被我等到了。"

地面之上，坚挺了数百年的城墙，开始簌簌发颤，大块的土块不断掉落，土崩瓦解。

那些满地乱跑的老妇人，拥向了一个方向。她们互相推挪叠加着往上攀爬，逐渐构成了一个巨大的年轻女性模样。

只见那女子窈窕婆娑，逍遥姿纵，身姿婀娜有致。她只披着一层缥缈的薄纱，素足玉臂之上套着金环，举动之时，金环碰撞，传来叮一声清响。

如此含情体态，魅而不俗气，莫说在场的男子，便是女子看了都忍不住心跳加速。

"这到底是什么妖怪，我在书籍之中怎么从未见过？"面对这样身姿曼妙的女子，程宴不好意思再施展法天象地和她贴身近战，只能退到远处，口中询问。

林尹抬起手臂指着前方，指尖微颤："你们看，她……她是不是和那些佛像长得一样？"

这里道路两侧的建筑大多残破损毁，但依旧可以看见众多混迹在石质建筑里的欢喜神像。

此刻，林尹的手一指，大家才惊觉那欢喜神像中的女佛，不论衣着容貌，都和眼前出现的这个女子几乎一模一样。

那魔神抬起素足，慢慢站起身，莲步轻移，向着穆雪的方向走来。

"主人，"忘川剑稚嫩的声音在穆雪脑海中响起，夹杂着些畏惧的情绪，"我似乎见过这个人，但我想不起来了。"

"不要怕，"穆雪安抚它，"不论她是谁，只要我手中有你，便是神魔也可尽斩之。"

在忘川剑灵朦胧的意识里，突然响起了一个声音，有人也曾这样和它说过。

"忘川，只要我手中有你，天下神魔尽可斩之。"

那年代太过久远，久到它已经不记得是谁，或许是它上一任主人吧。

穆雪手抚剑刃，以血冲出煞气，一剑寒霜，斩向那逼近自己的魔神。

"哦，忘川剑？"地底下，带着磁性的妩媚嗓音再度响起，"忘川剑、捆仙索，东岳的东西怎么会在你的手中？"

东岳古神乃是上古大神，这世间不论仙魔鬼物提起他，无不尊称古神一声大能。但这个女子直呼其名，淡淡的口气仿佛那只是她把酒言欢的一位朋友而已。

她第一句话说出的时候，离穆雪还十分远，随着双足之间金环叮一声响，那如丝媚眼已经骤然贴近了穆雪的眼前。

穆雪心中大吃一惊，心念一动驱使映天云后退，翻手祭出了一个小小的傀儡。

那巴掌大小的傀儡肌肤粉嫩和真人一般，手持一枝碧莹莹的荷叶。只见它小手变幻，空中现出漫天荷叶重影，一时碧荷连天，再也找不到穆雪所在的那一朵小小映天云的行踪。

这是穆雪用在门派宝库中挑选的那块天外陨铁所制作的傀儡，因为时间短暂，只炼制了一点简单的功能，这还是穆雪第一次在战斗中使用它。

不愧是天外陨铁炼制的傀儡，驱使起来和自己心意相通，如臂使指，配合默契。

举着小荷叶的小傀儡看见主人成功遁走，露出十分拟人的开心神色。无穷无尽的绿色荷叶之间，伸出一只莹白柔软的巨大手掌，那硕大的手掌一把抓住了小小的傀儡，将它高高举起。

小傀儡尖叫一声，面上现出红色的符文线条，周身化为液体，从那大欢喜神的指缝中溜走了。

高立在半空中的魔神低头看着空空如也的手掌，一抹红唇弯了起来："真是神奇，东岳已经离去数万年之久，想不到人间竟然有人能领悟到一点东岳的化物神技呢。"

穆雪的映天云在远处出现，她伸手弯腰，那化为液体的小傀儡匆匆忙忙向着她翻滚着跑来，一路滚上她的手心。

穆雪收起傀儡，一脸警惕地看着远处身姿婀娜、举动含情的欢喜魔神。

那位欢喜神却并不生气，反而眉目带笑，抬起束着金环的手臂双掌合十："等了这么多年，本来不再抱有希望，却想不到真的能被我找到。

"那么，就随我进大欢喜殿来吧。"

她精美的面容如同碎裂的宝石一般溃散，整个身体像是沙砾一般散于大地。

天地随着她的消散摇晃，大地隆隆裂开了一个巨大的口子，现出黑洞洞的无底深渊。从高处看下去，深渊内壁隐隐见着楼台飞阙，似有着一座层层向下延伸的巨大神殿在那底部。

那深渊内产生了无法抵御的巨大吸力，城墙、建筑、植被都被连根拔起，吸进无底的洞穴。

穆雪瞬间只觉天旋地转，再也控制不住映天云，连同漫天飞沙走石一道被拖进深不见底的黑洞。

头顶一线天空被沙石遮蔽，身后是无法抵御的神灵之力。穆雪失去对身体的控制，急速翻转下跌，被一路掉落的巨石飞沙砸得头晕眼花。

一片混乱之中，突然不知从何处伸来一只手臂，那有力的手臂一拉到她，就一把将她拉进了一个坚实的怀抱中，紧紧地护住了。

第六卷

欢喜殿

送君入罗帷

不再松开你的手

第五十九章

昏天暗地之中，穆雪发觉自己贴着一个结实而宽厚的胸膛。

她能从那人身上闻到一股熟悉的淡淡清香，能感觉到透过薄薄衣料传来的体温，能听见一声声清晰的心跳声。

千机化成的黑色鳞甲从她的身后层层覆盖上来，把她严严实实护在铠甲和岑千山的胸膛之间。

面对险境，穆雪习惯的是用自己的血肉之躯拼出一条活路，用自己的伤痕累累换来一线生机，自幼如此。很少想过这个世界还有能让她偶尔依靠的人。

曾几何时，那个被自己护在身边，瘦骨嶙峋的少年，可以反过来这样用胸膛和手臂护着她，彼此为对方遮风挡雨。

有他的存在，哪怕坠入这样未知的空间，似乎心底也不再那么害怕。

他们飞速下落，掉进了一个诡异的异度空间。这里面没有山石泥土，只有茫茫一片苍穹，星云缥缈，大小不一的星体悬浮其中。

在这个诡异的空间里刮着强大的飓风，随时可以撕裂一切的空间裂缝，像一张张裂开的大嘴，猝不及防地四处出现。

穆雪感到有一股温热的液体，滴落在自己脸庞上。

那是血，岑千山的血。

"放开我，你受伤了。"穆雪推那个胸膛。

那人什么也不说，一只手臂出力，把她更用力地向着怀里按了按，另一只手抽出了雪亮的长刀。

寒霜出鞘，劈开那一道道骤风乱流。岑千山的身后出现隐隐约约的空间虚影，空间内面目狰狞的魔神轮番出现，勉强护住他们从那些恐怖的黑色裂缝周围险险穿行而过。

即便如此，他的身躯还是渐渐被血染红，就连防御力强大的千机都在一次次的冲击下开始崩裂，不少的碎片从它的身上不断剥离，遗落在茫茫不分上下的空间内。

它也因此变得越来越薄，很多时候，无法完全挡住那些强大的攻击。

"金丹期就达到修罗境，算是难得了。一天之间竟然遇到两个有意思的人类，真的是很有趣呢。"

那星斗满布的苍穹之上，一颗黑色的星体上站立着一个巨大的神像，那神像手戴金环，双目苍白，带着古神的威压居高临下从天际俯视下方。

"我要留下的只是你怀中之人。"带着磁性的柔美嗓音从天空传来，"念你修行不易，松开她，放你离去。"

岑千山不说话，回答她的是劈空而来的刀影。

"蝼蚁一般的生命，也敢与吾相争？你可不要后悔。"天空中传来冷淡的话语，那巨大的神像虚影渐渐消失在苍幕之上。

岑千山伸手抹掉脸上遮挡视线的血液，不搭理来自空中神灵的话语，也不顾怀中穆雪的抗议，白刃含光，孤身血战。

百年之前，我眼睁睁地看着你们这些神灵，降下九霄天雷，把我最珍贵的东西化为灰烬，却无能为力。

如今，能这样把她抱在怀中，护着她，就算是我死，也算是了却我当年的心愿。

"让我出去，岑千山！岑小山！"穆雪大声喊话，无意间带出从前习惯的称呼来。

战况之艰险惨烈，她的元神看得一清二楚。千机的铁甲被不断剥落，它在岑千山的控制下，全面地收缩了防御范围，只堪堪护住自己一人，而从岑千山胸膛流下的温热血液，几乎浸湿了她的头发。

"你放开我，以你金丹期的修为，自己一个人才有可能逃得出去。"穆雪心底焦急，尽量解释，"我不会有事的，你放心。岑千山，我一定还会出现在你的面前，一定还会再来找你，你明不明白？放手，你放开我。"

在这一刻，穆雪多想告诉岑千山，自己就是他挂心多年的师父。

他不用这样拼死血战。自己虽然在这样的风暴中难以存活，但即便死了，也还能重生，二人还有再见的机会。

只恨她不能述之于口，这话一旦说出来，言禁失效，无限化身轮转秘法也就没有效用了。

岑千山一言不发，固执地护着她，寒刀浴血，孤身战神域。

也不知道这样过去了多久，他们终于脱离了那个诡异的异度空间，掉落在了实地上。

千机从穆雪身上脱落，收缩成了半个残缺不全的小傀儡，铁皮的嘴张合几下，发不出任何声音。

穆雪看了一眼千机，又看一眼眼前鲜血淋漓的人，眼眶红了。那人用浸透了血液的手指虚扶了一下她，上下仔细打量，露出欣慰的笑："好，好，你没有事，这一次总算没……事……"

话未说完，人已经耗尽灵力倒在她肩头。

穆雪接住他，偏过头去，不忍心看他那样伤痕累累的后背。

昏迷中的他依旧紧皱着双眉，穆雪看了许久，伸手轻轻抚平了他的眉头，摸了摸他柔软的头发。

他是不是猜到了什么？但他竟然忍着什么也没问。

想到刚刚在地面上，他那样热烈而直白地诉说着情思，想到掉落深渊时，他那样不管不顾地保护着自己，穆雪心中又酸又涩，忍不住低头抵住他的脑袋，悄悄拥抱了他一下。

他们所在之处，似乎是一条长长的隧道。隧道曲折幽深，不知通往何处。黑暗无光的地底十分潮湿，石壁四处响着滴答滴答的滴水声。

穆雪从储物袋里取出一盏琉璃灯，亮起了一圈暖黄色的光。

在灯光的照耀下，可以看见石壁上每隔一段距离就有着雕刻精美的石像，石像有凡人，有妖兽，有魔神。有些面目狰狞，有些慈眉善目。在光影的晃动下，神秘而古朴，宛若有灵。

穆雪站起身，想要向前走去，一只手伸过来拉住了她。

"别走。"岑千山睁开了眼，微弱的灯光打在他轮廓分明的侧脸上。他看上去面色苍白，双唇毫无血色。

"你醒啦？"穆雪弯下腰看他，温言道，"没事，我只是想去前面看看，不会丢下你的。"

"你会，"受了伤的男人眼波氤氲，意识似乎还有点模糊，"你们都会，你们一个个都把我随便地丢了。"

穆雪只好召唤出映天云让岑千山躺在上面，驱使白云飘在自己的身侧，和自己并排向前慢慢走去。

灯影摇晃，石壁上那些姿态各异的石像投下变幻摇曳的阴影，仿佛它们在下一刻就要活过来一般。

石窟里滴答滴答的滴水声，伴随着脚步声不断响起。

"我才五岁的时候，我爹娘就不要我了，把我卖……卖了两颗低阶灵石。"

躺在映天云上的岑千山看着头顶向后移动的石壁，一路走一路慢慢地说，像是在和穆雪说，又像是自言自语。

空阔无人的长长隧道里，响着他虚弱的声音。

"没多久，买了我的那个男人死了。他的妻子把我卖进了奴隶市场。在那里，我每天都会挨揍，每天等着各种客人对我动手动脚，挑挑拣拣。他们说，我只是一个玩物，一个商品，根本不是人。

"好一点的话我会被卖给一个有钱人家，为奴为仆。不好的话就被卖进暗无天日的矿穴里，劳作至死。

"所以刚刚到师尊身边的那几年，我小心翼翼、费尽心思地讨好她。但每一次只要她带我出门，我都心惊胆战，害怕她是不是要把我带出去丢掉。"

穆雪沉默地向前走，心底想起往事。

如今躺在云上的岑千山，肩宽腿长，从前的他还是个瘦得不行的小男孩。那一天她带着他出门采购，走到货街街口的时候，他的脸色一瞬间变得惨白，突然就死死抓住墙壁，不肯再移动脚步。

"怎么了，走快一点。"当时的穆雪回头催促。

那瘦骨嶙峋的少年沉默了许久，低下了头："我……是我做错了什么吗？"

"你在说什么？快一点。你要是不进去，就在这里等我好了。"

穆雪不明白他为什么闹情绪，只得自己一个人走进了那个交易各种商品，包括人口买卖的货街。

等她参加完冗长的拍卖会，再出来的时候，蹲在墙角一步也没有移动的小徒弟飞奔到她的身边，红着眼眶，顶着一头一肩的雪，哆哆嗦嗦朝她伸出手。

穆雪握住了他的小手，那手又冰又凉，一手心的冷汗，不停地打着战。

"这是怎么了？很冷吗？这就带你回家去了。"

"我们回家吗？"

"是啊，买了好多东西，还买了不少好吃的。最近晚上都可以炖牛骨汤喝。"

"……"小小少年昂头看她。

"嗯？"

"师尊是不会丢下小山的，对不对？"

"当然，为什么这样说？我们小山这么能干，我怎么舍得把你丢了？"

当时的小山，眼里亮着星星，明明自己并没有做任何值得他开心的事，他却一路欢天喜地地回家了。

原来那时候，他怕的是这个。穆雪有一点懊恼，当年的自己是那样没心没肺，竟然连去曾经售卖他的奴隶市场都带着他一起，完全没有体谅过那个少年的心情。

穆雪回过神来，眼前的隧道还很长，身边曾经的少年已经成长为一个比自己还要高大的男人。

"师尊是这个世界上唯一对我好的人。在她的身边多年，我渐渐安下心来，以为自己再也不会被抛弃，"岑千山的声音响在无人的山洞中，"可是她最终还是撒手把我一个人丢下了。"

穆雪伸出手，握住了他的手掌，握紧了，轻轻捏了捏："你受伤了，好好睡一会儿吧。别怕，我不会松开你。"

她牵着那朵云，牵着躺在云上的人，一点点向前走去。

于是那个人就在云朵般的梦境中，慢慢闭上眼，陷入了安心的睡眠。

第六十章

埋骨他乡

不知是因为伤得太重，还是因为什么，岑千山这一路上睡得格外深沉。只是即便在睡梦中，他握着穆雪的手，也不曾放松过一点力道。

穆雪见他睡得香甜，便尽量放轻脚步，缓缓地在幽暗的隧道中走了许久。

暖黄的提灯，阴暗幽冷的道路，还有牵在手中的岑千山，岁月仿佛回到了从前，那些明明过得艰难，却令人安心的日子。

前方渐渐有了亮光，漫长的隧道到了出口。穆雪从隧道里钻出来，外面是一处山谷，虫鸣鸟叫，天光明亮，刺眼得很。

她伸手遮住岑千山的眉眼，举目四望。

隧道的出口开在半山腰上，向下看去，山壁上遍布着大大小小的无数洞穴，洞穴幽深，不知都通往何处。洞穴之外，上下有石径相通，空中另有桥阙互连。

处处都是人工雕琢的痕迹，山谷之内却寂静空旷，未闻半点人声。

若是举目向上看去，山壁高耸入云，头顶茫茫一片，不见日月，未有星辰，不知这天光从何处来。

手心下那人的眼皮微微动了动。

"醒来了吗？"穆雪松开指缝，移开手掌，低头看他。

山间落叶飘零，幽虫絮絮。

手掌移下来，露出一双剪水秋瞳，那眼波温柔又深沉，让人看了忍不住心生欢喜。

被这样的眸子盯着，穆雪心跳莫名变得快了起来，她突然就产生了一种荒谬的想法，觉得很想一直在这荒山野岭中走下去。

她心猿意马地牵引着映天云，沿着山道上陡峭的石级往下走。

石级脚下的谷底，荒草依依，青松如盖。

行不多久，穆雪在一棵郁葱古松之后，发现了数座墓碑。

整个山谷内，不论是石像还是崖刻，都精致华美，带着对神灵崇拜的精雕细刻，和千万年悠久岁月遗留下来的厚重包浆。只有这一排石碑突兀地立在荒草丛中，粗糙而简陋，像是有人临时以刀斧匆匆劈就，年代也新得多，至多不过一二百年的工夫。

穆雪走上前去，分开草丛细看。

每一座石碑的表面都光洁一片，无名无姓，也没有立碑之人和立碑之日。只在石碑顶端，深深刻着一个类似莲花形的山脉图案。

穆雪皱起眉头，这个图案她熟得不能再熟。

九朵花瓣代表的是有着九座山峰的九连山，也是归源宗山门所在之处。这个图案就是归源宗的宗门徽记。如今，穆雪随身携带的那枚符玉上，便有着一个一模一样的图案。

这意味着，曾经有一批归源宗的弟子来过这里，集体陨落于此，埋骨他乡，再也没有回去。

穆雪拔除野草，看见其中一座坟台上端端正正摆着一枚归源宗弟子所独有的符玉。

符玉在归源宗所有弟子入门时配发，一经佩戴终生相随，即便遗失也会自动回归，虽死而不离身。能把它摘下来，留在这里，只有一种情况，便是此人已被师门除名，使得符玉失去了特有的法阵效应。

穆雪拿起那枚符玉，抹去上面厚厚的尘土。那蒙尘多年的法器和穆雪身上佩戴的一般无二，确实是师门特有之物。符玉的正面书刻着"徐昆"两个字。

"徐昆？"穆雪来回翻看这枚符玉，没想起这个名字是谁。

她修习过宗门历史，门派中历代有名望的师叔和师祖的名字她都有印象，却不记得有徐昆这个人。她只得把这枚符玉收入储物袋中，准备回去之后再行询问。

穆雪收起符玉，在附近转了一圈，又在不远处的山崖下找到几间凿开的石屋。

屋中如今虽然蛛网交织，尘土厚埋，但桌椅石床，灶台锅具，一应俱全，显然是有人在此地居住过不短的时日。

屋门外的石崖上，剑痕深深，交错纵横，纵然数百年岁月过去，森然剑意依旧清晰地遗留在山壁之上，不曾被时光磨灭。

穆雪仰望着那数百年前留下来的剑痕。

这套剑法她也很熟悉，是师尊苏行庭传给付云师兄，也传给了她的梅花九剑。

当年在此地使剑的，不知道是门中哪位先辈。那位前辈剑意这般精纯，却也最终困守山谷，埋冢他乡了吗？

穆雪在附近细细转悠许久，没有找到一个活着的人，也再没有别的发现。只得回到那几座无字碑前，她清空了坟头杂草，又从储物袋里取出宗门里特有的瓜果点心，摆了几碟，捻土焚香祷告：

"先辈在上，师门后学张小雪偶经此地，焚清香三炷，遥祭英灵，还望先辈们早日魂归故里，再入轮回，重登大道。"

说完她恭恭敬敬拜了几拜，方才起身离开。

在山谷底虽然至今没有遇到任何危险，却让穆雪心中沉重了起来。这个奇怪的山谷到底是什么地方，为什么会有曾经的归源宗弟子埋葬在此地，自己能不能找到回去的道路？这些如今都还不得而知。

穆雪看了一眼昏昏沉沉睡在映天云中的岑千山，首先要做的是保护好受伤的小山，再慢慢找到出口，不可先自乱了阵脚。

她离开魂冢，在石崖夹道的山谷中沿着一个方向往前走。随着渐渐深入，谷道两侧的崖壁开始出现成双成对的雕像。

这些神像不再如同地面之上欢喜城内所见的那些雕像，那里的雕像虽然精致，但匠气明显，举止僵化，神色呆板。

这里的男神铄劲成雄，秉刚挺秀，女神云水天姿，花含春露，无论是神态举止，肌肤纹理，无一不细微精巧，栩栩如生，当真鬼斧神工，非人力所能及。

他们彼此之间或是含情仰受，悱恻缠绵，或是秋波传情，春光无限。穆雪牵着托着岑千山的云朵走在这样的道路中，忍不住红了面孔。

第六十一章 传说中的神殿

再往前走，谷道上出现了一个玉石门楼。此门楼竟以世间罕见的彩玉整体雕成，发五色之渥彩，流耀含英。门上高悬一牌匾，上书三个大字"欢喜殿"。

穆雪曾在魔灵界生活多年，也听说过欢喜城这座曾经繁华又毁于一旦的昔日重镇。

据说此城因有一巨大而华美的神殿"欢喜殿"而得名。但奇怪的是，灭城之后数百年，进入废墟往来寻宝的人无数，却不曾有人在废墟上找到这个传说中被描绘得霞光万丈的神殿遗址，连残砖片瓦都不曾面世。

想不到，原来真正的欢喜殿深埋在城镇的底下，除非神灵亲自裂开大地，否则普通人根本寻不到门径而入。

穆雪领着飘浮在身边的映天云，正要穿过华光璀璨的玉石门楼。

"等一下。"岑千山的声音响起，他慢慢坐起身，握拳抵唇，微微咳嗽一声，从映天云上下来，抬脚率先向门楼内走去。

岑千山的性格穆雪是很了解的，想和你撒娇的时候，一点小伤也要摆出委委屈屈的模样。但真正战斗的时候，他只要还能站起来，就绝不会躲在自己身后。

小时候如此，如今长大了看起来还是一样没变。

他身上的伤是穆雪亲手包扎的，伤势有多重，穆雪又怎么会不知道？别看他现在还坚持走在自己前面，实际上就这几步路已经让他额角冒出了冷汗。

穆雪伸手拉住了他的手："走慢一些，我们一起走。"

走慢一些，我们并肩走，谁也不做他人羽翼下的附属品。互相扶一把，彼此守着对方。

两人牵着手，走进了这座传说中的欢喜神殿。

神殿之内，体象天地，经纬阴阳，琉璃宫室，金碧辉煌。那些精细到栩栩如生的神像随处可见。

穆雪和岑千山从那些精美的神殿门外经过，奇怪的是，不少门外看过去十分华丽的神殿，跨入其中之后，殿内却空空如也，有的尚有几尊姿势诡异的神像，有些干脆四墙光洁，空无一物。

两人慢慢走到一座彩绘斑斓的庙宇前。只见那殿门外描绘着古朴的图案，右上是一位红衣女子，骑着一条火龙，左下绘着一个白面郎君，跨着一只水虎，两人彼此隔空相望，眉目传情。

穆雪不由得止步看呆了。

眼前的图画竟暗合了她的修行功法和心境，穆雪便忍不住推开门入内一看。

其他宫殿大都空无一物，但这间和穆雪心境相符的殿宇内却灯火通明，暖玉温香。

说它是宫殿，反倒更像是一间寝殿。殿宇内屏风帘帐齐备，墙壁上镶嵌着的夜明珠泛出一种柔和而暧昧的光。

居中是一张玉石制成的桌子和一张美玉制成的玉床。

穆雪一进入屋内，就看到正对着她的墙壁上密密麻麻写满了文字。上前细看，开篇引用的是《易经》中的一句话"天地氤氲，万物化醇"，盖未有不交而可以成造化者。

这里看起来还十分正经，再往下画风一转，便写道：是以世间万物，皆以阴阳合而生，阴阳未交而死。故离龙制水虎，方顺天合道，具大智慧，得大法门。

却原来是一篇供女子修行的术法。只是此法视他人为炉鼎，强取豪夺，十分霸道。但修习者可短短时日成就纯阴之身，去矿留金，迅速达至金丹境界。对任何一位苦苦修行的人来说，这术法都有着极大的诱惑力。

要知这世间入门筑基的修士何止千万，成就金丹者却寥寥无几，结婴化神者更是几乎闻所未闻。这样一举结丹的捷径，哪怕是以他人修为性命为垫脚石，但又有谁人不想得？

文字写满了整面墙壁，不仅细述了功法，在篇末还有大量细致的配图。

穆雪面色一红，向岑千山看去，却看见他一脸茫然地看着自己。

穆雪问询之下，才知道在岑千山的视线中，眼前的墙壁竟是一片空白，什么图文都没有。

"你看不见？这一墙的字？"穆雪指着前面的姹女诀问道。

岑千山摇摇头："写的是什么？"

这个术法看起来只适合自己练，所以是特意显示给我一个人看的。

穆雪知道岑千山看不见，略微松了一口气，拉着岑千山想要往外走："不是什么好的东西，看不见也罢。"

屋中的那张玉石方桌，却在此时亮起了光。二人凑过去一看，只见桌面上现出一行小字：入我欢喜门者，可得欢喜殿之传承，掌神殿出入之法门。反之，地官无门，永不得脱。

穆雪："这……这是什么意思？"

岑千山皱着眉头："它的意思大概是，我们必须学会这里的一项功法，才能找到出去的路，否则就要永远留在此地。"

两人相互看了一眼，那么多间神殿走过了，只有穆雪一人在这一间内看到这一篇姹女诀。

"这也太过分了，"穆雪沉下脸色，"如果资质不适合，根本看不见这里的功法，或是没有修行的条件，难道就让人白白困死在此地吗？"

"走吧。"穆雪不再看桌面上的图文，拉起岑千山没有丝毫犹豫地往外走去，"我们到处找找，总有出去的办法。"

岑千山忍不住一路拿眼神偷偷看她。

"看着我干什么？"穆雪头也不回地跨过门槛，脸色很不好看，"强大的功法，肆意欺压他人的权力，任选美色的诱惑，实际却是在害人。不论男女，仗着自己的体力或是其他方面的优势，欺夺他人，绝对是错误的事情。但凡我没忍住沾一点，这道心就算是失了。我们归源宗，道家正法，讲的是性命双修。若是修命而遗性，终究走不远，修为再快又有什么用？"

穆雪和岑千山在神殿内搜寻了很久，再没有找到其他关于出口的线索。欢喜殿内没有日月交替，时间就那样平白地流逝，不知过了多久。

屋外的空地里架着一口砂锅，锅里的水咕噜咕噜翻滚着，溢出一点诱人的清香。

屋内的石桌上，千机的脑袋和身体分离。脑袋被单独摆在一边，岑千山正仔细修补它在上一场战斗中破损严重的身体。

千机身体的构造异常复杂，构成身体的材料又是岑千山多年积累的贵重炼材，不易筹齐。所以修复起来不可能像丁兰兰手中那种普通傀儡一样，轻松简单就能完成。

岑千山搜寻储物袋中的炼材，甚至暂时拆解别的法宝中的配件，用来修复千机。

"主人，没有我陪你说话解闷，很不习惯吧？"千机的小脑袋被搁在桌面上，不能动弹，十分无聊，只不断找岑千山说话。

岑千山专注手里动作，没有回答它。

没说话，就是赞同的意思，千机高兴起来。

"你说的那些东西……我已经照做了。该说的话，我全都说了，可还是没有用。"岑千山突然道。

"主人，我都看见了。"千机的嘴巴兴奋地张合着，"我觉得您应该再主动一些，你总不能等着一个女孩子来主动推倒你。"

"可是，"岑千山叹了口气，停下了手里的动作，好看的眉头带起了一点为难的幅度，"那个人是她，如果是其他人……"

对穆雪的敬重是他刻在骨子里的习惯，能做到如今这个地步，已经是自己的极限了。

岑千山揉乱了自己的头发，伸手遮住了眉眼。这两天里，真是什么羞耻的话，都忍着羞愧说了；什么不顾脸面的行为，也都闭着眼做了。送花吹曲，诉尽心中情思，无所不用。

和穆雪重逢后的几乎每一刻他都备感幸福又煎熬。想和她亲近的冲动，和对自己这样大逆不道的谴责，时时在脑海中来回冲突，成为他焦虑不安的源头。

"确实也是呢。"千机眨巴着铁皮小眼睛，主人这几天说的话，怕是比一百年加起来都还多，自己都不知道主人竟然也有这么会说话的时候。

可惜穆大家竟然不为所动，真不愧是顶着无情雪名头的女人。

小千机的眼珠转了转，她该不会看不上主人，想和别的妖艳贱货跑了吧。小千机的眼珠转了转，把最近几天在穆雪身边见过的男人都扫了一眼。

"哼，没有一个能和主人的姿色相媲美。"千机口中不屑地说道，"穆大家应该不会瞎了眼吧……呜呜。"

穆雪从屋外进来，正看见小千机的脑袋被岑千山用灵力封住了口，正在那里呜呜叫唤。

"什么？"她凑到岑千山身边，一手扶着椅背看他修复傀儡。

千机跟随岑千山多年，经过岑千山用多年收集的天材地宝反复锤炼，身体具有三种形态：巨魔态、铠甲态和日常态。

小小的身躯之中蕴藏着岑千山多年千锤百炼的技巧玄机。

穆雪看了心中极爱，忍不住出手帮忙。

"这个换感法阵真是独特。是增加了灵力的自循环体系吗？"穆雪指着刻在千机后脖颈内部的一个极其精致的小小银色阵盘，"你自己设计的？"

岑千山眼眸转过来，看了她一眼，轻轻嗯了一声。

"确实是厉害。"穆雪由衷地夸赞。

岑千山的嘴角就带起了一丝掩饰不住的弧度："上一次在东岳神殿，看见那里的傀儡，我心里多了很多想法，只是一时间还找不到合适的材料，加以实验。"

"我们想到一处去了。"穆雪一击掌，"从东岳神殿回来之后，我也多了很多对制作傀儡的全新认知。"

说起自己最为喜欢的化物术，穆雪兴奋起来，取出自己还没炼制完成的小傀儡和岑千山分享："你看看我的这个。"

小小的傀儡抱着一枝绿莹莹的荷叶，白嫩嫩的小脚在桌上跑了几步，突然全身化为一摊液体，从桌子的这一端流动到另一头，然后再度凝液成形，漂亮的小眼睛带着点挑衅，睥睨了不能动弹的千机一眼。

千机哇哇直叫："不就是逃跑的时候厉害点吗？你叫什么名字，报上名来。等小爷修好了，和你比画比画。"

穆雪来不及阻止，手中小小的傀儡已经开口说话了："我叫小今，山小今。"

山小今并不知道自己轻易就泄露了主人的秘密，还很是自豪地说道："我是主人最喜欢的傀儡，我的名字是根据主人最喜欢的人名改赐的呢。"

穆雪不得不捂住了脸——山今为岑，当初起这个名字的时候，心里想着远在魔灵界不得相见的岑千山，就随口用他的姓给傀儡起了名字，谁能料到还有当着小山的面被揭穿的一天？

"山小今？山小今是谁？你主人最喜欢山小今？"千机迅速警觉起来，竖起耳朵打听。家里有个小丫，这里又多了个山小今，都是些不省心的家伙。

还有主人，你怎么还有心情笑？穆大家这心里又多了一个不知道哪儿来的狐狸精啦。

岑千山满眼都是笑意。

屋外的炉灶咕噜咕噜响着动静，是那个人体恤他的伤情，特意为他炖的鸡汤。

屋子内的石桌前，两个人头挨着头靠在桌边，对着一堆画在图纸上的法阵讨论推敲。

时光的界限依稀变得模糊，仿佛回到了曾经那个落雪的庭院之中。

岑千山突然觉得，即便找不到出口，永远被关在这个神殿之内，也不算什么坏事。

在远离此地的大地之上，巨大而深不见底的洞穴边缘，归源宗的弟子面色凝重。

"你真的要下去找人吗？这下面看起来可不是什么好去处。"林尹在洞口伸了伸脖子，脸被洞穴下刮上来的飓风刮得生疼。

黑漆漆的巨大洞穴，像是一张开在地面上的血盆大口，旋转着诡异的飓风，朦朦胧胧传来一些恐怖的呜咽声。

不久之前，巨大的欢喜神像出现，弄出了这个地穴，张小雪和萧长歌以及那位魔修岑千山，都掉进了洞穴之中，至今没有任何动静。

几个人也试探过入内，便是拥有金刚不坏之身的程宴，都无法坚持深入，很快被逼了回来。

只有卓玉的混元袋，能够在那样的风暴中稍微护住自身。

卓玉收拾了行装，穿了一身护甲，准备钻进混元袋之中，深入洞穴。

"太危险了，不然还是回去找师叔看看有没有别的办法。"

丁兰兰弄丢了穆雪，虽然心中焦虑，但也觉得卓玉这样孤身往洞穴里一跳，实在是过于危险。

卓玉蹲在地上穿束护膝："如果他们真的有危险，回去找师叔一来一回，人都凉了。"

卓玉是一个不太会说话的男人，从前丁兰兰一度很不喜欢他。

此刻她突然发觉，撇开偏见来说，这一路上，不论是战斗还是警戒，这个在师门中备受大家厌恶的人其实一直默默做得最多。他的言语虽然冷淡，心却是炙热的。

丁兰兰咬了咬嘴唇，从怀里取出一面小小的青铜镜递给了卓玉："这是百炼青铜镜，临行之前，我姑姑给我的保命护身法器。你收好了，帮我把小雪找回来。"

她慎重地托付道："你自己也要好好地回来，我们都在这里等你们。"

林尹见状，也不情不愿地从怀中取出一个小小的药瓶："喏，拿好啊，润物回春丸，来的时候我师父悄悄给我的，再重的伤都有效果，我可只有一枚。"

卓玉收到了所有伙伴托付的防身法器、保命丹药，拿在手里掂了掂，沉甸甸的。

"放心，我把他们带回来。"他留下这句话，祭起法器，纵身跃下险境。

第六十三章

奇怪的字条

卓玉的身影被黑洞中肆虐的气旋一卷，瞬间就看不见了。

深不见底的洞穴里，飓风打着气旋，不时闪过几道至暗的裂缝。那些连空间都能撕开的黑色月牙，带着无声无息的恐怖，如同裂口笑着的狰狞的魔脸，一晃而过。

林尹和丁兰兰站在洞穴边，看着这样的深渊，感到双腿一阵发软，她们想不通那个卓玉是怎样才能做到毫不犹豫地从这里一跃而下的。

"我以前挺讨厌他的，说了不少他的坏话。"林尹的手指搓着另一只手发白的指关节，"一起上学的时候，还在他的饭里丢过沙子，在他的椅子上悄悄涂粘胶。"

"我……我也是。"丁兰兰一手捂住胳膊，手臂因为战斗脱力而止不住发抖，"上次擂台上被他打趴下了，心里不服气，我都不知道在背地里咒骂了他多少遍。"

两人彼此看了一眼，互相看见了对方眼中的忧心忡忡。

"你说他们能回来吧？"

"能……能的。一定能，一定能回来。"

人的成长有时候是在一瞬之间的。

年轻的女孩们，出身富贵，在安逸的仙山被呵护着长大，往日里略微有些骄奢跋扈，不太会体谅他人。直到这一次接触到了真正的人间险恶，在生与死的战场上几经打磨成长。再想起自己童年时期那些人憎狗厌的幼稚行为，不禁感到汗颜。

昏暗无人的洞穴里，一个有些破烂的口袋穿过混沌空间，啪嗒一声掉落在地面上。卓玉从袋子里爬出来，收起了受损的混元袋，发现自己在一个陌生的山洞里。

混元袋曾经是掌门的成名法器，是门派内先祖留下来的至宝。掌门丹阳子把这个法宝传给卓玉的时候，曾经遭到了无数人的反对。

即便是这样的法宝，在穿过这个诡异洞穴的时候，也不能完全护住卓玉，他还是受了不算轻的伤。

卓玉摊开四肢，躺在潮湿冰冷的地上，看着混沌不明的洞穴顶部，叹了一口气。

临行的前一天晚上，师尊亲自将他叫至身前交代："魔灵界之行危机重重，实在让为师很不放心。说实话，我们归源宗这些年越发安逸，这一批弟子虽说天赋很高，但往日安逸惯了，阅历过浅。也只有你还相对让为师放心一些，你务必多看着那些师弟师妹一些。"师尊满是皱纹的手掌放在了他的肩头，"卓儿，你作为我这个掌门的弟子，肩上的担子自然也比他人重一些，辛苦你了。"

冲着师尊这番话，哪怕他不太合群，无法融入那群人之中，一路上他也默默走在队伍的最前面，展开神识小心戒备。

其他人嘻嘻哈哈，摘花拈草，扎营休整的时候，他都绷紧神经全力戒备。每一次战斗，他都是第一个冲上去的。

即便如此，一个不慎还是丢了两个人。

这两个人一个是一入门就备受期待的弟子，一个是年幼却战斗力强悍的天才少女。要是丢在这里，师尊不知道要难受多久。

掌门的年纪已经很大了，时而出现精神不济的模样，哪怕卓玉不愿承认，也知道这是修行到了尽头，寿数无多的表象。

他不想看见任何让师尊伤心的事，不愿意违背师尊对他的每一句嘱托。

卓玉走出那个潮湿黑暗的山洞，眼前骤然有了亮光。像这样大大小小的洞穴，在山壁之上竟然有无数个。

从山壁上下来，他在山脚之下发现了数座墓碑。墓碑的年代很久远，四周的杂草新近被人铲除过，墓碑前摆放着两份新鲜的祭品，一份是各种精致点心的攒盘，那些独特的点心明显来自那位张小雪师妹，另外一份是可用来配药的果品鲜花，想必是玄丹峰萧长歌摆放在此的。

卓玉略一沉思，既然能在这里摆放祭品，可见这两个人在不久之前还在此地停留过，甚至还祭拜了前辈先人。

这至少说明了他们当时的状态不会太差，也没有处于危机之中。

想到这里卓玉略微松了口气，仔细打量起眼前的石碑。石碑有八座，大致是这几百年内的东西，看墓碑上刻着的宗门标识，很有可能埋葬在此地的全是归源宗的前辈。

卓玉出身于清净峰，师从掌门丹阳子，对门派的历史和各种不为人知的内幕消息比起其他峰的弟子更为熟悉。

门派近年安稳，未曾出现过伤亡过重的事件，除了三百年前发生的那件事。

当年通过御行阵进入魔灵界的十名弟子，最终竟然只有两人身负重伤挣扎着回去了，连带队的金丹期师长都陨落于此地。

当年那一批在大比中选出来的弟子，据说都是历年罕见的天才。也就是这些备受期待的弟子，却几乎全军覆没。最终活着回到门派内的，只有如今的掌门丹阳子和玄丹峰主空济。

卓玉站在那些墓碑前，慢慢握紧了手心。

八座墓碑，八个人。

徐昆。

这个名字在卓玉心头冒了出来，当年那一届大比的冠军姓徐名昆，是一位惊才绝艳的天才。即便在那样人才辈出的年代，他都被称为门派内百年难得一遇的天才弟子。

他入门时金蝶问道得出的心境是一片炙热的火原，后果然修得一身出神入化的火系术法，在门派大比的擂台之上大放异彩，无人能敌，便是当时尚且年轻的掌门也远不是他的对手。

那个时代，火焰系的心境还有一个很好听的名词，叫作烛龙遍野。

谁知这位备受门派期待的弟子进入魔灵界之后，被邪魔诱惑，堕入魔道，背叛了师门，甚至亲手杀死了一并前来的同门师兄弟。

自此事之后，门派招收弟子，便十分忌惮火系相关的心境，几乎到了谈火而变色、见火而厌恶的程度。从前的烛龙遍野也被改为流火遍野这个令人不屑的词语。

卓玉的拳头握了又握，正是因为这个人，自己一入师门便背上了原罪，在所有人鄙夷唾弃的目光中度过了整个压抑的童年。

远处隐隐约约传来战斗的轰鸣声，卓玉登高远望，只见山谷之中的道路延伸向两个方向。

左端遥遥可以看见道路之中矗立着一座彩玉门楼，门后彩绘雕楼，碧瓦飞甍，五色霞光映天。右首却看见一座黑岩石楼隐隐约约露出一角，其后孤塔耸立，高垣埤堄，烟雾弥漫，黯然缥缈。

一道青绿色的灵气冲天而起，从那黑门方向传来。那样生生不息的绿色，是萧长歌木灵力所特有的特征。

卓玉回头朝彩玉门楼的方向看了最后一眼，运转灵力朝着相反方向的黑色门楼疾飞而去。

此时，彩玉门内的欢喜殿内，穆雪正趴在桌子边缘，小心翼翼地看着悬浮在眼前的小小一块金属方块。

那四面光洁的小金属块飘浮在空中，缓缓地转动着。

穆雪全神贯注，双眸透着专注而兴奋的光泽，呼吸之间带着一种奇特的韵律，渐渐同那个方块转动的频率相互契合。就在那呼吸频率最为融洽的瞬间，她的指尖亮起一点光芒，准确地点在了那方形小块的正中。

一点光芒亮起，方盒向四面翻转打开，一道银色的光芒如同一株新生发的树苗，慢慢竟生出灵力构成的茂盛的枝冠，俨然悬在空中的一株小小银色灵株，上引九天灵气，下接厚土精华。虽是小巧，但其中灵力循环运转，竟有自给自足、生生不息之态。

"成功了啊。"穆雪轻轻合了一下双掌，抬起眼睛看一旁的岑千山，黑白分明的眼眸带着成功的兴奋。

"灵力自循环法阵，是我多年钻研所得。你不过是看了一会儿，就能全盘参透了，甚至能立刻做出简化的模型来。"岑千山凝视着眼前之人，"真是……令人敬佩。"

真是和当年一模一样，师尊沉浸在炼化之术中的模样，那点亮的双眸，带着一点志在必得的野心，专注而兴奋，透着一种打从心里涌出来的欢喜和雀跃。

当年，自己便是被她这副模样深深吸引，乃至深陷其中，无法自拔。

"学会别人的不算什么，能第一个攻克的人才是最难得的。"穆雪的兴奋劲还没过，用力地握着岑千山的手。

这样的自循环系统实在太妙了，傀儡的体内若是安装了这样的循环法阵，便可以时时刻刻地摄取补充天地灵气，即便在战斗时耗尽了灵石，也可以慢慢自我恢复。

从某种意义上来说，和人类修士萃取灵力修行有着异曲同工之处。

小山真是个天才，竟然在自己沉睡的这些年，完成了这样惊人的创造。

"我有时候在想，"穆雪双臂放在桌面上，看着那悬停空中悠悠自转的灵树，"当傀儡有了丰富的感知体系，能思考，有情感，那它们或许就是一种生命了。"

她仰起脖颈看岑千山，岑千山也在看她。

"说不定我们人类就是古神制作出来的傀儡。"

"没准就连我们自己，也不过是一种高级的傀儡呢。"

几乎在同一时刻，他们说出了同样的话。

两人心领神会，相视露出了笑容。

岑千山的五官很俊美，不笑的时候看起来有一种疏离厌世之感。只是这般一笑，当真有如云开月明，芙蓉夜放，春涧融冰。看得近在咫尺的穆雪鬼使神差地想道：小山笑起来竟然这么漂亮，我从前为何从未留意？

尽管这些年在仙灵界的生活十分安逸舒适，但到了这里穆雪才发觉，最让自己轻松愉悦的时候，还是和小山一起钻研自己最爱的化物之术。

一样欢喜沉迷，一样惊才绝艳，默契十足，有时候甚至不用多说什么，对方就明白了你的心思。

当年之所以不曾关注他的容貌，原是因为比容貌更为重要的东西早已相互吸引，彼此投契。

"我在东岳神殿也领悟到了一点新东西，来，我告诉你。"穆雪的食指尖亮起了一点微光，抬手慢慢向岑千山眉心点来。此道叫作心传，不用口述，不用耳听，只用灵犀一点寄在心中，便能将道法相传。

岑千山眼看着如玉般的指尖带着一点光芒，点在了自己的眉心之中，细微的酥麻感随着肌理血脉扩散，在那一瞬间他和眼前之人心意相连。

眼前的人将傀儡如何自由转换物质形态，随时由固体切换为液体乃至气体的技巧毫无保留地传递到了他的脑海中。

传法之时，对他的那一点充满温暖的心意，也在无意间如流水般渗透了过来。

这样的传法技巧十分亲密，穆雪此刻使出来自然而然，在她收回手的时候，手腕却突然被人握住了。

穆雪："欸？"

想要后退，那人却握得那么紧，不让她有挣脱的余地。

"你……还是没有话对我说吗？"岑千山的声音带着一点压抑不住的哽咽。

穆雪微微张了张嘴，想说的话到了喉头，却不敢吐出来。

岑千山的心在这一刻有些苦涩，又有些甜，苦的是心爱之人依旧不肯认回自己，甜的是她近在眼前。

他俯身靠近，望着眼前那因为发愣而微分着的双唇。那唇色有些浅淡，唇珠饱满，嘴角微翘。

那是他妄想了一辈子，渴望了一百多年，想要亲近想要探索的，世间最柔美的所在。多年来的压抑忍耐和委屈突然有了爆发的缺口，他想要鼓起勇气不管不顾地大逆不道一回。

只剩一个脑袋摆在桌面上的千机在心底大声呐喊：对，就是这样，主人加油，亲下去，亲……

可惜天不遂人愿，这世间就是有那不解风情的傻子。

穆雪那只不谙世事的小傀儡山小今高高举着一张字条，从门外一溜烟冲进来，丝毫不顾千机杀鸡抹脖子地冲它使眼色，只埋头向着穆雪和岑千山冲过去，一下冲散了岑千山好不容易酝酿情绪鼓起来的勇气。

"看，我找到了一张字条。"山小今顶着碧绿的荷叶，蹦跶上了穆雪的肩头，歪着脑袋把自己的战利品递给穆雪看，和她分享字条上的内容。

那是半页陈旧的宣纸，曾经被揉成了团，皱巴巴的一块。

穆雪摊平字条，只看见泛黄的陈旧宣纸上面凌乱而匆忙地记录着几行字：

"那魔物如影随形，时时窥视着我。它口吐莲花，它百般诱惑，不过是借着我痛苦脆弱的时刻引我堕落，将我吞噬。我心不能乱，须得谨记抱中守一，观心如镜……"

这几行字写得很乱，最后"观心如镜"几个字重复了好几遍，可见留书的这个人的心早已经静不了了。

"坐中昏睡怎禁它，鬼面神头见也么？……性寂情空心不动，坐无昏散睡无魔。^①"

这一句口诀穆雪也十分熟悉，是归源宗弟子抵御心魔的秘法，留书的这个人，看来是一位来自仙灵界的弟子。

"守住本心，守住本心!!! 不坠魔道……不坠……"

最后几个字被重重地画了一捺，一大团墨汁洇开来，遮挡了半页纸。

穆雪来回翻了翻，再看不见别的字迹，那页宣纸泛黄发脆，显然不知道是多少年前留下来的东西。

"小今，你是在哪里找来的？"穆雪问道。

---

① 出自《性命圭旨·敌魔诗》。

第六十四章

黑色的门楼

卓玉赶到那座黑色的门楼前。那门楼的材质不知为何物，似玉非玉，似岩非岩，墨黑一片暗淡无光。

黑色的石梁下，此刻倒吊着一个人，被白色的丝线紧紧捆住了身躯封住了口，正是卓玉的同门师弟萧长歌。

卓玉正待上前，脚下土地突然开裂，一小丛绿色的蒲草钻出泥土，挡住了他的脚步。那是被困在半空中的萧长歌竭尽全力驱动灵力，提醒他不要靠近。

卓玉停下脚步，警视前方，双臂燃起火焰。

"欸，自己都这样了，还有空关心别人呢。难怪有着那么舒服的森林气息，真是个可爱的家伙。"漆黑的门楼上趴着一个女子，那女子玉臂交叠，低头看着吊在门楼下的萧长歌娇声说话。

她生一副柳眉凤目芙蓉面，千般艳冶软款温柔，看起来是一位风华绝代的二八佳人。

可是当她慢慢从门楼后立起身躯之时，美艳的头颅之下却是巨大的青绿虫腹，四条细长的虫足踩在门楼顶端，背生双翼，腰间挂着双刀，竟是传闻之中食疣族的女妖。

那女妖四肢并用，沿着垂直的石壁爬行下来，抽出长刀抵住萧长歌的脖颈，舔了舔红唇，抬头看卓玉，笑嘻嘻地说：

"你们是同门师兄弟吧？你乖乖走过来，否则我就割断他的脖子。"

卓玉冷笑一声："你是不是搞错了，我和他虽为同门，但他却是我在门派内最讨厌的人，你让我来救他？让我来杀他倒是比较容易些。"

食疣族的姑娘眨了眨眼，低头看了看自己刚刚好不容易抓住的猎物，又抬头看看好整以暇站在远处的人族，似乎在思考他的话语是否可信。

"你如果不动手，不如让我来替你下手。"卓玉单手凝聚一个赤红的火球，毫不犹豫攻向女妖，仿佛丝毫没有顾及在她刀下的萧长歌。

女妖略一犹豫，刀锋离开萧长歌的脖颈，挥刀劈开迎面向自己冲来的炙热火球，四足发力弹在空中，双刀交错，向卓玉攻来。

卓玉身绕火龙，双拳战食疣。

食疣族天赋善刀，身法诡异，刀如魅影，即便是卓玉，在这样的狂刀魅影之中也应对得极为吃力。

他似乎乱了章法，四面乱发的火球，几乎次次落空，根本捕捉不到妖魔那敏捷异常的身影。

手持双刀的女妖出现在他身后，举刀架向他的脖颈，露出自得的神色："哈哈，又到手了，你也是我的了。"

话语未落，地面上不知何时悄悄生长出藤蔓，攀附上来的藤蔓缠绕住她的腰肢，将她一把拖到地面。转瞬之间无数藤蔓涌上来，交错着死死缠住这只行动灵敏的妖魔。原来刚刚卓玉四处乱放的火球悄悄烧断了吊着萧长歌的绳子，萧长歌掉落在地上，勉强放出灵力，在关键时刻助卓玉一臂之力。

卓玉祭混元袋在空中，火龙离身，精准无误地冲着地面的女妖喷出高温烈焰。

冲天烈火中传来刺耳的尖叫声："骗子，哎呀，狡猾的人类，你们骗我。"

火中女妖扑腾着翅膀，挣脱藤蔓，带着一身燃烧的火焰仓皇逃走，跌跌撞撞飞进黑色门楼里去了。

卓玉走到门楼下扶起滚落在泥地中的萧长歌。

萧长歌双臂被束在身后，口不能言，发出着急的呜咽声。卓玉蹲下身割断他口中的束缚，解开他身上的束缚。

"走，你快走！"萧长歌一能够说话，便焦急地喊道。

卓玉不明所以。此刻他们站在那黑色的门楼下，不过刚刚跨入半步，但卓玉抬头一看，察觉周身的景致已然大变。

门楼外的青山谷道骤然消失，天地上下茫茫一片，门楼内孤塔耸立，大地焦黑，整个世界漫漫无边，放眼所见，皆为灰黑之色。

就在这一片焦土之中，突兀地立着一棵枝干虬结的黑色枯木，树干上悠悠然坐着一个男人。

那人微卷的长发披肩，身上半敞地搭着一件朦胧不清的外袍，那袍尾化实为虚，似滚滚浓烟随身浮动。

他从似烟非烟的衣袖中，伸出一只苍白的手臂，不紧不慢地轻抚匍匐在腿边的食疣族女妖。

"原来是归源宗的弟子？还真是令人怀念。"那男人一手支着下颔，从树枝上垂下一条腿来，饶有兴致地看着门楼前的二人，淡淡开口，"师兄弟感情这么好，很是难得。"

卓玉自问不是一个胆小的人，比起常年被护在山门内的其他弟子，他的师尊常常让他外出磨炼。

即便是面对巨大而恐怖的魔物，面对岑千山这样凶名在外的魔修，他也不曾产生过畏惧退缩的心思。

可从眼前的这个男人发出声音的第一刻起，他便像是骤然间整个人被丢进了万年冰冻的寒潭，那种发自内心的畏惧一下就冻住了他的身躯，攥紧了他的心脏，让他几乎生出了跪地求饶的想法。

"混元袋？原来你是丹阳子师兄的徒弟？师兄他这个人，竟然还敢收你这样流火心性的徒弟。"那男人微微一勾手，"过来，让我看一看你。"

他的声音听上去慵懒疲倦，却带着一种无名的蛊惑之力，令人无从抗拒。

卓玉心知不妙，身躯却不受控制，一边畏惧着，一边又颤抖着移动脚步，向着那人慢慢走去。

仿佛被魇在梦中，怕得心脏怦怦直跳，却管不住自己的腿，一步一步向着那恐怖的深渊走去。

幸得此时，一鼎金光灿灿的药鼎悬到他的头顶，洒下一片驱除邪祟的璀璨光芒。卓玉被罩在那片清光中，打了一个哆嗦，从噩梦中回魂，清醒过来，终于止住了脚步。

"师兄，你回来。"身后不远处，萧长歌慢慢站起身。是他在最危险的时候，召唤出师门秘宝，护住了卓玉的心神。

黑树上的男人嘿嘿一声怪笑："就凭空济那个秃猴子的雕虫小技，也能护得住你们？"

穆雪和岑千山跟着小今来到一座神殿前。

"这里，我就是在这里找到的。"山小今在门槛前跳跃着，把神殿指给穆雪看。

自从进了大欢喜殿，这里的每一间神殿门前，都立有雕塑或是绘制了彩绘诗词。

像是穆雪之前所进入的姹女神殿，上有红衣姹女乘离龙，下对白面郎君坐坎虎，正映照殿内所授姹女诀。

其余神殿，或有男子禀刚立矩，女子依顺柔媚。更有那些两虎相逐、双姝并立之所在。便是妖族鬼魅，也各有属于自己的法门。因而大小神殿，鳞次栉比，重重不知凡几。

山小今带着穆雪前来的这座神殿，却让穆雪有了一丝抗拒厌弃之心。那朱漆大门上绘着一个来自炼狱的魔王。魔王红发飞天，张着血盆大口，脖颈上挂着一串骷髅头项链，坐在一棵黑色的枯木上，倾身向前伸出白生生的手指。

在他的脚下云山雾罩之间，有一座乌黑的门楼，门楼之前已是尸山血海，有一男子赤身跪在血海之中，手捧同伴的心脏，献祭魔王。

推门入内，神殿中光线混沌，视线不明，似有阴风阵阵，不知深浅。

跨入殿门时，穆雪依稀听见身后传来一声女子轻轻的叹息声，回首看去，身后空荡荡的道路上有微风卷起地面的黄沙，四周寂静无声，空无一人。

姹女诀的那间神殿，殿门大开，门内透出温暖的光芒，似乎在劝慰着穆雪，回到那暖玉温香的屋子里，抛开一切枷锁顾虑，走那轻松便捷的夺取之道。

穆雪放开心底那一点隐秘的不舍之意，扭头踏入眼前的神殿。

神殿之内既没有雕塑画像，墙壁上也没有醒目的功法口诀，空荡荡的大殿里只有摆在角落里的一张石床和一张石桌。

说是神殿，不如说是一间四面围墙的囚笼，四壁无窗，暗无天日，没有点缀的灯火明珠，就连那唯一的石床都显得斑驳陈旧。

"就是在这里发现的字条。"小今指着一个昏暗的墙角说道。

穆雪点亮一盏琉璃灯，照亮那间屋子的角落，发觉在那颜色陈旧的墙壁角落里，被人用朱砂横七竖八地写满了文字。

有敌魔诗、除魔诀、静心咒、入静歌。大多是抵御心魔，平心静气的法门。

穆雪找到一小行用匕首刻在墙壁上的小字，用手指摸着读了出来：

"我……不行了……就要被……或许……我应该……了结自己。"

"这说的都是些什么？"穆雪没看明白，"但是这至少说明了，这里曾经居住过一个人。我们这几日翻遍神殿，既没有找到尸骨，也没看见人，或许就是他找到了出去的办法。"

"没错，或许我们找到了，就在这里。"这时候，岑千山的声音从身后传来。

穆雪回头看去，只见岑千山推开了那张石床，在那床下掩盖着一个暗淡无光的传送法阵。

那法阵虽说陈旧，却绘制得十分精妙，隐隐含着令人敬畏的天地法则之威力，阵盘上嵌有多个小小神像压阵。

只是如今，这些压阵的法器上都或多或少地有着被刻意砍砸损毁的裂痕，被人胡乱地丢弃到了一旁。

"不算太严重，修一修，应该有希望恢复法阵。"穆雪拿起一对神像，细细查看，脸上露出了笑容，"太好了，终于有希望出去了。"

法阵虽古朴玄妙，但幸亏二人都极擅长机关法阵。只要愿意花费时间和精力，破损的法阵终究能慢慢修复。

岑千山坐在神殿的门槛上，仔细琢磨手中一对作为法器的小小雕像。那雕像虽然小巧，但做工极为精致，人物举止神情惟妙惟肖，肌肤纹理纤毫毕现。

千机一边帮忙，一边悄悄和他说话：

"主人，你是不是有点不太高兴啊？"

岑千山沉默着不说话。

"我知道，你担心出去以后，她又要回仙灵界，又不要我们了。"千机的小嘴巴成为一个小三角，"要是能永远待在这里面，不出去就好了。"

"人的心，永远不会满足。"岑千山手中忙碌，轻轻说道，"最初的时候，我只不过祈祷她能够活过来，只要她能活着，我什么都可以不要。后来，我又开始希望能像从前一样待在她的身边，每天看一看她，就是天大的幸福。"

"可是如今，我竟然还想着，想着……"他闭住了嘴，低头忙碌，不再言语。

"是啊，现在是多好的机会，没有一个人打扰。您就应该把事说清楚了，至少先定了名分，以后咱们死赖着穆大家也好有个说头。"千机哇啦哇啦地说。

它的话还未说完，那具法器恰好在岑千山手中修复完成，意想不到的是，不知是启动了何处开关，那双小人竟然能够自行驱动起来。

　　"怎么了？修好了吗？"穆雪从屋内探出头来，伸手捡起地上的法器，露出了笑颜，"太好了，看起来我们很快就能出去了。"

第六十五章

天魔

"你看，我们又发现了这个。"穆雪给岑千山看手中一张皱巴巴的字条，那泛黄的纸页上留着深褐色的血字：

"无谓地挣扎终究只是徒劳，到了最后，我还是走到了这一步……"

字迹凌乱而疯狂，打着几个大大的叉，边缘染着褐色的污点，显然留下血字的这个人，已经到了情绪崩溃的边缘。

与此同时，黑色的门楼内，坐在枯树上的男人淡淡开口：

"无谓地挣扎终究只是徒劳而已，到了最后，没有人能摆脱自己最真实的欲望。"

在他的脚下，一只只形态狰狞的妖魔，受他的魔力感召，破开地面钻出。

手持双刃的食疣，八脚复眼的魔蛛，人面兽身的妖牛，一只只围绕在他的四周，向着眼前的人类修士扑去。

归源宗的门派至宝——混元袋和金光鼎都被击落在地，灵光暗淡，无力再为主人御敌。两位年轻弟子一身狼狈，在妖魔的围攻中疲于奔命。

萧长歌雨化万物，丛生的灵植、交错飞舞的藤蔓层层围护两人四周，挡住了绝大多数魔物的攻击。在他的丛林外卓玉施展烽火怒燎原，冲天烈焰烧得那些飞天遁地的魔物吱哇尖叫。

食疣双刀破开火墙，切断藤蔓，从天而降，魅影狂刀漫天，沿途全是她诡异的笑声。卓玉双臂燃火，堪堪接住双刃。

黑色枯木上的魔神兴致快快地坐着，他的身躯乃是浓烟虚化，像是披着一件变幻莫测的黑袍，只有露出黑烟外的双手和面孔勉强还保持着人形。

此人已非人类，威压强大若神，是那域外天魔。此刻坐在这里的只是他的化身虚影。

他百无聊赖地看了许久，不太耐烦地随意伸出一根手指，那苍白而无血色的手指向前轻轻一点，一缕黑烟挟着鬼神之威，噗的一声穿透了层层防御的硬木，直冲向正在全力施展炎火诀的卓玉。

卓玉同飞天食疣在僵持之中，避无可避，挡无可挡。就在此时，一只手掌伸到了他的面前，以血肉之躯为他挡住了这致命的一击，热血溅了他一脸。

卓玉摆脱食疣，和萧长歌背对而立，萧长歌一只手臂垂在身边，滴滴答答的血点不断掉落。

"怎么不用润物诀疗伤？"卓玉皱眉问道。

萧长歌摇摇头，苦笑了一声："我的灵力已经不太多了。"

大欢喜殿内。

穆雪把修复好的雕像逐一放进法阵内相应的位置，雕像上的机关启动，小人们沿着法阵边缘唱唱跳跳地活动起来，唱起了曲调古老的歌谣。

法阵如预期那样亮起了光芒，好似一大轮明晃晃的圆月，浮在脚下的地面之上。

穆雪和岑千山相互看一眼，牵着手一并跨入银白色的阵光中。

水波一般的光芒渐渐淹没两人的身躯，他们发现法阵中传来一股无形之力，正在将两人拉向不同方向，而彼此的身影都在对方的眼中渐渐变得浅淡。

这一分别，不知各自去往何处。

穆雪抬头看着眼前的岑千山，小山从小就特别没有安全感，害怕和她长时间分别。每当自己外出狩猎或是探索秘境的时候，他总能想方设法地缠着自己带上他。

现在，想必他也很不安吧？

即使到了不同的地方，我也一定会去找你，穆雪想这样对他说。话还未曾出口，岑千山的声音已经传来。

"没事的，别怕。"想不到岑千山握住了穆雪的手，开口宽慰，"你保护好自己，我会去找你，我一定很快就能找到你。"

他已经半虚化的手指撩起穆雪肩头的一缕长发，犹豫了一刻，轻轻落下一吻。那一吻极轻，像羽毛轻轻掠过，却如金石一般重重敲在穆雪的心底，惊得她脑海中嗡声一片。

随后那琥珀色的眼眸抬起来看她，眼波深处带着几分委屈、几分倔强，又有几分属于成年异性的侵略气息。

法阵的光芒涌上来，眼前那深深凝望自己的双眸渐渐变得虚无，黑色的发丝从空中掉落，对面的身影终于在一片白光中消失。

穆雪整个人没入了传送法阵的银光之中，身躯如同浮在一片白茫茫的光海之上，她闭着眼睛，心脏怦怦地跳动，脑中依旧留着那双灼灼看着自己的眼眸。

他早已在自己不曾察觉的时候，成长为一个能与自己比肩，能和自己相互扶持的男人。

在他低吻的那一刻，自己怦然心动。他消失的那一瞬，自己升起强烈的眷念不舍。这种感情不该再有其他的解释。

阵光退去，穆雪发觉自己独立于一片白茫茫的空间之中，岑千山不知被传送往何处。

四周的空间如同画卷展开一般，围绕着她显现出一圈活色生香的艳丽壁画。

壁画之上，一条漫长的道路两端有一扇彩门和一扇黑门，彩色的门楼远在天际，巨大的黑石门楼近在眼前。

那巍峨的黑石门楼之下蒸腾着无边海浪，无数人类男女、妖兽和魔物泡在海中彼此纠缠，每一个人的脸上都露出极度享受的快乐神色。

群魔乱舞，欲海浮波的中心，一株乌黑的枯木上随性坐着一位魔神。那魔物长发如烟，面目苍白，垂睫望着脚下芸芸众生，惨白的手掌举着一颗血淋淋的人心，刺眼的鲜血染红了他的嘴角和胸膛。

无数人匍匐在树下，正在向魔神献祭自己最为珍贵的东西，换取这世间的极乐享受。

穆雪在画卷的中心坐下，收敛心神，抱元守一。

虽身边群魔乱舞，响起靡靡之音，但她运转行庭心法，能做到色从眼过，过而不留，声从耳入，耳目为虚，身心不动，空洞无涯，浑然无事。

虽岑千山不知被传去了何地，不在她的身边，但穆雪此刻心中并不过分焦虑，她相信只要守住自己的本心，平安脱离困境就好。相信强如小山想必也能和自己一样。

岑千山从传送法阵内出来，发觉自己脚踏在实地之上，师尊不在身边，不知去了何处。

在这片灰暗荒凉的大地远处，有一座巨大的门楼。门楼那里，斗气冲天，一道火焰和一道木灵同黑色魔气纠缠不分。而巨大的魔兽们正不断从地底生出，向着战斗中的位置飞奔而去。

那两道火木灵气岑千山十分熟悉，那是穆雪如今的两位同门师兄弟所特有的灵力体系。

一想到穆雪，想起自己刚刚借着离别的冲动所做的放肆行为，岑千山的脸色瞬间涨得通红。

他握拳抵在唇边。刚刚，自己那样大逆不道，不知道她有没有生气？有没有对自己憎恶不喜？

"没有，主人，我都看见了。"千机及时爬上他的肩头，认真点点头，"我看得真真的，穆大家没有一点不高兴的样子。"

岑千山认真地注视着它。

千机举起小小的手臂："她是喜欢的，我保证。"

"不过现在我们如果不上去看看，穆大家那两个师兄可能就要死了。"千机转过脑袋看着门楼的方向，"其实穆雪主人身边这样的男人少几个也好，我就是怕她心里难过而已。"

下一刻，岑千山已经召唤出幽浮，一脚踏上，向着战场飞去。

门楼之前，那魔神烟雾似的衣袍悬浮在半空中变幻不定，他从烟雾中伸出苍白的胳膊，举臂凌空一抓。受伤的萧长歌便捂住脖子被凭空升上高空，随后又被从空中狠狠摔到了卓玉面前，吐出一口血，再也爬不起身来。

卓玉紧握拳头，停止了攻击，周围巨大而恐怖的妖魔一只只慢慢地围了上来。

"杀了你眼前的这个人，"黑雾缭绕的魔神居高临下地看着卓玉，"把他的心脏献祭给我，成为我的信徒，你就能变为真正的强者，获得我的力量。"

卓玉满腔怒火，盯着他不说话。

"弱小本是一种原罪，强大才是我们追求的唯一目标。"那半空中的男人目光冷漠，没有一丝属于人类的情感，"承认吧，你也是这样想的，你和我本是一样的人。这世间唯有烈火，是最强大而绝情之物。摆脱那些弱小者无谓的纠缠，到我的身边，让我传授你真正强大的力量。"

"你是徐昆，对不对？"躺在地上动弹不得的萧长歌开口，"拥有烛龙遍野的心境，却在三百年前背叛师门，以身入魔。"

卓玉看着眼前已入了魔道的男人："我和你不一样，哪怕曾经我们有过相似之处，如今也早已完全不同了。"

"不愧是师兄的徒弟，说话的语气神色都和当年的师兄一模一样，倒是令我有些怀念。"那"徐昆"听了此话，反而淡淡地笑了，他弯腰看着地上的人，"不过你说错了，我已成就天魔之体，享无穷无尽之寿，早已不是徐昆。至于丹阳子师兄，他如今只怕已垂垂老矣，寿数无多了吧？你跟着这样无能的师父，不过是消磨时日，白白浪费一身美质良才罢了。"

提到自己尊敬的师父，卓玉眼中燃起了怒火，冷笑道："你叛出师门，整日与这样肮脏的魔物为伍，活在阴沟一样的天魔域，连见一点天光都要依靠这化身。当真还觉得十分自得吗？"

这句话不知道哪里戳中"徐昆"的痛点，他周身的气势突然变得冰冷，冰冷的双眸转为暗红，白皙的手指化为筋肉虬结的非人形利爪凌空一抓：

"我眼中所见的世界，又岂是你这样的蝼蚁所能想象！"

伴随着他双目转红，凌空出手，卓玉腹中传来一阵剧烈的疼痛，仿佛脏器被人活生生摘下，苦不堪言，哇一声呛出一大口鲜血。

"杀了你眼前的师弟，把他的心脏给我。"徐昆那紧握的利爪中有鲜血从指缝中流出，"否则我会让你一点一点在痛苦中崩溃。"

卓玉禁受不住疼痛倒在地上，蜷缩起身躯。脆弱的五脏六腑仿佛被掌控在他人手中，疼得他几乎神魂溃散，求生不得，求死不能。

身下的土地随着魔神的意志变幻，大地下陷，卓玉发现自己和萧长歌两人躺在壁立千仞的悬崖边缘。

"把他推下去，只要你轻轻推一把，这样的痛苦就结束了。"那冰冷的声音变得温和，在他耳边轻声劝慰，"何必呢，为了他人忍受这样的折磨，值得吗？"

卓玉睁着眼看近在眼前的萧长歌，冷汗模糊了他的双目。

值得吗？

有什么好值得的，我曾经深深憎恨着萧长歌。从进山门的第一天起，他的雨泽施布就像讽刺一般对立在自己的流火遍野面前。

围绕在这个人身边的从来都是慈爱和友善，那是自己求而不得，深为羡慕的东西。

"看那个孩子，多高尚的道心。"

"将来必定是一个惠泽众生的人。"

"是师门之光啊。"

"真是个好孩子。"

而这些目光看向自己的时候，无一例外地转变为明显的厌弃和憎恶。年幼的自己曾无数次站在阴暗的角落里，怨恨着这个同门师弟。

他们这样对待我，为什么到头来，我要为他忍受这样的痛苦？

一阵又一阵的巨大痛苦几乎掩盖了卓玉的神志，搅碎了他的心。

"是的呢，他们这样对你，为什么你还要忍耐？现在你只要伸一下手，把他推下去，这些痛苦的根源就全部消失了。"

那声音不停地轻轻在他耳边蛊惑，挑着他心底最阴暗的一面，反复扩大。

是的，自己只要轻轻一推，这些巨大的痛苦和长期以来的烦恼就会消失不见。

卓玉大汗淋漓地看着躺在自己眼前的萧长歌。萧长歌无力反抗，浑身是伤的他躺在悬崖边缘，手掌上有一个狰狞的血洞，不曾凝固的鲜血还在顺着灰黑的土地流淌。

他正勉强睁着眼睛看过来："师兄，死一个，总比全死了的……好。"

萧长歌轻轻伸出那鲜血淋漓的手掌，勉力在地上推了一下，身躯便从悬崖边缘滚了下去。但在掉落深渊之前，那只手的手腕被人一把抓住了，死死地抓住，挂在了生的边缘。

悬崖边的卓玉抓住了他的师弟，抓住了自己心底的那一份良知。

徐昆以盘坐的姿态浮在悬崖上空，支着脑袋看着挂在悬崖边缘挣扎求生的蝼蚁：

"何必要抓着他呢？你都自身难保了。修行这样辛苦，没日没夜起早贪黑了这许多年，还没有开始崭露头角呢。你真的就舍得死在这里吗？"

卓玉趴在悬崖边，死死抓住手中之人，手臂上的血水掉落万丈深渊。他咬牙切齿，红着眼眶道："我和你不一样，我们不是一样的人。"

徐昆望了他半晌，终于叹息道："那真是可惜了。本来我还挺喜欢你，想把你留在身边做伴。"他轻轻动了一下手指，山崖崩塌，山顶上的两个人一齐向着无底深渊坠落。

就在此时，一尊六臂三目的大黑天神从地底升起，无影铁拳如暴雨流星袭向半空中的魔神徐昆。

岑千山脚踏燕尾形的飞行法器掠过碎石纷落的山崖，接住掉落中的二人，将他们安置在附近的地面上。

"你们先走，待我来会一会他。"

傀儡所化的大黑天神和空中变幻无形的徐昆冲撞在一起。

离战场不远的山脚之下，萧长歌背着卓玉深一脚浅一脚地走在坑洼不平的黑岩地上，向远离战场之处逃去，卓玉额头的冷汗和血水沿着萧长歌的肩膀滴落了一地。

"师兄，你是特意从上面下来救我的吧？"萧长歌边走边慢慢地说着，他同样伤得不轻，灵力耗尽，勉强挣扎着前行。

卓玉闭着眼睛，没有开口说话。

萧长歌喘着气，深一脚浅一脚地向前走："其实以前，我一直有些羡慕卓师兄。"

肩头的卓玉睁开了眼。

萧长歌满头大汗，边走边断断续续说着话："从进师门的那天起，大家就总说我是什么雨泽施布，说我以后能够照顾很多人。每个人看着我的眼神都充满着期待。

"其实我心里很慌，因为我知道，我并不像大家说的那么优秀，那么好。

"在那么多人的目光中，我总是战战兢兢地活着，不敢犯一点错，不敢做出半点对不起这个名声的行为。

"有一次，有一个师弟失手把我辛苦炼了半个月的丹炉熄了。我心里气得很，但因为我是雨泽施布嘛，我不得不做出宽宏大量、不计较的模样，来换取大家一声夸奖。

"可是那一天，我同样看见你的炉子被几个师兄泼熄了火，你卷起袖子，上去就和他们打了一架，把三个师兄全打趴下了。

"那时候，我就特别羡慕你。

"师兄你才是真正的强者。我们这些人，除了小雪师妹，没有一个人是你的对手。

"而我，虽然顶着这样的名声，实际却是一个很懦弱的人。

"我总害怕得罪人，害怕别人不高兴，从来不敢把真正的自己表现出来。

"你看，这一次出来就发现了。我真是特别没用，什么事都没办好，还连累师兄你受了这么重的伤。"

他边走边低头说着话，额头的汗水在阳光里闪了一下，掉落在了地上。

卓玉挂在萧长歌的肩头，看着掉落在地面的那一点点水滴，心想，原来，每一个人都有自己的烦恼，并非只有我一个人生活在苦恼中。

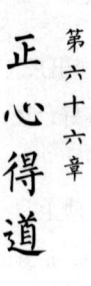

第六十六章

正心得道

归源宗，逍遥峰。

空济面色阴沉，步履匆匆，手上端着一盏魂灯。琉璃灯罩内那一簇灯焰如豆，忽明忽暗，眼见着下一刻就有可能熄灭。

"快快，行庭，帮我算一卦，长歌的情况好像不妙。"他一把推开屋门，进屋就嚷嚷开了，直至看见掌门丹阳子正端坐在苏行庭对面，方才收敛了急躁，向着掌门匆匆行了个礼。

丹阳子的面前同样摆着一盏魂灯，那代表着一条性命的魂灯同空济手中的一般，忽明忽暗，似乎随时就要熄灭，危险得很。素来沉稳持重的掌门人，此刻也紧锁眉头，以指节轻轻叩着桌面。

"这……这是卓玉那小子的魂灯对不对？果然，他们是出事了。"空济一击掌，来回在屋子里转了两圈，焦虑地挥动手臂，"偏偏这一次，去的是那个欢喜城的遗迹。我从一开始就觉得心中不安，早知如此，我该拦着我们长歌，不让他去的。"

他推了苏行庭一把："快点，你倒是快给算一卦。"

苏行庭摊开手掌，手中早已握着那枚卵中天地。此刻莹透的球体内，三枚小小的金钱在天地之间悬悬浮浮，竟然迟迟不能成卦。

他皱着眉头看了许久，微微摇头："不行，算不出来。"

空济不干了："怎么会，你可是咱们这些人里易学最好的一个。"

苏行庭紧皱双眉，摩挲翻转手中之物："这种情况，只有一种可能，就是他们所在之处，在神域之内，有真正的魔神掌控，不在三界内，不受天地法则所限，所以根本无法测出他们的运势如何。"

"那里怎么会有神域？"空济焦虑得很，"当年我们去到的那座城三百年前就毁了。那座欢喜殿也早已经不在了，不是吗？"

他抬头看丹阳子，似乎想要从白发苍苍的师兄脸上寻求到自己想要的答案。

丹阳子叹息一声："神殿，只是隐藏了起来，不会消失。"

"您的意思是……？"空济瞳孔骤缩，嘴角肌肉紧绷，眼睑上的那道刀疤在那一刻变得深刻显眼，"也就是说，他们现在有可能在我们当年待过的那座神殿，有可能遇到那个徐……徐昆！"

最后的这个名字，空济几乎是磨着牙说出口的。

他的记忆回到那不忍回顾的少年时期。

当时的空济和如今的萧长歌一样，还只有十来岁，兴奋地跟随在师门的队伍之中，悄悄前往魔灵界，抵达了当年魔灵界最繁华鼎盛的城镇——大欢喜城。

异域的热闹繁华，像一场梦一般，迷住了少年们不谙世事的清纯目光——高耸入云的巍峨城池，漫天交错穿梭的飞行法器，五彩斑斓的霓虹彩灯。

潮湿泥泞覆盖着白雪的街面，来来往往的机械傀儡。

还有那些英姿飒爽、披坚执锐的少女，她们在嘻嘻哈哈路过的时候，会毫不掩饰地用剪水的秋瞳抛来媚眼。

这里的修士少了几分仙灵界的仙姿飘飘，多了几分刚刚从战场上退下来的彪悍自信。

他们伸过来的手掌干燥又温热，口里称着兄弟，有着一份对实用药剂学钻研的热忱。空济握过这样的手，融入这座城镇之中，和那些魔修一起在血脉偾张的战斗中猎杀过妖魔，一起在热闹的医馆中交流比试过彼此的炼丹术。

当年的他是队伍中最年轻的一个，年轻而单纯，从未出过山门，未见识过人心之叵测。

队伍里有一位烛龙遍野的师兄，是整个队伍的核心。他修为强大，为人热情，富有独特的人格魅力，不论在哪里都能轻易地吸引所有人的目光。

三百年的时光过去了，空济甚至还能清晰地记得，战场之上，年少的自己从法器上掉下来，魔物口液四溅的腥臭大嘴已经近在眼前，是一条灼眼的火龙出现，用那熊熊燃烧的烈焰一口吞噬了乌黑恐怖的妖魔。

徐昆悬立半空之中，俊朗的眉目映着橙红的火光，笑着对他伸出手："小济别怕，只要我们师兄弟彼此信任，相互配合，没有什么魔物是拿不下的。"

那时候的徐昆像是一个温暖的太阳，是他心目中既崇拜且感激的对象。

逍遥峰上的空济回忆至此，握紧了拳头，脸上的皱纹现出深深的沟壑。几百年了，他还是没有想明白这样耀眼夺目的男人，为什么会自甘堕落成了最卑劣的魔鬼。

当年自己身负重伤，动弹不得，眼睁睁看着徐昆那个恶魔，把一个个师兄弟亲手抱上了祭坛。

"不要再想了。"掌门师兄的手在他的肩头拍了拍，"这是他的过错，不应成为你我的心魔。这么多年过去了，你还不能从中挣脱出来吗？"

素来强横而暴躁的空济，在年迈的师兄面前安静下来，看着手中命悬一线的魂灯："那些孩子，那些孩子，能从他的手心里平安逃出来吗？"

大欢喜神殿内。

苍白混沌的空间之中，穆雪盘膝而坐。围绕四周的一切艳冶娇身，靡靡魔音，都如那飞鸟过境，掠过时在湖面留下艳丽的倒影，飞过之后湖面依旧澄清。

心湖如镜，倒映着山峦日月，包容天地万景。天地悠悠，飞鸟艳丽，却不能动心湖分毫。

声色过境，视而不入，听而不留。行其庭，不见其人。

围绕周身的艳丽壁画渐渐化虚为实，欲海的水波浸泡到了身下，穆雪端坐海面，随波起伏，安然不动。

那些形容艳丽的女妖游弋过来，在她眼前的波涛里，肆无忌惮地嬉戏打闹。

"快看哪，这里有一个人类的女和尚。"

"嘻嘻，人类没有女和尚的说法，她们被叫作泥古，或者蘑菇，还是什么姑？"

"欸，我说你这样子，活着能有什么乐趣？不如下来和我们一起玩呀。"

一位雌雄莫辨的少女潜游过来，雪净的玉臂搭在穆雪膝头，昂起脖颈看着她，一缕湿漉漉的黑发顺着白嫩嫩的脖颈蜿蜒下去。

"来吧，让你体会真正的快乐，一经尝过，你就再也忘不了了。"

"我有我的快乐，你们有你们的。"穆雪低头看她，并无恼怒，也无欢喜，"只是不能相互理解罢了。"

少女双目荧荧看着穆雪，渐渐地那眉目、身躯发生变化，由莲脸香嫩、身体酥软的少女变为阳刚铄劲的俊美男子，星目剑眉，风姿绰约，当是人间尤物。

"我不相信，这是神灵赋予万物的本能，潜藏在每一个人的心底。这世间没有一个人不存在本性之欲，对权力的渴望，对力量的追求，总有一种不能逃脱的欲望。"那男子从水中向穆雪伸出手来，嗓音低沉，带着雄性所特有的魅力，"不如随我们同行，享人间快乐。何必做那禁锢自己、虚伪可笑的假君子。"

"我不是禁锢自己，而是看不上你。"穆雪低头直视着他，并不回避他，"我见过更好的人，已经把他留在了心中，所以你们对我来说，就没有什么趣味了。"

那人听了这话，那张漂亮的容颜开始变幻，变成了穆雪所熟悉的那个人。

"你变成他的模样也没有用，披了个皮囊，而内里全然不同。"穆雪说，"你要知道，我喜欢的是那一个人，从里到外只要有一分不是，你就不是他。"

穆雪眼前的男子面容几经变换，终究在穆雪的面前渐渐消散。

周边的欢声艳语也慢慢消失，一切安静下来，艳丽的画卷退去，世间独留苍茫一片的纯白和身下沉静无波的海面。

水面如镜，穆雪坐在水中央。在她的身前，一片华光之中现出一座五色彩玉构成的门楼。

门楼之内，华光灿烂，仙乐缥缈，一点点现出金色的大字，题头书道：

天地相合，万物化醇，天地之间，自混沌初分起，便有日月交光，草木氤氲，天人合发。

天地以阴阳相合而生万物，丹法以阴阳合而生大药，盖未有不交而可以成造化者。

穆雪慢慢站起身来，走到那座光华璀璨的大门前。

原来这才是天道真正的传承，并非以强取豪夺成就己身，而是两个心意相通之人，彼此补益，携手成就，以人心本性之大欢喜，得真正的大清静。

穆雪修习归源宗九转还丹大法，刚刚摸到采药归炉的边缘。这几句口诀入了心中，脑海轰然一声巨响，曾经萦绕心头朦胧不清的迷雾豁然散去，一条坦然大道具现眼前。

师尊苏行庭曾经说过，每个人所走的修行之路，都不尽相同。

眼前这道功法，或许就是自己真正想要走的路。

无法忘情，便不强求放下，顺应本心，便以情入道。

这一瞬间穆雪顿悟了，苏行庭曾说过自己终将以情入道，走的是人间有情道。

她低头一笑，心底化开一片柔软之处。大道之上携手同行的那个人不是早就已经在自己面前了吗？

穆雪站起身来，向前伸出手，那一片金光璀璨的文字，在她指尖相触的一瞬间，汇聚熔流，化为一道金光没进她的眉心。

金光没入眉心，便如同心传一般，穆雪的脑海中出现了一整部详尽完整的功法。

修行中的每一个步骤和各阶段心法，都有细细的解释。

虽然传法的时候没有任何人和她说话，也没有人和她提任何要求，但穆雪心里清楚，她已经在实际上得到了大欢喜殿的传承，成了此地的传人。

"原来，你身具……那样奇妙的功法。难怪小小年纪，能具有这样通透的心性。"

一个声音在穆雪身后响起，穆雪转过头，看见了把自己拉进这里的那位女神。之前她以山岳般巨大的姿态出现在穆雪等人身前。

此刻，她变得和穆雪一般大小，身着素袍，臂束金钏，端坐在穆雪对面。那衣摆如烟似雾，不得实态，肌肤半隐半透，显然她并不是欢喜神的本体，只是神灵留在世间的一抹神识。

穆雪学了功法，既得了实际的好处，虽不能拜师入门，但也恭恭敬敬叉手执晚辈礼。

那位女神盘膝坐在水面上，素手在水面轻轻一点，水底之下便浮现出外界的景象。

一道长长的山谷，两岸高山夹道，谷道两端各有一座门楼，其一五彩华光，正是穆雪身处的这座神殿；另一座却乌黑暗沉，是穆雪刚刚在画卷上见过的黑门。

"大欢喜殿分阴阳两殿，阳殿借欲成道，阴殿借欲入魔。"女神低眉垂目，垂视水面，缓缓说道，"成仙成魔，道之两极。三百年前，一位来自仙灵界的弟子，入阴殿，成就天魔。想不到如今你这个魔灵界出身的孩子，却得了我阳殿的传承。果然天道玄机之妙，妙不可言。"

女神的身躯渐渐变得透明，世间已无神灵，她留在人间的这一抹神识也因愿望达成而慢慢消散。

"请等一下，请问和我一起前来的那位同伴，他如今身在何处？"穆雪急忙问了一句。

那位女神淡淡一笑，手袖一拂，水面变幻出现了岑千山的身影。在那个界面里，岑千山施展六道轮转大法正和一位人面魔身的天魔化身苦战。

"赐你玄机门，自去寻他吧。"最后一句话的尾音在空中回荡，那位女神最终淡去。

穆雪脚下的水面消失了，她发现自己站在当初进入神殿的那个山谷中，眼前还是那座彩玉雕成的门楼。

门楼之后宫阙楼台，璇玑宝殿都像是被什么东西合起，渐渐隐没进未知的世界中去了。唯有这扇彩门，留在了山谷之中，慢慢地缩小，变成巴掌大小的一块玉门，掉落在穆雪的手中。

黑色之内，千机化身六臂三目的大黑天神，被敌人折断了大半的手臂，正拖着滚滚浓烟，从云端坠落。

岑千山身后现出修罗境秘境，一个皮肤湛蓝、红发烈烈如火的魔神，从那片虚幻的星空中探出蓝色的手掌来。

足以遮蔽天日的巨大手掌，挡住了从天空一路追击千机的黑色浓烟，那些腐蚀了无数法器的黑烟被那蓝色的手掌抓住，一把抓回星云曼妙的异域里去了。

"哦，修罗道？"化身为魔的徐昆悬坐在空中，"可惜了，你只是摸到一点修罗道的边缘。否则，或许多少能提起我一点战斗的兴趣。"

他身在空中，隔空出手，筋肉虬结的魔爪凌空收紧。岑千山的手立刻被一股无形的大力擒拿，扭至身后，整个人被死死按在黑色的岩土上。

"蝼蚁，弱小便是你的原罪。"周身烟雾缭绕的魔神立在空中，居高临下看着自己的猎物，眯起了眼睛，"在这世间，弱者只能任人玩弄，生死都要依靠他人的怜悯。"

下一刻，他古井无波的面容上，难得地出现了一丝诧异的神色。

一圈银色的圆形法阵在他身下亮起，四面镇魔幡冉冉升起，银色的法链交错，困住了法阵中央缥缈不定的魔神。

掉落在地面的千机举起两根小手指，吭哧吭哧地勉强说道："断了三只手，终于悄悄布下了阵。"

一个紫金龙纹引磬出现在空中，锵一声被击槌敲响。

磬声冷冽，沁人心肺，撼得听者心神动摇。天魔徐昆皱起眉头："这是来自东岳神殿的神磬，有操控神魂之效。东岳的神器，你从哪里得来的？"

尘世法则不容神魔滞留。徐昆出现在此地的身躯并非本体，乃是一抹神识所化。这神识被东岳神磬的清音一冲，那黑烟凝聚的身躯便溃散了一瞬，随后又重新凝聚起来。

引磬声再起，接二连三，摇天撼地，连绵不绝，即便是天魔的分身，也经受不住这样的法器当头撼摇。

徐昆苍白而俊美的面容变幻，变得时散时聚扭曲丑陋，一只青筋暴出的魔爪在浓烟中伸出，向着虚空用力一握。

岑千山的脖颈被一股巨力死死掐住，脑部血脉充涨，无法喘息，后背似被无形的利爪刺穿，剧痛难当。

他涨红面孔，运尽全身灵力顽强相抗，手中磬声不停。

法阵之中的天魔发出尖锐的呼啸声，终究身形溃散，岑千山勉强获得喘息的机会。天魔身形重聚，他又被一把掐住脖颈按回地面。二人在持续敲响的东岳神磬声中拉锯。

"放弃吧，你一介凡人，竟想与魔神相争？"

岑千山双目发红，额头青筋暴出，挣扎着一点点抬起头来："我等了这么久，终于等到了她给我那么一点点希望，我绝不会死在这里，死在这时候。不管你是魔是神，我都必须和你争一争。"

那被困在法阵中的天魔，终究在磬声中身形溃散，留下断断续续的一句话："你……在我的……神殿，毁我的神识……必不饶你。"

岑千山身上的酷刑骤然消失，他以手撑着地面，咳出喉咙中的一团污血。

残缺了小半身体的千机爬回他的身边，伸手想要搀扶他："主人怎么样，你没事吧？"

"不要紧。"岑千山喘息一阵，直起身来，把受损的千机捞起来，放在自己的肩头，"走，我们去找她。我答应过她，一定会很快找到她。"

"主人，你看，那是什么！"千机指着远处喊道。

在这黑灰色的世界深处，大地正在崩塌，黑色的魔兽源源不断地涌出，成群结队的乌黑如同喷发中的岩浆，翻滚奔腾，一路覆盖了整片大地，黑茫茫从地平线上奔涌而来。

黑浪排山倒海，昏天暗地，无数鬼哭狼嚎，细异魔音，在天地间响起。

天魔一怒，山崩地裂，万鬼齐出。

"怎么办？主人，我们怎么办？快跑，快逃。"小傀儡千机眨巴着眼睛，以它小小的脑瓜，也能计算出自己远远应付不了这样的场面。

岑千山站直了身躯。

"以前，我并不畏惧死亡，甚至觉得死亡才是自己终极的解脱。"他看着那崩坏的世界，黑压压的魔物，抽出了自己的血刃长刀，"一百多年都痛苦地活过来了，如今，明明才刚刚开始，明明每一天都是甜的，上天却要和我开这样的玩笑。"

他横刀在前："别无他法，全力以赴，战至最后而已。"

早知道如此，离开的时候，胆子就应该再大一点。岑千山有些难过地想着。

他的眼前浮现出那张明珠般熠熠生辉的面容，巧笑倩兮，一点樱唇。

当时那淡如初樱，微微开启的双唇就在自己眼前，吐气如兰。

如果那时候能够鼓起勇气，触碰到那份梦寐以求的温软所在，这一刻就是死在这里，也没有这么遗憾了。

就在黑潮一般的魔物即将覆盖到眼前的时候，天空中凭空现出了一座彩玉雕成的门楼，一张熟悉的面孔从门楼的华光里探出身体来，看见了岑千山，她就高兴地笑了，伸手就来拉他："太好了，一来就找到你，快跟我走。"

岑千山愣愣地被拉向前了两步，铺天盖地的魔物几乎就要合围到眼前，穆雪突然扯住了他的衣领，把他拉低了一点，踮起脚尖，在他的双唇上轻轻一吻。

这个吻像蜻蜓点水，如浮光掠影，一触就停，一晃而过。仿佛被天雷所带的闪电在肌肤上走了一圈，既痛又麻，把岑千山整个人电得呆滞住了。

魔物丑陋的大手几乎已经挥到眼前。

穆雪顺势轻轻一推，把岑千山推进了那道彩门的华光中："安心地等我，这一次，不会让你久等。"

萧长歌不知道为什么，这里的世界似乎要崩坏了，大地四处开裂，漆黑恐怖的魔物一只又一只从土地里钻出来，向着一个方向拥去。

有一只头顶两个脑袋的肥胖巨人，突然停下脚步，歪着头向他和卓玉藏身的方向走来。它的身高是人类的三四倍，身形极胖，每走一步，都会引起大地的震动。

那魔物脖颈上的两个头颅张着裂到嘴角的大口，低下身掀开遮蔽洞穴的植被，露出欣喜的神色来，腥臭的口水滴滴答答落在萧长歌的面前。

"咦，我看见了，这里有两个人类的修士，干干净净的，血肉的味道真香啊。"

"正好两个，你我一人一个，可以慢慢地吃，每一根小骨头都不要浪费，如今这里出现的人类可不多了。"

萧长歌抽出了护身长剑，他并不怎么擅长用剑，可以说除了童年时期跟着其他峰的师叔象征性地学了几节课，基本就再没有用到这样近身的冷兵器的机会。

可是到了此时，他随身带着的符箓已经在一路的战斗中用尽，灵力到了几乎枯竭的地步，已经山穷水尽，无力抗敌了，唯剩手中三尺雪剑。

萧长歌回头看了一眼身后，在他身后的地面上躺着陷入昏迷的卓玉。为了救他，卓玉只身来到险境，被徐昆捏碎了内脏，此刻面白如纸，气若游丝。

不能退，哪怕只剩下一个人、一柄剑。

从入山门的第一天起，大家都说我是天才，心性绝佳，天赋不凡，必定能成为师门中最优秀的弟子。师尊是这样说的，师叔也这样说，师姐师兄们全都这样说。

既然是这样，那我一定可以的。

我是师门里最优秀的那个弟子，我必定能护着卓师兄，把他带回去。

萧长歌红着眼眶，紧绷咬肌，持剑向着那只恐怖的魔物冲去。

穆雪赶到的时候，师门中性格最温和的少年已经杀红了眼，手中的剑断了半截，浑身浴血，死死守在一个小小的洞穴之外。

穆雪逼退魔物，一把扶住了他。

"师兄……卓师兄呢？"萧长歌的双眼被黏稠的血液所糊，已经茫然不能视物，仅仅凭着一口气咬牙支撑。

"他没事，你把他护得很好。"

负起责任

空济独自坐在自己的书房内，摆在他眼前的是一个小小的木雕盒子。盒子的年头实在有些久远，从三百年前起，就一直摆放在空济的书架上，不曾打开过，但也没有被丢弃。

此刻，他打开盒子，脸色阴沉地看着盒中的那个三角形符箓，脸上的伤疤似乎都重新疼痛了起来。

掌门师兄的话音在他耳边再度响起："师弟，我们是曾遭遇过磨难和不公，但如果一味沉浸在往事里不断自责，或是把这种情绪迁怒于其他人，乃至一些无辜的孩子，那才是我们真正的失败。

"如今的你我已经是门派中的长者，曾经的那些懦弱和悲痛，应该化为我们的智慧和力量，用来引导门派内的这些孩子才对。"

空济紧紧绷着脸部的肌肉，终于伸出手拿起了那张三百年不曾动过的符箓。

在魔灵界浮岗城，一间装饰古老的医馆内，柜台后的老医修抬了抬单边眼镜，被角落里的一抹亮光惊动。

他看向了那个他搬了几次家却一直没有丢弃，依旧摆在角落里的盒子，轻轻哼了一声，没有停下手中配制药剂的动作。

一道灵气波动闪过，那木盒的盖子自行打开了，小小的木盒里躺着一张黄色的三角符箓，正静静地亮着光。

年再桃眯着眼睛，小心地用皱纹满布的手指拿着一根琉璃棒引流，将两种魔兽的血液混合。安静无人的屋内，只听见琉璃棒偶尔触碰杯壁的轻轻声响。

"既然启用了传音符，就说话。"他低头看着手指下红蓝不同的液体，口中却对着无人之处说起话来，"如今这样的符箓可贵得很，那些世家望族十年才舍得使用一次，用来同你们那边的门派做交易前的沟通，是发家致富的宝贝。"

那个亮着金光的符箓在长久的沉默之后，响起了一个男子粗犷低沉，又别别扭扭的声音："我找你……帮忙做点事。"

在地面上那个巨大的洞穴前，归源宗剩余的弟子对先行离开，还是继续蹲守此地起了争执。

天色渐渐变暗，空中飘起雪花。天气越发冷了。从城墙崩塌的缺口看出去，荒野时时传来诡异的喊声，苍凉的大地边缘，偶尔有比山岳还高的魔物身影慢悠悠晃动而过。

"这个地方也太危险了，不宜久留，我们还是先回去吧。"

"是啊，空等在这里也没用，也不知道会不会再来什么强大的魔物，还是回去找娄师叔求救，问问他有没有办法。"

有些人说着这样的话，心里已经打算离开这个危险的地界，提前结束旅程，沿原路退回去。

"就是金丹期的师叔，也不能下去这样的洞穴吧？"

"其实即便能下，他也不会赶过来的。这是死规定，听说领队的师叔都另有重要的任务，不允许干涉弟子们的试炼。"

"可惜了，雨泽施布，雪里花开，嗯……还有那位流火遍野。这一代弟子中最醒目的三人，就这么悄无声息地没了。"

"所以我们还是别往前走了，这个地方太危险，我们修的是长生久视之道，如果命都没了，那还有什么意义。"

"就是，之前的一路上，也有不少仙草宝矿，我们细细搜一搜带回去，足够了。"

心中生了胆怯的同门携手离开，洞穴的边缘只剩下丁兰兰、林尹和程宴坚持蹲守。

"卓玉下去那么久了，怎么还是一点动静都没有？"林尹看着那刮着飓风的无底洞穴，心里不由得产生了最坏的想法，越发焦虑难安。

仿佛呼应她的话一般，脚下的大地又开始颤抖，那个巨大的洞穴就像它突然出现时一般，伴随着大地的一阵摇晃，迅速地闭合了。那些肆虐的风暴，恐怖的空间缝隙，以及隐隐约约的神殿宫阙，都被一口吞噬，再也不见任何痕迹。

"怎么会这样？小雪他们还没上来呢。"丁兰兰扒着那恢复如初的地面紧张地大喊，"小雪！张小雪！张二丫你给我出来！"

坚实的地面一片平坦和宁静，仿佛没有发生过任何事一般。

林尹伸手拉她的袖子推她。

丁兰兰抬起头，看见离此地不远之处，地面上出现了一个光圈，圆月一般明晃晃地静置在那里。

随即，光圈中现出了一个身影，那人向前趔趄了两步，站在原地愣了半天，单手捂住了嘴，回首低头去看脚下的那个光圈。

竟然是当时和小雪一起跌入洞穴的魔修岑千山。

丁兰兰看着这个魔修，觉得从来没有在一个人的脸上见过这么复杂的神色。

他看起来像刚刚从战斗中退下来，脖颈上有着触目惊心的勒痕，身上带着伤，嘴角沁着血，却又似乎遇到了什么奇怪的事，满面通红，似乎想要笑，又有一点想哭，一脸不敢置信和复杂难辨的悲喜交加。

根本无从揣测他刚刚经历了什么。

"发生了什么事？小雪和其他师弟怎么样了？岑道兄？岑大家？"程宴喊了好几声，岑千山方才茫然地看了他一眼，仿佛突然回过神来一般，迅速低头紧盯着地面那道传送法阵。

不多时，那个光圈中出现一个躺着的人影，那人面色惨白，胸前的衣襟被自己口中吐出的鲜血浸透了，陷入深度昏迷。

"卓玉，是卓玉。林尹，快！他伤得很重。"丁兰兰等人冲了上去，小心地把卓玉从法阵里抱了出来，交给玄丹峰的林尹负责治疗。

法阵之中再度出现了一只鲜血淋漓的手臂，那手臂挣扎了一下，仿佛被谁从身后推了一把，终于现出整个身形。

那人伤痕累累，浑身浴血，从头到脚糊着各种妖兽和自己的血液，几乎分辨不出面目。

"长歌，是长歌，萧师弟回来了！"

岑千山站在一旁，死死盯着那明亮的法阵，出来了一个人，不是她，又出来一个人，还不是她。

周围的人欢喜地接到自己的同伴，紧锣密鼓地照顾治疗。

法阵一时安静下来，明晃晃地静默在那里，等了许久都没有任何动静。

岑千山忍不住咬住自己的手指，这种感觉就像是溺水，比起刚刚被天魔的化身掐住脖颈时更让他窒息。

片刻之前，那蜻蜓点水般一掠而过的触感，还清晰地停留在唇端。

天塌地陷的战斗中，幸福来得太突然，让他心底升起一种无端的畏惧，害怕这份幸福只是自己的妄想，害怕自己根本没有资格拥有这样的快乐。

上天未必会对自己这样慈悲，肯赐予他这般真实的快乐。

你看，她还没有出来，她为什么还不出来？

心像被架在火上，只求她能快点出现在眼前，冲自己笑一笑，是真实还是妄念，给自己明确的一刀。

快要冲出胸口的幸福感和无名的恐惧混杂在一起，他像是一条被放入油锅里的鱼，正在被反复两面煎烤。

直至那法阵终于迟迟亮起光芒，一个熟悉的面孔在光芒中出现。

那人一从法阵中出现，目光便立刻搜寻到他，冲着他露出了灿烂的笑容："抱歉，妖兽太多，被拖住了。"

她被自己的同门师姐冲过来抱住，围住，冲她问东问西。她透过师姐的肩膀对他笑，笑容里有罕见的羞涩和一点甜，却没有任何回避，给了他肯定的答案。

岑千山备受折磨的落难时刻才终于结束，新鲜的空气通进心肺，他重新活了过来，扶着道路边的石墙慢慢地坐下。

各种感知又重新回归到身躯，那个天魔的分身十分厉害，能在远距离之外操控无形之手伤人脏腑。他身体各处都很疼，喉咙火辣辣的，腹部也痛得厉害。

可是这种疼痛令他感到安心。

疼痛意味着真实。这一切都是真的！

不远处那些重新迎回伙伴的人喧杂吵闹，忙忙碌碌。

岑千山背靠着一堵墙壁坐下，耳里听着那份热闹，似乎也不觉得那么刺耳难受了。

"伤得不轻呢，我给你上点药吧。"那个心心念念的人终于走到他身边，理所当然地蹲下来，轻轻揭开他的衣领，查看他的伤势。

她先用温热的湿毛巾为他清除血污，又用指腹将膏药涂抹在他伤痛的脖颈上。随着冰冷的触感推过，火辣辣的刺痛早已被驱散了。她还凑近了，在那里轻轻吹气。

那微凉的气息拂过脖颈敏感的肌肤，穿心透骨，勾出了尘封多年的眷念，抚慰了伤痕累累的身心。

是了，我又和从前一般，是一个受伤了也有人管的人了。岑千山这样想着。

穆雪用灵力烧了一壶开水，正准备提下来。

小千机一瘸一拐地过来，举起仅剩的一只手："我……我帮您提吧？"

穆雪把它捧了起来，查看它残缺了的肢体："不用，你自己都受伤了。一会儿忙完了，我再给你修复，保证给你修得亮闪闪的，比原来还利索。"

她顺手就把小千机放在自己的肩头，将那壶水提起来，向岑千山走去。

坐在穆雪的肩头，千机的视野随着穆雪前进的脚步而起伏，明明是第一次坐在这里，却莫名有一种好怀念的感觉。

穆大家亲吻主人那一下的时候，它也正好坐在主人的肩膀上，看得真真切切、一清二楚。

当时，主人心底那份强烈的冲击感，如同电流一般不可抑制地传递给了它。

它不明白，此刻主人为什么不跳起来，抱着穆大家转两圈。

主人明明那样高兴，却只是这样沉默地坐在角落里，穆大家又怎么能明白他的心意呢。

不过幸好，他还有自己。

"以前主人受伤的时候从来没有人管过他。"千机小小的手臂比画着对穆雪说，"他自己也不管。有时候一回到家，就倒在院子里动不了了。如果我有力气，还能把他拖到床上去。如果我也坏了，我们两个就只能在雪地里躺到谁先恢复一点灵气为止。真高兴今天有你照顾他了呢。"

它转过小小的眼睛打量穆雪，这位传闻中的无情雪，沉默地提着水壶向前走，分辨不出是否有为自己的说辞所打动。

兴奋中的千机全力运转小小的机械大脑，竭尽全力搜寻并组织出它认为此刻最恰当的说辞。

"你既然已经亲了他，就应该对他负起责任。"千机细长的手臂围成一个圈，"他辛苦了很长时间，请你多抱抱他吧。"

托着它走路的无情雪停下脚步，半晌后伸出一只手来，在它的脑袋上摸了摸："谢谢你，你也辛苦了。"

千机反应慢了半拍，才伸出机械手臂捂住了脑袋。

哎呀，好温暖的感觉，这种感觉好熟悉，似乎曾经被这只手摸过无数次呢。真想从今以后，时时能让她摸一摸自己的脑袋。它有些不好意思地想着。

穆雪在岑千山的身前蹲下，递给他一杯温水和丹药。

她看着岑千山接过水杯，温顺地低头服药。杯子握在他修长的手指中，氤氲的水汽模糊了他俊秀的眉目，那纤长的睫毛在水雾中眨了眨，避开了自己的视线，白皙的耳垂已经悄悄地红了。

薄薄的双唇因为刚刚喝了水而显得潋滟有光，呼出的雾气里带着一点丹药的清香，在这么近的距离里，穆雪觉得自己的心跳在变快：

你已经尝过他的味道，就该对他负起责任啦。

周围的声音很吵，大家都在忙着照顾受伤的同伴。岑千山背对着所有人，靠着一道凸出来的断壁而坐，如果不特意走过来查看，只会以为穆雪端着汤药，在照顾刚刚从险境回来的伤员而已。

穆雪的一只手臂撑在他的身侧，墙角阴影里那双眼眸荧荧有光，她缓缓靠近，近到可以听见彼此的心跳，近到对方炙热的呼吸吹拂到自己的肌肤上。

看着那人眼底水波荡漾，看着那人的脖颈一路爬上嫣红。

穆雪闭上了自己的双眸，给他一个真正选择的机会。

她觉得自己的心跳得很快，快到就要从胸腔跳出来的时候，一双冰冷的嘴唇终于微微带着点颤抖触碰到了她的世界。

他的动作生疏又青涩，那双因为紧张而冰凉的嘴唇，带着点轻轻的颤，带着想要疯狂又拼尽全力的克制，笨拙地、小心翼翼地贴近，轻轻触碰。

那一瞬间天空中雷声响起，雪里春花开遍。那滋味比最甜的蜂蜜还要甜美，比最醇的酒还要醉人。

第七卷

浮图城

送君入罗帷

第六十九章

初试法诀

"我的技巧是不是很糟糕？"

"刚刚吃了药，嘴里会不会有异味？"

"她是喜欢的吗？还是不喜欢？"

岑千山不知道自己为什么在这种时候，还能去想这些乱七八糟的事情。

感官强烈的冲击，使他的一切都变得笨拙。

他几乎已经忘记了该怎么呼吸，甚至连手的位置都不知道该摆在哪里。那种感觉就像肌肤上无时无刻不被电流穿过，几乎要磨穿他的意志。

虽然他是一个活了一百多年的男人，但在这方面的经验可以算是少得可怜。

或许，他也曾在夜深人静的时候，悄悄想过这样的时刻，但从来也没有人告诉过他，仅仅最开始的吻，就能带来这样湮灭一般的快感。

他本能地想要从这样致命的旋涡里逃离，但眼前的人不让他有所逃避。

柔软而湿润的东西分开了他的唇瓣，入侵了他的世界，轻而易举地勾引出他压抑已久的所有欲望，点燃了他整个人。

岑千山在那一刻彻底的沉沦，陷入了无可自拔的深渊。

周边喧闹的声音消失了，所有多余的杂念也难以再想起。耳边只剩下明晰的呼吸像海潮一般起伏，悸动的心跳像擂鼓在持续作响。

这样缠绵的吻不知延续了多久，二人才终于分开，彼此都面红耳赤地抵着对方的脑袋喘息。

他几乎像一张白纸一般青涩，但穆雪不得不承认这样的他反而分外迷人。

他坐在断壁的阴影中，篝火摇曳的光辉忽明忽暗。

那紧实的肌肤在火光下仿佛被涂满了诱惑，滚动的喉结，深长的锁骨，以及所有迷人的阴影和流畅的线条都隐秘进了惹人遐想的幽暗之中。

穆雪眨眨眼，突然意识到自己盯着他看走了神，她这时才想起自己该有的羞涩，向后退想要拉开距离。

靠墙而坐的男人突然伸出手，一把将她拉回自己的怀中。他的腹部受了严重的伤，穆雪这样猝不及防地扑进来令他忍不住皱起了眉头。

但他不肯松手，反而伸出另一只手臂将穆雪更紧地按进了胸膛。

"不能这样，你受了伤。"穆雪强行撑起手臂，拉开了二人之间的空隙。

岑千山心有不甘地放开她，苍白着双唇对她露出了一个不要紧的笑。

"我学到了一种功法，能让你的伤势恢复得快一些。"穆雪说道。她盘膝而坐，调心入静，伸手握住了岑千山垂在身侧的一只手掌，微微闭上双目。

跟我来吧。

岑千山在定境之中睁开眼时，发觉自己出现在了一方小世界中。

天空中璇玑自转，日月交替。地面一汪如镜的湖水，湖边蒹葭苍苍。那芦草中隐着一只眈眈窥视的白虎，天空中的火云内藏着一条翻滚低吟的红龙。

穆雪正牵着他的手，端坐在心湖之畔。

这里是黄庭，一个修行之人最为私密要害的所在，是一切修行的根基所在。不论是炼气凝神，采药结丹，无不在此地。这是个极为脆弱又重要的私人领域。

几乎没有人会允许他人的元神，进入自己的黄庭之内。

除非是……最为亲密的道侣。

岑千山抬眼去看端坐在身边的人，那人牵着他的手，结了一个奇怪的环行手诀，盘膝垂目静坐水泊边。

在黄庭之中，他们彼此都是元神之体，元神本是一团没有形状颜色的光团，一种最为纯净的意识。因为长时间的修行，随着元神和精气的相交，身心日渐合一，才会出现日常惯用的身躯模样。

就在这里，岑千山看着身边那张元气凝结的面孔，并非如今张小雪的眉目，而是自己熟悉的，挚爱的，心心念念记挂了一生的那个人的模样。

十年之前，他刚刚从东岳神境回来的时候，千机时常拿一个问题来问自己。

"主人，你确定没有搞错？真的是穆大家吗？"

那时候他坚定地给出答案："不会错，绝没有错。"再坚定的答案，不曾得到本人的亲口承认，也免不了会有稍稍疑虑，患得患失的时候。

直到这一刻，一切才真真切切浮出水面，尘埃落定。灰飞烟灭，百转千回，还依旧这样温暖熟悉的模样。

如果元神也可以落泪，岑千山相信自己早已经泪流满面。

"在这里，可不能乱动哟。"穆雪睁开眼，笑着看了他一眼。

岑千山就不敢动了，躺在那里一动也不敢动。

这里可是黄庭，最脆弱而娇贵的要害之处，只要自己一个不慎，就会导致她身负重伤，会让自己后悔莫及。

"跟着我的灵识走，先练胎息诀。"

穆雪的声音并非通过说话传递，而是从脑海中将信息直接传递给了岑千山。

"后有密户，前生门，出日入月呼吸存。①"

"心思妙，意思玄，脐间元气结成丹。谷神不死因胎息，长生门户要绵绵。②"

随着穆雪的念诵声渐渐起，一道清凉舒适的气息流进了岑千山的身躯中。

那道气息在他的体内绕了一圈，缓缓引导他的呼吸节奏，带着他的灵力流转。

这种感觉十分微妙而令人紧张，像是把自己毫无保留地托付给了他人，身体的快乐和痛苦只能任由着他人摆布，便是性命都等同于交给他人掌控。

非至亲至密之人，无法托付。

渐渐二人的气息开始同步。

如同赤子婴儿，混沌不分。呼而同出，气息微微，入而同入，气息绵绵。

岑千山心中杂念渐消，生出一股暖洋洋之感，感到和这个世界上最为信任的那个人气息交融，悠然自在，始得天地之造化。

许久之后，黄庭之中万物俱静，天空中璇玑停轮。虎从水中出，龙自火里来。一龙一虎在空中相互接触，彼此试探。

一方小世界里，春气相合，清露凝华。

---

① 出自《黄庭内景经·上有章》。
② 出自《群仙珠玉》。

岑千山修习的是六道轮转大法，道法孤寂艰险，一生清心寡欲。穆雪这样相互温存的奇妙修行法门，远远超出了他的认知。

他只觉随着功行，元气慢慢恢复，气血畅融。体内的伤损在迅速愈合，身躯的疼痛渐消，四肢重拾了康健，气色如初。

天空中的那条红龙突然降落下来，龙身贴着躺在地上一动不动的岑千山转了一圈，冰凉滑腻的鳞片从肌肤上溜过。

赤红的龙头悬在空中细细上下打量他，看得岑千山几乎要忍不住坐起身来，它才发出古怪的愉悦声，一卷尾巴回到火云中去了。

那只水虎却不知什么时候化为人形，白色的身躯一跃跳入心湖，岑千山还来不及看清它的模样，就被那湖水溅湿了一身，徒留水面一片涟漪。

岑千山退出穆雪的黄庭，躺在地面的身躯睁开了眼睛，心脏怦怦直跳，身体的疼痛已经可以忽略不计了，只是脸上烧得滚烫。

端坐在身边的穆雪不好意思地咳了一声："第一次，没什么经验，它们都不听话。"

丁兰兰越过篝火的光芒，看见那位喜欢离群索居的魔修远远地睡卧在一处断壁的阴影之中。师妹张小雪，盘膝坐在他的身边，似乎在垂目运功，顺便护持守卫。

火光打在她秀美的小脸上，也照在她身后阴影处露出的那一点面容上。

看起来，竟然有一种十分和谐的错觉。

"小雪似乎很关心那位岑大家呢。"丁兰兰说。

"毕竟六岁就认识了嘛。何况岑大家救了我们那么多次，照顾他一下也是我们正道仙门之人该有的行为。"林尹不以为意，她心中焦虑的是卓玉和萧长歌严峻的伤势，那样被天魔所伤的严重肺腑之伤，令年轻的她无从着手。

就在此时，一道苍老而不悦的声音在半空中响起：

"就是你们吗？一群归源宗的小娃娃。"

众人抬头一看，一位矮小干瘦，戴着奇怪单边眼镜的老者，骑着一个巨大的宝葫芦，出现在半空中。

"呵呵，归源宗算是一代不如一代，还没走到城门外，就一个个伤成这个鬼样子。"

老者从空中跳下来，着地落在卓玉的身边，略略看了一眼，便伸手捏开了卓玉的嘴。

守在卓玉身边的丁兰兰和林尹心中大惊，立即出手阻止，怎知那老者看似枯瘦矮小，身法却极其诡异，轻描淡写就格挡开二人的攻击，就手给卓玉喂下了一颗丹药，还抬起他的下颌，强制他吞咽下去。

丁兰兰气得柳眉倒竖，倒是林尹拦住了她。

"那个药，那个药看起来好像是……魔灵界的圣药回春丸？"林尹心中惊疑不定。

"哼哼，小娃娃倒是认得老夫的丹药，你那位装模作样的师父可没有这样好的丹药。"

昏迷中的卓玉服用了他的药之后，面色竟然立刻就有好转，轻轻发出一点喉音，慢慢睁开了眼睛来。

老者放下卓玉，再来到萧长歌身边，枯瘦的五指张开，手掌带着一股暖黄色的光泽，罩住了萧长歌外伤严重的部位。

这一次，林尹和萧长歌本人，都没有动手阻挠。出身玄丹峰的师姐弟很清楚地看出了老者这一手春风润物诀的厉害之处。

春风润物诀乃是玄丹峰主空济的成名绝技，治疗内外伤势均有奇效，非玄丹峰弟子不外传。

但眼前这位年迈的魔修，不知为何不仅施展时的手法和师尊所传一般无二，竟连威力和功效都能和师尊相媲美。

"年叔？"一道呼唤的声音响起。

老者回头看去，看见不远处一位陌生的年轻女修和站在她身后的岑千山。

"哦，女娃娃，你认得我？"年再桃眯起了小小的眼睛，"还有岑大家，你怎么会在这里？"

"我……不是，我师叔讲学的时候，经常提起您。还在明灯海蜃台里放过您的相貌。"穆雪摸摸鼻子，避开了他打量的眼神。

"我……我恰巧路过。"岑千山也避开了视线。

"对了，年前辈，回春丸还有吗？岑道友也受伤了。"穆雪走上前，笑嘻嘻地伸出手，"金创再生膏也给一点吧？"

年再桃心里升起一股强烈的违和感，这么多年，他的吝啬和小气是出了名的，如今还敢这样理所当然向他讨要药剂的非常之少。

非常少，很多年前倒是似乎有过这样一位女子时常用这样的口气模样和自己说过话，可惜了，那人早已经不在人世多年。

"你？仙灵界的小娃娃，怎么知道我惯用的药剂？"年再桃板着脸问。

"我的师叔，经常提起您呢，他说您医道高明，自创的几种药物非常好用，即便在仙灵界，也是我们学习的榜样。您那些回春丸、解毒散和金创再生膏，我们都记得。"

归源宗的几人捂着脸听着穆雪张口说瞎话。谁不知道玄丹峰的空济师叔最讨厌魔灵界的人，往日上课的时候，但凡谁提到魔灵界的药物只言片语，那可是要被师叔打手心的。

也不知道穆雪哪里来的勇气敢说师叔喜欢魔灵界的药品，更幸运的是，这位看上去十分不好相处的年迈魔修，居然就这样被穆雪三言两语哄好了。

年叔，相处了一辈子的老朋友了，他的性格穆雪摸得十分清楚。生平最憎恶仙灵界的人和事，却又最喜欢把自己的药剂和仙灵界流传过来的比一比。但凡说他的药剂比仙灵界的好，他的心情就能愉悦上不少，也会变得很好说话。

果然那位年迈的医修挺了挺矮小的身躯，有些控制不住地弯了弯嘴角，鼻孔轻轻哼了一声，拍拍自己脚下的葫芦，将它变得极大："都上来吧，领你们去浮罔城待几日，见见世面，省得把可怜的小命全送在这里。当年你们那位师尊喊打喊杀地离开，如今竟然还要我帮他带奶娃娃，真是个不要脸面的家伙。算我倒霉，就当偶尔行善一回。"

想不到他们作为师尊的亲传弟子，竟然比不上张小雪这位偶尔来旁听的外峰之人用心，连师尊真实的心意都不曾了解清楚，真是惭愧。

山中有虎

第七十章

广袤无垠的荒原，地平线上蜂拥而出小小的鹄人。浩浩荡荡的鹄人队伍如暗夜中的潮水一般淹没大地。

大家坐在巨大化的宝葫芦上往下看，看着那些小小的妖魔顶着他们个子那么大的小包裹，推着小小的木车过境迁徙。

一群翎羽洁白的夜照族人翩翩然从上空飞过，几个年轻的夜照族姑娘打闹追逐着，擦着葫芦的边缘掠过去。

萧长歌看着那些无忧无虑、自由自在的笑颜，愣住了。

"这些妖魔的战斗力都十分低下，只有繁殖能力强大。但漫长的岁月过去，他们还一直延续存活在魔灵界的大陆上。"年叔看起来脾气不好，却是一位好老师，沿途细细介绍魔灵界的种种风物，"倒是很多曾经强大无双的魔物，因为繁衍困难，反而渐渐消失不见了。"

程宴手持一本笔记本，双目放光，一边记录，一边连连点头。

其他坐在葫芦上的人一个个听得认真，便连伤重起不了身的卓玉，也都睁开了自己的眼睛。

在仙灵界，人类占据了大部分的生存空间，妖魔在那里已经十分罕见。这样成群结队的妖群，只能在明灯海蜃台上看一看而已。

不久之后，抵达一片雪原。

巨大的轰鸣声远远传来，在皑皑白雪累砌的松林之中，一只青色皮肤、獠牙突出的高大魔物，站立在连绵的雪松之中大声嘶吼，发狂肆虐，推倒成片成片披着白雪的银松。

在他的周围，十来个人类修士上下穿梭，各种强大术法阵符的光芒，在漫天扬起的飞雪中交错闪烁。

这一行人显然战斗经验十分丰富，配合调度默契，甚至还有一位英姿飒爽的女修，专门悬立在高处指挥。

"快快快！魔物要暴走了，开防御法阵，法阵师呢，吃屎去了吗！"

"伤员抬下来，医修抓紧抢救。"

"我×，铁牛你在干吗？早上没吃饭？拖住魔物，别让他跑出法阵范围！"

这位负责指挥的姑娘显然脾气不好，一边调度一边破口大骂，但在她这样风格的指挥下，战斗倒是进行得有条不紊。

肌肉虬结、青面獠牙的巨大妖魔穿着一件破旧的短衫，挥动着巨大的手臂，左右奔袭却无济于事，眼见着只要继续消耗下去，拿下他就不过是时间问题。

穆雪一行人远远停下来旁观。

"他们看起来好厉害，身经百战的样子。"

"原来还可以这样配合，左右拉着魔物来回跑。主战的战士少很多压力啊。"

"听说魔灵界这里，狩猎妖魔是家常便饭，甚至很多孩子从很小起就跟着父母上战场了。"

"就快结束了吧，我看这魔物已经要不行了。"

众人远远旁观，心情放松，七嘴八舌地看热闹，等着看这场精彩的狩猎轻轻松松结束。

变故只发生在一瞬之间，也不知道哪里出了细微的差错，战斗中的魔物突然发了狂，一把抓住了闪避不及的一位修士，塞入口中咔嚓咬成两半。

另一位急着想要上前救援的战士，被那魔物的大手一挥，只在雪地中留下一抹惨不忍睹的殷红。

刚刚还有条不紊，轻松愉悦有如训练场的战斗转瞬之间成了修罗场。

归源宗的大部分弟子不仅没有参与过真正的实战，甚至连死人都不曾见过几个，何况是死状这般凄惨的情形，顿时个个面色煞白。

林尹当场扭过头去就吐了。

余下的修士在魔物发狂又失了主战人员之后，却没有显出过度慌乱，似乎极为习惯了一般，毫不犹豫地分头撤离。由飞行速度最快且灵活的一人引走那只双目血红的妖魔。

负责指挥的那女修踩在飞行法器之上，如疾风一般掠过雪原，狂怒的巨魔穿着破旧的大裤衩，迈着赤脚，在雪原里飞奔，跟在她身后紧追不舍。

程宴使出法天象地，巨大的金身出现，双臂交错挡住了那只红发如火的妖魔。

飞遁中的女修立刻踩着法器一个急转，翻手祭出一枚宝印，那四方形的宝印金光灿灿，从天而降，轰一下砸在魔物的头顶。

这妖魔历经长时间的战斗，已近油尽灯枯之状，这一下被法宝砸在天灵盖上，当即被砸趴在雪地里。

女修手下一刻不停，接连操纵宝印狠砸了十余下，直至那妖魔的头颅血肉模糊，不再动弹为止。

那女修落下地面，踩在巨大的妖魔尸身上，抽刀从那残躯里一刀剔出了妖丹，收入怀中。同时她将妖魔那一对突出嘴外的尖锐獠牙取下，捧到程宴的面前，冲着他抹了抹脸上的血，倒也不多说话，抱拳转身离去。

程宴捧回那对染着红白液体的獠牙回来，端给丁兰兰等人看："要吗？炼器的好材料。"

丁兰兰看着那黏糊糊挂着血肉的巨兽牙齿，脸色发青，勉强摆摆手："你……你先收着，回头我用傀儡和你换。"

历经了这一出，夜色已经深沉，年叔领着他们进入了雪原中一处造型奇特的建筑之内。

这叫作里站，外设置防御和隐蔽的法阵，内有负责扫洒驻守的人员，是用来给在外狩猎的修士们集中休息的地方。

进入了里站之后，大厅内早早坐了不少战场上刚刚退下来的战士。他们有的兴奋不已，喝着酒高谈阔论。也有些浑身浴血，面色肃杀，郁郁不乐地坐在角落里。

穆雪一行人进入，除了个别抬起头来看看，并没有引来过多的关注。

他们找了张桌子坐下，点了不少没吃过也没见过的魔灵界特色菜肴。

几个魁梧大汉，脚边放轩辕战斧，在左近的一张桌边踩着凳子大碗喝酒。

"干了！哈哈，这一次若能活着回去，就去天香阁好好花销花销。"一男人摸着下巴的络腮胡，摇晃着脑袋，"师师生得艳冶，媚娘妖媚多情，小鱼最是温柔。我倒是不知该先找谁。"

他的同伴哈哈大笑："这一票若是成了，三位姑娘一起包圆了也花费得起。"

在另一侧的桌子四周，围坐着一群披着铠甲的女修，她们口里谈论的话题，竟也和男人一般无二：

"弄玉馆新来的莲官人见过没？纤腰一把，玉足堪怜，最主要还是清官人。"

"我不喜欢扭扭捏捏的新官人，还是秦小哥最合我胃口，人温柔，活又好，百看不厌。"

坐在中间的归源宗弟子们脸都听红了，丁兰兰悄悄拉了拉穆雪的衣袖："她们还真敢说啊。"

埋头吃饭的穆雪嗯了一声。

这在魔灵界是习以为常的事。

在这里人人过的是刀口舔血的日子，就像刚刚被魔物拍死在雪山的两个魔修一般，谁也不知道还能不能见着明日的太阳。

战场上下来，胸中杀意未退，血气蒸腾。这时候只有另一种原始的本能，最能纾解淤积于胸的情绪。

在这样充斥着黄段子和拼酒划拳声的酒肆中，吃着不曾见过的异域小吃，归源宗的年轻弟子们，悄悄你看看我，我瞅瞅你，都觉得有一种异样的新奇感。

桌边走过来了三位年轻的女修，个个姿容俊美，风骨飒爽，举动风流。

为首的便是刚刚遇见过负责指挥战斗的那位修士。

只见她端着酒碗敬程宴："多谢大哥出手相助。我叫英子，这些都是方才一起战斗的姐妹。"

程宴红了脸，局促地端起自己的酒杯站起来，接了她的敬酒。

短发笑起来有一对酒窝的英子上下打量程宴，目光逐渐变得热烈而多情，她毫不掩饰自己的心意，轻咬红唇，语调温柔："哥哥不如去我们那桌坐坐。大家都想好好和你道个谢。"

程宴手足无措地连连摆手拒绝。

一左一右挨上来两位青春年少的姑娘，挽着他的手臂，软语温言相邀。

程宴急忙挣脱，红着脸道："你们听我说，我练的是金刚不坏法门，童子功，修成之前绝不能沾女色半点！"

三个女孩面面相觑，愣了半天，松开手，扑哧一声笑了："童子功？啊——

扑哧。"

"哎呀，那真是抱歉，不打扰了，不打扰了，哈哈。"

直到她们走了回去，那边的桌子周围顿时爆发出嘻嘻哈哈的笑声。

"童子功？这年头居然还有人修童子功，哈哈哈。"

"哎呀，真是笑死我了，这都是从哪里的深山古寺来的人？几百年没听说有人修炼这个功法了吧？"

"那么大个的人了，竟然连……都没过吗？真是可怜。"

"别笑了，人家还帮过我们呢，快忍住。"

女孩们转过头来，合并双手和程宴道了个歉："抱歉抱歉，不是故意笑你。我们只是……噗……太久没听说了。"

在仙灵界能修习童子功者，说明心志坚定，清心寡欲，是一种说出来引以为傲的事。谁知到了魔灵界，风俗一改，到了年纪却没有过伴侣足以成为所有人的笑柄。

程宴面红耳赤，借口去给养伤的卓玉送饭，早早离席走了。

穆雪吃着令人怀念的食物，听见隔壁桌几位女修正在讨论的话题，下意识看了岑千山一眼，想起刚刚自己不过是一个吻，就把他亲得双目失神的模样。

此刻的他一身黑甲，劲腰长腿，气势凌厉。不过是那样按着刀随意坐了片刻，便已引来不少女子热情的目光。

谁能想到他还是那样青涩单纯，禁不起半点撩拨。

本来以为时隔了百年，自己才迟迟弄明白自己的心意，下手这样晚。他必然已经知道风月的滋味，却想不到他还能把一切都完完整整地留给自己。

穆雪想到这里，不由得心猿意马了起来。这才知道，情之一事，没有沾到滋味还好，一旦初尝了，就免不了日思夜想，食髓知味。

进入里站提供的单人卧房，穆雪坐在床沿打坐运功。在黄庭之中，水虎慢悠悠地溜达过来，匍匐在腿边，化为人形。湿漉漉的长发贴在白皙的肌肤上，扶着她的膝盖抬起那张脸来。

水虎乃穆雪自身肾气所化，离龙乃心中之神具现。既然水虎火龙是自己神气所化，黄庭之中又别无他人，穆雪左右看看，便忍不住伸出手轻轻摸了摸趴在膝盖上的那只"水虎"的脑袋。

指腹轻柔摸过他漂亮的眉眼，莹白的耳垂，看他纤长的睫毛在手底轻轻眨动，呼吸都忍不住变了节奏。

他真是过于完美，让人时时刻刻都忍不住想他。

穆雪却不知道此刻在另一间厢房中，正在打水洗脸的岑千山突然浑身僵硬。

他清晰地感觉到有一只手掌正在轻轻摸他的头发。

他眨了眨眼，慌忙四处张望，没有看见任何人，也看不见那只无形的手。

难道是因为过度思念，而产生了这样猥琐的幻觉？

不，不是，这种感觉太真实了，直接从元神中传来。

是在她的黄庭修行过之后，产生了什么奇妙的联系吗？

那看不见的手掌慢慢下移，缓缓爱抚过他的眉眼，竟然还捏了捏他的耳垂。

岑千山一下涨红了面孔，伸手扶住桌沿，湿漉漉的毛巾掉落在水盆里，溅起水来打湿了一身。

"主人？你怎么了？"一旁的小千机奇怪地问。

"没事……嗯……你先出去。"

千机吃了一个闭门羹，从怀里翻出一本密密麻麻的笔记，在上面加了一行小字：

人类坠入情网的时候，会变得奇奇怪怪，患得患失，做出许多和平常不一样的举动。即便是主人这样的男人，也不能免俗。

第七十一章

雪中有龙

从前穆雪一旦开始修行，便十分专注且沉迷，从不轻易为外事所耽搁。

特别是在魔灵界的那些年，仗着修为高深，可以做到神满不思睡，气满不思食。便时常沉醉于炼器之中，两耳不闻窗外事，有时候三五日过去了才会回过神来。

这几年，也不知为什么，黄庭中的这只水虎，倒是经常能分去她的一点心神，让她心甘情愿放下修行，陪它玩耍一番。

她可不知道，就在一墙之隔，岑千山手肘撑着桌面，满面通红，苦苦忍耐。

那只无形无色的手不知什么时候，会从什么角度来袭。这样无法把握，无法看见的紧张感无限放大了感观，使他不知所措。

隔壁的房间骤然传来一阵水盆打翻的声响，动静之大，把穆雪从黄庭中拉了出来。

那是岑千山所在的卧房。作为修行之人，不说道法玄妙，至少身手敏捷，日常生活中是很难失手打翻什么东西的。

穆雪站起身来。

小山该不会发生了什么意外吧？

穆雪推开门的时候，岑千山正弯腰收拾撒落了一地的洗漱用品，看见穆雪来了，他的眼神十分奇怪，漂亮的眼睑带着一丝委屈又混着一点薄怒，面颊上桃花未褪。

穆雪本就心底有鬼，被他拿这样的眼神一看，莫名觉得一阵心虚，看他也没什么事转身就想要离开。

此刻的穆雪站在二楼环形的走廊上，这里的屋顶是透明的半球体，可以看见头顶那璀璨而闪烁的星辰。

夜色寂寥，楼下的酒肆里还趴着一两个喝闷酒的旅客。

微弱的灯火，把窗棂的影子打在她的肌肤上。

岑千山看着站在屋外的穆雪，她眉目弯弯，双眸中倒映着点点星辉，闪着一点狡黠的光。明明刚刚还肆意摆弄了自己，却又想装着若无其事地离开。

就像是从前，只有自己一个人日日魂牵梦绕，她的目光永远都只专注于术法修行上面，从不曾真正看过自己一眼。

寂静无人的走廊上，他一步跨出屋门，拉住了穆雪的手，用力将她拉进屋里来，抵在花格斑斓的门背上。

梦过了多少回，和她这样耳鬓厮磨，彼此亲近。

终于在这样躁动不安的夜里，他鼓起苦守寒窑一百八十年累积的勇气，决定彻底大逆不道一回。

他气息浓烈，他心跳如鼓，他气势汹汹而来，临到落下了，却终究还是收敛成那份小心翼翼。

那个吻炙热而又克制，轻轻地咬一咬，触一触，仿佛只是这样的程度便已经足够，足能纾解那蚀入骨髓的相思，化开那沉疴百年的痛苦煎熬。

青涩而不得章法，痴迷而又彻骨温柔。

一吻终了，抵着彼此的额头，如山如海的汹涌情意还压在眼底。

两人缠绵许久，穆雪双手捧住他的脸："我在大欢喜殿，学了一套功法。你想不想和我修习？"

"想。"岑千山的喉音又低又哑，"我想，哪怕你以我为炉鼎，我都想。"

"胡说，怎么舍得以你为炉鼎！"穆雪握住了他的双手，在他的唇上轻轻啄了一下，"这一次，我们进你的黄庭好不好？"

黄庭是修行之人最重要，也是最脆弱隐秘的地方。

以岑千山如今金丹大圆满的修为，进入穆雪的黄庭秘境，其实十分危险。只要他一时忘了克制自己，一念冲动，强大的灵识很容易让穆雪身受重伤。

但相反地，穆雪如今的修为远比不上他，若是在岑千山的黄庭之中，除非她故意加以伤害，是不至于损伤到岑千山强大的境界的。

穆雪原来以为这是一件已经水到渠成，轻而易举的事，但面前的岑千山却低下眼睑，沉默了许久，才终于点头同意了。

他拉着穆雪的手，似乎想要说点什么，最终还是一言不发，在沉默中打开了自己的秘境，引着穆雪进入独属于他的璇玑天地。

穆雪怎么也想不到岑千山的黄庭是一口井——漆黑、潮湿、狭窄、幽深阴冷。

她和岑千山一并站在这样黑暗的井底，抬头看去，头顶的天空又高又远，只有小小一块亮点，阳光永远也照不进这样漆黑的井底。

在脚下的泥泞中，躺着一个小小的男孩，他半张脸陷在泥泞中，衣不遮体，双目失神，呆滞地蜷缩着身躯，一动不动。淤泥中偶尔翻出一条花斑细蛇，从他的肌肤上爬行过去。

模样是幼年时期的岑千山，看年纪，比他到穆雪身边还要早上好些年。

穆雪想要上前查看，身边的岑千山却拉住了她，他拉着穆雪向上飞行，脱离了这个黑暗潮湿的世界。

从井口钻出来之后，穆雪发觉自己来到了一个白雪皑皑的庭院。

那院子几乎和穆雪曾经的家一模一样。

大地白茫茫一片，玉乾坤银世界，纷纷扬扬的落雪，冰冷无涯，苍茫一片的世界中，唯有这座孤立其中的小小庭院。院中三两间大屋，灯光温暖。

在这寒霜飘雪的季节，院子里却有一株开得正浓的桃花。花开正盛，灼灼其华，树下落英缤纷，铺就一地春红。

岑千山牵着穆雪的手，领她看那桃花。

他眼眸映雪光，带着点期翼，期待着穆雪能够喜欢，这是在他这样荒凉而又冰天雪地的黄庭中，唯一拿得出手的东西。

黄庭，又名祖窍，人体内的玄牝之门，万物生发之所，本是恍惚杳冥无色相之所在，只因修行者各自的心境，生成不同的景象。

上一世穆雪的黄庭萧瑟荒凉，枯草无边。

如今，她的黄庭内却有璇玑自转，日月生发，心湖一片如镜，湖边绿草依依，蒹葭苍苍，时有飞鸟掠湖而过，又有水虎羞涩，飞龙顽皮，倒显得生机勃勃，热闹了许多。

她却想不到岑千山的黄庭，是这般景象。

穆雪抬头看着那株艳丽的桃树，又回首看脚下黑暗无光的深井。

这样的决绝不算是什么好的心境。有此一洞，梗在心中，只怕于将来渡劫飞升，大是有碍。

穆雪紧皱着眉头，在自己的记忆中，依稀出现过这样的一口井。

那时候，她刚刚收岑千山为徒，新收的小徒弟每日将一切打理得井井有条，包揽了所有琐事，让她十分满意，于是更加狂热专注地沉浸炼器中去。

是有那么一次，她沉浸在术法的世界里，不觉时间流淌，不知日月更替了几回。

等她在工作台前回过神来的时候，才发现庭院中寂静得很，就连地板上都有了一层薄灰，手边的水杯也早就干了。

新收的小徒弟不知哪儿去了，似乎很久都不曾回来过。

她出门寻找，走了半天的路毫无线索。

直至不得不大面积放开神识细细搜索，才终于在十妙街一处僻静的废弃枯井底下，搜到了属于小徒弟的微弱神识。

穆雪赶到那里，掀开被刻意压在井口的石板，下到井底抱出了蜷缩在底下的岑千山。很显然是有性格恶劣之徒，将他推入井底，还用石板封住井口。

那时候的岑千山和眼前的一模一样，蜷缩着瘦骨嶙峋的身躯，双目失去焦距。

"有蛇，好多的蛇。"那个男孩如梦呓一般，口中反复呢喃着这句话。

"大冬天的，哪里有蛇？"穆雪四处查看一番，没有发现任何一条他口中的蛇。

但怀里的人仿佛看不见，也听不见一般，只抱着肩膀，抖个不停。

在穆雪的印象里，岑千山不是个怕苦怕痛的孩子。刚来的时候，明明断了腿，却能拄着拐杖，谈笑自如地忍了两三天，直到高烧昏迷才被穆雪察觉出来不对。

但这一次，把他带回家哄劝了很久，他依旧缩在那里僵着身体一动不动。

穆雪不知道该怎么哄他，她没有哄孩子的经验，也没多少哄孩子的耐心，于是生出不耐烦之心，懒得再管。

可是当她走到庭院，回首看那个被留在阴暗中缩成一团的小小身躯，又无奈地叹了口气。

她费心想了许久，翻找出不少木料，坐在岑千山的身边，叮叮当当搭起一张不算大的小床，还在床头嵌入了那个能发动蟾光镜的金蟾。

魔灵界众所周知，金蟾克一切毒虫。

"好了，以后你就睡这里。"穆雪做好木床，铺上被褥，把缩在一起的小小身躯抱起来，放在床上。

"看见没，这是金蟾，你睡在它吐出来的这个圆光里，任何蛇都进不来了。"

"你，原来你是怕蛇的吗？"桃花树下，穆雪抬头问道。

小山怕蛇，自己为什么从来不知道？

她后知后觉地发现，虽然岑千山对自己的一切喜好了如指掌，但自己似乎并不清楚他害怕什么，也不太知道他喜欢些什么。

"也没有多大的事。小时候因为不听话，被义父丢进一口枯井中，他封住井口，倒进来一大筐的蛇，把我和那些蛇一起关了好几天。"岑千山站在井边，看着那深不见底的黑洞，轻描淡写地提了一句，"那时候年纪小，所以有些怕这个。后来……"

"后来什么？"

"后来为了不在战斗中添麻烦，我独自找到蛇窟练了几次。如今已经不再怕了。"他冲穆雪笑了笑，宽慰她不必介意。

不再怕了为什么黄庭中留有这样一口井？

穆雪知道，自己在岑千山年少的时候，给予他的关怀实在不够多。他是自己收拾好了破碎的身心，长成了这样好的一个男孩。

而那时候的自己只埋头追求大道，心安理得地接受他的关怀和照顾，很少将目光停留在他的身上。

"他这些年过得很辛苦，你应该多抱抱他。"穆雪的脑海中突然响起了千机说的话。

穆雪转过身，跳下了那口深井，将淤泥中那双目失神的小男孩抱了上来。在岑千山的目光中，抱着他走进亮着灯光的大屋中，把他放在屋里的那张小小床榻上。

回到庭院之外，岑千山还站在那株桃花树下看着她。粉色的花瓣飘落在他的肩头，他的目光始终流连在穆雪身上，双眸潋滟又生动。

"现在就开始了吗？"看见穆雪出来，他只是轻声询问。

"算了，今天就不修行了。我陪你看看桃花吧。"穆雪走到树下，这么多年，她第一次想把修行之事排在后面，只想将这大好时光用来和眼前之人共度。

她的目光终于落在岑千山的肩头，和他并肩而立。

看那一树芳华，深深浅浅，开满枝头。

"真是漂亮极了，你黄庭里为什么会有桃花树？我最喜欢的就是桃花。"穆雪坐在花树下，伸手接那些飘落的粉色花瓣，"小时候，家乡总是下雪，到处都只有白茫茫的一片。我听说有一种开起来像是天边云霞一般漂亮的花，就总梦想着长大了有朝一日能见一见。"

岑千山看着身边的人，人面桃花相映红。

"偶尔这样，不用修行，悠悠闲闲的好像也不错。"穆雪笑盈盈地转过脸，伸手拉住他的衣襟，把他的头拉下来一点点，"什么也不管，只陪你做一点快乐的事。"

他在心口种下了桃花上百年，直到今天，这一树桃花才算真正开了。

第二日，大家早起收拾行装，出发的时候，才发觉昨夜那些歇脚的战士基本都已经启程，里站内几乎没有了人。

"这些魔修还真是勤快啊，走得比我们还早些。"坐在葫芦上的程宴伸起手臂，压了压肢体的韧性，"来这里一趟，好像连我都变得勤快了起来。"

"是啊，魔灵界和我想象中完全不同。"丁兰兰捋起被风吹乱的头发，"这里新奇的事物好多，这里的人也比我们想的热情。"

"想到几天后就要回去，还有些舍不得年叔您呢。"

"哼，别再来了，一个两个，老的小的，都不是省心的家伙。"

葫芦上的欢声笑语还未消退，一股呛鼻的血腥味便顺着冷风传来。

年叔沉下脸色，减慢葫芦飞行的速度。

悬浮空中的宝葫芦，慢慢飘移，转过眼前白雪皑皑的山岭。

眼前一岭银白的世界被成片的鲜血染红，那样惨烈的红色，触目惊心。

昨夜还在酒肆里见过的那些人，那些鲜活又放肆的生命，此刻已经变成一具具生机全无的尸体。

昨日在战场上英姿飒爽的战士，转眼之间，就这样无声无息地葬送在了雪地中。

"师师生得艳冶，媚娘妖媚多情，小鱼最是温柔。我倒是不知该先找谁。"

那时说这句话的强壮男人，此刻扑倒在雪地里，一动不动，细细白雪堆砌他的肩头，已经不再有机会去见那些温柔漂亮的姑娘。

程宴跳下地去，在他眼前，仰面躺着一位年轻的女子。

一根尖锐的木桩贯穿了她已经冰凉多时的身躯，她茫然地睁着双目，仿佛留恋不舍地看着落雪的天空。

短发，笑起来会有酒窝，昨夜还举着酒杯，在自己面前大大方方敬酒，名叫英子的女孩。

林尹、丁兰兰、萧长歌……一个一个从葫芦上下来，看着这样萧瑟无情的战场。

"我曾疑惑不解，魔灵界灵力充沛，妖魔遍野，机缘随处可见，为什么这里的修士数量却比仙灵界还少上许多。"萧长歌看着脚前的一摊血水，蹲下身去合上了那死去战士的双目，"原来，是我太过天真了。"

丁兰兰挽紧穆雪的胳膊，靠在她的身边："昨天，我还在心里笑话她们来着，觉得这里的女孩子怎么都那么热情又随便。

"她们不是随便，只是对她们而言，今天想说的话如果不说，也许就没有机会再说。今日能得到的快乐如果不要，或许就不再有明日。"

穆雪看着那尸骸遍地的战场。

这就是魔灵界，自己的故乡。

灵力充沛，机遇无限，残酷又寒冷的故土。

程宴将英子僵硬了的尸体从尖利的木桩上抱下来。

明明昨夜还是一位鲜活而热情，目光灼灼的姑娘，怎么转眼间就成了这样又冰又冷的尸体。

即便在死后，英子那双漂亮的眼睛，依旧恋恋不舍地望着天空，仿佛眷念着她曾经驰骋飞翔的战场。

这样的女孩子如果生在仙灵界，归源宗内，那都是备受大家喜欢和呵护，连擂台上都不忍心下手伤害的师妹。

程宴看着尸横遍野的战场，那些昨夜坐在隔壁捂着嘴笑话他练童子功的女孩，如今一个个生机全无，死状凄惨，令人不忍直视。

他怎么也想不明白，在这里，这样珍贵美好的生命怎么就能如此轻易而随便地葬送了。

程宴的心里一阵不好受，侧过脸，伸手合上了英子的双眼。

凌乱的战场上，传来了一些窸窸窣窣的响动声。

在前方的一株雪松下，隐约蹲着一个女子。

那女子披散着黑发，背对着此地，破旧的短短衣袍露出苍白细瘦的手臂，一双纤细的赤足踩在雪堆里，不知正在做什么。

"欸?"程宴正要开口询问,那位身材消瘦的"长发女子"已经转过脸来。

乌黑的长发下,竟然生着一张白狗的脸。

是妖魔!

披着长发的白狗双目漆黑,嘴骨向前突出,唇齿之间渗出来的血液,染红了下巴的毛发,双手中一片猩红,不知捧着什么。

相比起一路所见,这只妖魔看上去体积瘦小,既没有过于庞大的压迫感,也没有过于狰狞的面目,却不知为什么带给程宴一种不可言状的恐惧感。

他倒退半步,刚要出声示警,那只明明刚才还离得很远的白狗,转瞬之间出现在了他眼前。

布满白毛的脸近在咫尺,流淌着黏稠口水的血盆大嘴扑面咬来,腥臭的血腥味喷了程宴一脸。若是被这样牙齿锋利的大嘴咬实了,势必要被削掉半边脑袋。

程宴脖颈上泛起金属的光芒,这只妖魔的速度快到了诡异的程度,他甚至还来不及完全施展金刚不坏神功护住全身。

就在这紧要关头,一道红绳从后方绕了上来,以迅雷不及掩耳之势勒住了那白狗犬牙锋利的嘴,飞速将他拖离程宴,向前方一路拖去。

穆雪脚踏映天云,迅如奔雷,一路疾行,身后拖着那只猝不及防被她捆住的狗妖。

这是天狗,有着瞬间移动,短距离内空间变幻的能力,是极为麻烦又棘手的魔物,先发制人大概是挫败他唯一的方式。

那只天狗反应过来,身影闪了闪。眼见着他的身躯开始变淡,似乎下一刻就要从捆仙索中消失,穆雪口中呵斥一声:"天罗阵!"

在她前方的道路上,像事先演练过了一般,地面亮起一道殷红的法阵,法阵四面升起四座魔神盘踞的石碑。

岑千山早早等在那里,手中指诀变幻,就在法阵刚刚亮起之时,穆雪恰恰好踩点穿过,将那只还来不及脱离的白狗往阵盘中一丢。

天罗阵内,红色的符文此起彼伏,四只魔神在石碑上一起现出身形,限制了法阵内魔物的空间移动能力,将整只天狗死死禁锢在四方石碑之内。

穆雪掉转映天云回头,梅花九剑从云头落下,如一片银白的暴风雪拖洒在白云之后,从那只满身血污的妖魔身上碾压而过。

剑气如风,利刃如雨,忘川剑凌厉的剑气压着法阵中的魔物来回肆虐切割。

转瞬之间,法阵中只余下一地的血水和浮动在这片血阵中的苍白尸块。

所有的这一切，不过发生在风驰电掣的一瞬间。

程宴、丁兰兰等人回过神来的时候，这里的战斗貌似已经接近了尾声。

这一路上走来，遇到大大小小的妖魔，岑千山都很少出手攻击。但是只要他行动了，那必定是异常凶险棘手的战斗，大部分归源宗的弟子根本跟不上他的节奏。

除了穆雪。

林尹看着那样充满震撼力的战场，讷讷道："小雪真的只和岑大家相处过几天，在她还是六岁的时候？"

丁兰兰："是……是的吧？她从小和我们一起在九连山长大，只出过那一次山门。"

"可是他们看起来简直就像是并肩作战了一辈子，到底是怎么培养出来的默契啊。"

法阵中的血池渐渐平息，魔物不再动弹。大家心底都松了一口气。

穆雪站在云端，看着脚下的红色法阵："还没结束。"

岑千山悬浮半空，几乎同时出声："还没结束。"

血污遍布的法阵内，渐渐冒起了气泡，红色的一摊血池中，先是钻出一个巨大的骷髅头，空洞洞的眼窝、锋利的獠牙和白骨构成的大嘴。

慢慢地，山岳般大小的苍白骷髅破开地壳，冲毁天罗阵，爬上地面来。

一只体形巨大的白骨魔犬做无声犬吠，摇头摆尾，莹白光洁的诡异骨架构成了威力巨大的骷髅妖魔。

千机化身的大黑天魔从地底出现。穆雪的忘川剑剑气化实，十余米长的宽大剑气，交错配合着大黑天魔的攻击，破空劈向魔物。

"仙灵界那样金丝笼一样的地方，倒也关不住鸿鹄。到底还是能出那么一两位惊才绝艳的弟子，"年叔看着战场，摸了摸手中的葫芦法器，低声咕哝了一句，"当年是这般，如今也一样。"

眼前的战场上，围着妖魔战斗的两人，一人黑衣一人红衫，那样默契融洽，彼此配合，相互信赖。

看着看着，年再桃眯起了皱纹满布的小眼睛。很久以前，依稀也见过这样的一双璧人，见过同样的战斗场景。

奇怪，明明这位张小雪的容貌和招式都十分陌生，为什么她战斗起来的时候，总会让自己莫名有一种熟悉和怀念的感觉。

年叔举起他的大葫芦，葫芦口跑出了数十只小小的玄铁傀儡，那些小小的傀儡各自举着手术用的柳叶刀片、钳子、钢锯……一窝蜂冲进战场中去。

它们动作敏锐，身手极度灵活，个子又小，顺着魔犬的四肢攀爬上去，专从魔物关节处开始切割分解。

巨大的妖魔反而对这样细小的敌人手足无措。

程宴的法天象地，萧长歌的雨生绿植，丁兰兰以及林尹也很快加入了战斗之中。

不久之前，他们还是一支看见魔物就手脚发软，不知如何应对的队伍。如今他们已经迅速成长，成为雪原上一支合格的狩猎小队。

学会了彼此配合，进退有度，学会了匡扶同伴，照顾伤员。

茫茫无边的雪原，白骨巨犬滚起漫天飞雪。他的攻击强横，移动迅速，骷髅化的身躯不知疼痛。他本是这片冰原的王，手爪之下不知拍死多少前来征讨的人类修士。

这大概是他第一次陷入了这样无力反抗的恐惧中。不论他怎么疯狂怒吼，也无法摆脱纠缠着他战斗的人修，甩不下不断爬上身躯的小小傀儡。巨大的妖魔只能看着自己的身躯被一点一点地消磨，坚硬的白骨一块块地被卸下。

杀人者，人恒杀之。

感受到自己即将到来的终极命运，强大的天狗发出低沉的悲鸣声，在雪原之中远远传递开来。

重伤未愈的卓玉被一再地安排在战场的最远端，不让他参战，还总有人有意无意地挡在他所在之处的前方。

发了狂性的天狗摆脱桎梏，向着他的方向猛冲过来。卓玉伸出手，双臂刚刚燃起火龙。丁兰兰的傀儡飞快从地面钻出，一把抬起他就往后跑，萧长歌的植被在他的前方瞬间结出一道厚厚的盾墙。穆雪的身影从天而降，捆仙索拴住魔犬的脖颈，拼命往回拉走。

被两只傀儡举在头顶一路远遁的卓玉有些茫然。

明明不久之前，他还是一个不管走到哪里都受所有人厌弃和排斥的人。

只是不知从什么时候开始，他不知不觉地成了队伍中的一员。这样被别人保护着的感觉，对他来说陌生得很。

"卓玉退下去，还用不着你。"

"卓师兄先休息，这里交给我们。"

"你后退，不用你动手。"

各种呼喊声，此起彼伏在身边响起。

卓玉突然想起，在擂台惨败的那一刻，穆雪把他强按在地上时说的话："你不想着努力点，改一改大家对你的看法。"

师尊把他拉起来的时候是这样说的："卓儿，我们修行之人和凡人不同，胜败不当只看名次……胜败看的是自己的道心。是否有在生死之争中守住本心，是否在艰险的战斗中开解道心的桎梏，才是胜利与否的关键所在。"

原来师尊说得一点都没有错。

白骨魔犬终于在长久的战斗之后，轰然倒地。

有了岑千山和年叔的参战，他们依旧苦战了这么久。难怪之前那一队年轻的战士，无声无息地惨死在这只魔物的爪牙下。

在这片战场的附近，也有一个小小的里站。

穆雪一行将那些死去战士的遗骸送到此地，以便他们的家人前来寻找，使他们不致暴尸荒野，被魔物啃食。

这个区域附近活动的人少，里站内只有一位瞎了眼的妇人和她的傀儡驻守经营此地，负责一些扫洒事宜。

"里站还真是个有趣的地方。从外面完全感觉不到里面的情况，从里面看外面却一清二楚。"身为炼器师的丁兰兰看着这个半球形扣在地面的建筑感慨，"这样简单的设计就可以很好地保护荒野中的战士，想不到魔灵界会有这么多的里站。"

年叔坐在桌边，正接过这里的服务型傀儡端来的酒水："这个里站，是一百多年前，我们浮冈城的一位炼器大师研制出来的法器，简单实用，造价便宜。当年很快就推广开来，如今已经形成了规模。"

他抬头点了点岑千山："喏，就是这小子的师尊。穆雪，穆大家，一百多年前的人了，你们这些道修应该没听说过。"

"谁说没听过，我们可熟悉这个名字了。"林尹和丁兰兰都激动起来。

丁兰兰还把自己的飞行法器取出来给年叔看："我也是炼器师，我的师尊时时提到这位前辈，我就特别崇拜穆大家。"

年叔苍老的手指，摸了摸刻在飞行法器上的那一小片图案，难得地露出了点温和的神色："果然是阿雪的手工制品，算是你有心了。"

岑千山的目光一下就落到了穆雪身上，穆雪略微尴尬地转过头去，不敢接他的视线。

"是穆大家的手工制品啊。"端着酒水上桌的傀儡转过头来凑近丁兰兰的手看了一眼，"我也很喜欢穆大家呢，当年她制作的很多东西，都是些实用又便宜的物件。不像别的炼器师大人，精心研发的法器都是为那些高高在上的世家子弟服务的东西，普通人根本用不起。"

这是一个以家庭服务为主要功能的傀儡，有着类人的肌肤和外表。

只是因为使用的年限太过久远，主人或许没有能力维修，导致它多处肌肤剥落脱离，只用其他颜色的材料勉强拼接，反倒显得有些狰狞可怕。

"我的原型也是穆大家设计的，叫作九百。"九百笑盈盈地把它脖颈上的型号露给大家看，它头部的肌肤一半完好，是一位漂亮的小男孩，另一半肌肤剥落，露出了一只外突的眼球，笑起来便显得十分诡异，让来自仙灵界的几个年轻人都有些毛骨悚然。

穆雪不好意思地咳了一声，当年她独自居住，经济自由，便不再考虑炼制的法器是否值钱，只一味依着自己的性子研发自己喜好的东西。

九百是她在千机之前研制的傀儡型号。

说来也是惭愧，当时因为家里太乱，就想着制作出一个能够打理家务的服务型傀儡。

但最终因为自己的工作过度精细繁杂，这样善于打扫的傀儡反而给自己带来不便。于是被她随手把这个型号的傀儡投放到市场中去了，意想不到的是因为物美价廉，九百特别受普通人家的欢迎，一直在市场上使用至今天。

想不到过了这么多年，这样批量生产的九百还把自己认为成它们的创造者。

"石头，别乱说话，打扰了客人们吃饭。"瞎了眼的里站老板娘掀开帘子，端出了一大盘热气腾腾的烤饼。她形容憔悴，双目毫无焦距，带着点歉意冲着大家的方向点头。

"我儿子还小，不太懂事。若是说错了什么，客官们别介意。"

儿子？把傀儡当作了自己的小孩吗？

几个人听见了这个称呼，彼此之间露出了询问的眼神。

九百冲大家做了一个嘘声的手势，又合手弯腰冲大家拜了拜，恳求所有人不要出声。

随后它迅速地跑了过去，接住那一大盘的烤饼："娘亲唤我进去端就好，何必自己出来，仔细摔着了。"

那位妇人伸手想摸摸它的脑袋，被它巧妙地避过了，只伸出自己的小手扶住了那位妇人的手臂。

它全身上下，只有一双手的皮肤完好无损，摸起来应该和人类一般无二。

"孩儿长大了，都不喜欢娘摸你的脑袋了。"瞎眼妇人口中叨叨着，慢慢走进厨房里面去。

九百顶着那盘热腾腾的烤饼过来。

它把烤饼摆放在了桌面上，因为大家没有说破它的秘密，感谢地冲着大家连连鞠躬。它弯腰的时候，那边皮肤脱落的眼球不小心掉在了地上，还是千机给它捡了回来。

"怎么回事，你怎么称你的主人为娘亲？"千机兴致勃勃地问道。

九百装回眼睛，一边麻利地为每个人摆放碗筷，一边探头看了看厨房的方向，听见清晰的揉面声响起，这才悄悄对千机说道：

"主人的相公去世得很早，只有一位小公子，名叫石头，和主人相依为命。"它一边摆放碗碟招呼客人，一边模仿人类小孩的音调说着话，"三个月前，我一个没看好，小主人溜到里站外玩耍……被人送回来的时候，他死得很惨，连完整的模样都没有。主人一直哭，直至把双眼都哭瞎了。"

摆好碗筷，它又去端酒壶，一边为每位客人添酒，一边平静无波地诉说自己的故事："后来，主人的记忆似乎迷糊了，时常抱着我，固执地把我认成她的孩子。"

"所以，你就假装自己是她的儿子，让她继续以为自己的儿子还活着？"千机的嘴巴变成竖着的椭圆形，"这样她也能相信吗？"

"我不知道主人是不是真的相信，"九百模仿人类的声调叹息一声，扶了扶快要掉出眼眶的眼珠，"我只希望她莫要再哭了，只要她不哭，她想把我当成谁，我都愿意假装成那个人。"

第七十三章 重游旧地

等九百摆放好菜肴碗碟，岑千山冲着它招了招手。

九百对这位穆大家唯一的亲传弟子十分尊敬，飞快地跑了过来。

"你有保存你小主人的影像吗？"那位传说中脾气不好，看起来也十分冷淡的男人开口说话。

九百觉得如果自己是人类，面对这位凶名赫赫、临渊峙岳一般气势强大的黑衣男人，一定会被吓得瑟瑟发抖。幸好，它只是一只傀儡，体内只有既定的程序，没有属于害怕这个设定。

"有的，有的。"它打开了自己有些生锈的胸腔，伸出安装在体内的小型明灯海蜃台，海蜃台不太稳定的光芒亮起。一个小男孩的身影便出现在了院子中。

"娘亲唤我进去端就好，何必自己出来。"小男孩这样说着话。

显然九百在它主人面前说话的声音和语调，都是模仿自这个孩子。

岑千山问它："你真的愿意，以后顶着这个男孩的外貌生活？"

"啊，您的意思是说……？"九百扶了扶快要掉出来的眼球，又搓了搓手臂上缝缝补补的肌肤，觉得自己快被突如其来的幸福砸晕了。

它急忙回复："当然，哪怕只有脑袋能够像一点，我就不用每次在主人想要摸我的时候都躲开，让她难过了。"

随后它貌似沮丧地耷拉下头："可是我们付不起维修的费用，甚至连一块完整的皮肤材料都买不起。"

九百面对大家说话的时候，用的是傀儡特有的机械声调，哪怕叙述着最为悲伤的故事时，也显得平淡无波，毫无感情。

音调没有感情，但在话语之下的每一份心意都带着温度。

岑千山没有再说话，他把摆在自己面前的碗筷移开，手掌在桌面一抹，桌面上便整整齐齐出现了一排排的维修设备。

各种型号的改锥、镊子、钳子……以及林林总总的零配件，分门别类，依照大小整齐排列。摆在最后的是一摞柔软细腻、质地优良的人造皮肤。

岑千山开始维修九百。

他工作的时候很专注，低垂着纤长的睫毛，眸光澄澈。衣袖挽到了手肘，露出了线条流畅、肌肉紧实的小臂。那手指修长而灵动，带着一种千钧不移的稳定。

九百身躯上缝缝补补的肌肤被剥落，生锈了的零配件被一个个拆卸下来，翻新，涂上机油，重新组装。

认真工作的男人往往是赏心悦目的。餐桌上的大家边吃着饭边兴致勃勃地看着他改造傀儡。

"岑大家看起来不太爱说话，其实是一个挺温柔的人啊。"丁兰兰靠近林尹，悄悄说道。

"一个人性格温不温柔，和他爱不爱说话没有关系吧。"林尹掰着热乎乎的烤饼，伸着脖子张望，"而且我觉得他在张小雪的面前还是会说话的，只因为和我们还不熟吧。"

说到张小雪，两人心中不免升起一种奇异的感觉，双双转头看去。

此时的张小雪正坐在岑千山的身边，给他打下手。她也没做什么特别的事，但那种掩饰不住的契合感，不经意地就从种种细微处流淌出来。

岑千山只要伸出手，甚至不需要开口说话，张小雪便能准确无误地把他需要的工具摆在他手心里。

"这里，"岑千山指着被拆开的傀儡胸腔内部，"是不是强化一下，对传感比较好？"

穆雪嗯了一声，一份已经预处理过的青晶石岩液，便在灵力的控制下，顺着岑千山手指的方向钻进傀儡的胸腔。

天光透过圆弧形的穹顶洒下来，给挨在一起专注工作的两个身影镀上了一层淡淡的光辉。

对待萍水相逢的破旧小傀儡，两人都没有态度马虎，而是显得严谨又认真，没有一丝轻忽随意。

有时候穆雪说了一句什么，岑千山轻轻嗯了一声。

又有时候岑千山停下手中的动作抬起头，露出一个问询的神色，穆雪思索片刻，对他点点头。

时光在这一刻仿佛成为一幅凝滞不前的画卷，卷面中的两个人已经彼此羁绊了无数漫长的岁月，方才能如此自然而然地流露出这样令人舒服的契合无间。

餐桌边的同伴们在这样的氛围下，都下意识地安静了，不忍让过分的喧哗搅扰了这样精致、专注而认真的工作。便是年叔都停下了酒杯，沉默地眯起了一双小眼睛。

经过岑千山的手修复的九百焕然一新。

从外貌上看，几乎就像是一个真正的人类小男孩，柔软细密的长发，黝黑充满健康光泽的肌肤，灵动漂亮的双目。

只有那有些僵硬的表情和带着机械音调的发音，暴露出它属于人工制造之物。

"啊，太好了，和小主人石头一模一样。"

九百反复摸着自己的脸，拉着千机的小手在地面转起了圈圈。

"实在是太感谢了。真不知该怎么感谢你们。"它冲着岑千山和穆雪深深鞠躬，"能得到您这位穆大家的唯一传人亲手为我改造，我的傀生算是完美了。"

它突然想起什么，弹了起来，跑进屋去。不多时跑出来，手里捧着一个密密包裹好的油纸包。

它当着岑千山的面小心揭开一层层油纸，露出里面一本泛黄了的笔记本。

本子的质地很普通，里面写的文字也很随意，显然只是一个人顺手书写的手记。

"这是穆大家的一本手记，我无意中在一位修士的遗物中发现，一直无人认领。因为心里崇拜穆大家，我把它小心收藏到今日，是我唯一的珍藏。"它带着点慎重把那本小本子向前递了递，"我想把它送给你们，不知道你们是否需要。"

穆雪翻开看了看，发现竟然是自己某段时间工作的手记，不过是些随手乱写，胡乱涂鸦的"草稿本"。这样无关紧要的东西，竟然被人家小傀儡小心翼翼收藏着视为宝物，她心中一暖，想着何必要夺人所好。

"这就不用了吧……"

话音还没落，岑千山已经把那本笔记一把接了过来，收进怀中："很好，我很喜欢。谢谢。"

穆雪：啊，小山什么时候变成这样的？为什么总喜欢抢小朋友的玩具？

在里站稍事休息，用过午食之后，一行人继续准备向浮罔城的方向出发，这里离浮罔城的距离已经不远了。

九百和它那位瞎了眼的主人一起送客人到大门处。

千机难得交了个朋友，还拉着九百的手，和它相约将来一起玩耍。

那位妇人听见了千机独特的傀儡腔调，笑着弯下腰，面对着千机的方向出声询问："这是傀儡小人吧？真是怀念啊，我们家以前也有一个傀儡小人，名叫九百。"

所有人听见了这句话，陷入了沉默之中，齐齐看向就在她身边扶着她的九百。

妇人却毫无所察，还陷在自己的回忆中："九百是一个好孩子呢。刚来家里的时候它笨手笨脚的，经常闹些笑话，后来渐渐变得越来越聪明。它在我们家待了很多很多年，就和我的家人一样呢。是不是，石头？"

"石头"用男孩的声音轻轻嗯了一声。

那位双目失明脑子也不太清醒的妇人突然露出了困惑的神色："奇怪，九百呢？九百是什么时候不见的？"

"娘亲，您又忘记了，不是您告诉我的，九百出去了外面，不小心被魔物毁坏了吗？"护着她的"男孩"温声说道。

"哦，嗯，是这样吗？九百已经不在了啊。"妇人露出一脸失落的表情。

送走客人之后，九百小心关好里站的大门。当它反身回到院子里的时候，看见主人正蹲在院子的角落，专心致志一圈圈垒着一堆小石块，把它们垒成一个尖尖的塔形——这是魔灵界制作坟墓的传统模式。

"娘亲，您这是在做什么呢？"九百不解地问道。

"我想给那孩子做一个墓，里面是他从前喜欢的玩具。"双目失明的女子摸索着垒叠石块，"总觉得好舍不得他，以后想他了，还可以到这里来看一看。"

"石头，你帮娘亲一下。"

"好的，娘亲，我来帮您。"

宽广无垠、荒芜平坦的原野上，矗立着一座占地极为辽阔，绵绵看不见边际的庞然大物。

轩昂壮阔的浮罔城出现在眼前的时候，所有人都被这座城池的雄伟所征服了。

相比欢喜城的一片荒凉，浮罔城向来自仙灵界的客人彰显了如今魔灵界第一重镇的繁华热闹。

在那高耸入云的城墙上，巨大的魔神雕像垂目俯视。

城门的入口分有水道、车道，行人往来穿行，车水马龙，热闹非凡。

从荒原外归来的战士，大多风尘仆仆，血染战袍。有的收获颇丰，一脸振奋，洋溢着对未来的期待；有的在战场上失去了同伴，身负重伤，满面悲愤，抑郁难安。

有个十来人的队伍，正互相吆喝着，拖着一个巨大的红色鬼头入城。那鬼头虽已身死，却依旧双目怒睁，满脸煞气，头顶有一只染着鲜血的尖尖长角。只一个头颅，就几乎将整个门洞堵满了。

"运气真好，是雷兽的脑袋。"

"啧啧，光那只角就能换数万灵石了吧？还有坚硬的头盖骨，也是炼器的好材料。"

"唉，代价也不小，我看他们少了不少人。"

在这样纷纷扰扰的议论声中，穆雪一行人乘坐渡轮沿着水道进城。

船行悠悠，在两侧厚重石雕的注视下，沿着内河穿过门洞。

城内城外乃是两重天地。

城墙之外是一望无际，毫无遮挡的荒野。城墙之内，坚实的建筑鳞次栉比，摩肩接踵，拥挤得恨不能利用上每一寸土地盖房子。

街边的建筑都悬挂着五光十色、彩灯流转的招牌。一座宏伟的塔形建筑顶上甚至开了大型的明灯海蜃台，海蜃台的光芒在建筑的屋顶扇射。彩衣飘飘的巨大天女，赤足踩在塔尖，身姿曼妙，在那片光芒中翩翩起舞。

半空之中，各种炫酷的飞行法器，在天空来回穿梭飞行。

地面上沿街商铺林林总总，南北行货，杂耍卖艺，热闹非凡。

时有一总角孩童，脚踏着溜车从泥泞的道路上一溜而过，溅起四散泥水，引来沿途漫骂声不绝于耳。

年叔坐在船上，给他们介绍这里的一些规矩：

"驱动法器飞行的时候，有着各自的飞行区域，不能乱飞。看那些光带，最底下一层是公共飞行法器行驶的位置，中间是多人法器，最高处才是可以随意行走的单人法器。在城里飞错位置可是要罚款的。

"在这里购买东西，只能用灵石，其余你们仙灵界的货币，一律不认。商品的价格，比仙灵界便宜，基本都可以砍价，砍多少看自己的本事。

"到了这里，你们就安安分分在城里逛一逛，住上几日，等七天的时间到了，我开一个单向传递法阵，把你们送回欢喜城那里，也算完成空济那个秃头猴子的托付了。

"都别给我到处乱跑，省得和你们师父当年那样，一队人过来，死得剩下两个，凄凄惨惨地回去。"

听到年叔提起当年的事，只了解了只言片语，憋了一路的几人忍不住七嘴八舌地问了起来。

"年叔，当年到底发生了什么事？"

"为什么那一次连带队的金丹期前辈都陨落在这里？"

"听说当年选出来的弟子，是百年难遇的天才。怎么最后全死了，只剩掌门和空济师叔回去？"

一行人中，只有卓玉知道一些当年的情形，他想起在欢喜殿的黑门之内，那个实力强大，仅仅凭一缕神识，就让他们毫无抵抗之力的天魔。

"是不是徐昆？都是他导致的？"他问道。

"哼，原来你们还知道徐昆这个人？"年叔嘴角的法令纹深深拉了下来，"说来也是讽刺，几百年来，我们魔灵界唯一修成天魔的人，竟然是一个从仙灵界过来的道修。"

三百年前，如今年迈的年再桃还是一位青春洋溢的少年人，居住在如今已经毁灭的大欢喜城。

刚刚出师，成为一名正式医修的他，对修行医道充满了专注而狂热的激情。也就是那个时候，他结识了从仙灵界偷偷过来的空济。

"你们那位师父空济，虽然脾气臭了点，人傻了些，却有一项合了我的胃口。"年叔坐在船上，看着路边那些刚刚从城外回来，抱着收获的物资一脸兴奋的年轻人，"他对于医修，也就是你们那边的炼丹术，和我一样，有着能够忘却一切的狂热兴趣。他把仙灵界传承多年的法诀传授给我，我将自己研发的炼药术和他一起讨论。那个时候，虽然只有短短的几日，但我们……姑且也能算是朋友吧。

"在他们即将离去的那一天，也不知为什么，数百年没有现过身的欢喜殿黑门突然出现。空济的那位师兄，呸，就是那个叫徐昆的家伙，弃道成魔，为了接黑门的传承，亲手将自己的同门一并摆上祭台，献祭给魔王。绝情断义，以此入魔。"

穆雪啊了一声，想起了自己在欢喜殿看到的那些反复挣扎的画面和字条，以及捡到的名为徐昆的符玉："他？他亲手把自己的师兄弟摆上祭台？"

"当年具体发生了什么，我并不清楚，只知道因为徐昆入魔，引来天地魔气动弹，大量妖魔群而聚之，攻击欢喜城。数百年的重镇，就因此毁于一旦，不知有多少城中生灵，死在那场浩劫之中。所以当年从欢喜城内逃出来的人，是很不喜欢你们这些道修的。"

穆雪等人想起在欢喜城内，看到的那被冲毁的厚实城墙、白骨累累的城郭、城内匆忙逃离的家庭和无数被落下的人的生活，不禁一阵唏嘘。

年叔想起年少之时经历的城破人亡，恨恨骂道："徐昆那个败类我倒是见过一面，术法是高强，嘴巴还很能说，他的那些师兄弟全都服他，以他为领袖。哼，一看就是个道貌岸然，虚伪至极，恶毒卑劣之徒。"

渡船很快靠了岸。

河岸的一侧是热闹非凡的街区，对岸却是一片开阔的坡地，白雪皑皑的山坡上用细碎的小石头堆砌着一座座尖尖的石塔，许多石塔边插着白幡，无数白色幡带在风雪中飞扬。

那是墓地，埋葬着所有曾经逝去的英魂。萧瑟苍凉乱空飞舞的白幡和一河之隔的热闹生机形成了鲜明的对比。

年叔的医馆就在附近。

丁兰兰等人难抑新奇兴奋，沿着热闹的街区行走。

很快丁兰兰钻进一间售卖傀儡的商铺里，挪不动脚步了。

程宴在出售各类妖兽活体的摊子前，左摸右看，喜不自胜，一边询问一边翻出笔记本抄录个不停。

内伤未愈的卓玉被送到了年叔的医馆，无数小傀儡架着他上了手术台。他惊讶地发觉自己被强制按在台面上，四肢大开，束带捆绑，限制了行动。

卓玉大吃一惊，想要挣扎，萧长歌一把按住他。

"没事，没事，年叔是用魔灵界的医术给你治疗内伤。"萧长歌的双目亮晶晶的，闪着诡异的兴奋之光，口里安慰，"师兄别怕，还有我在，我看着你。我早听师父提过这种术法，正是天赐良机，正好观摩学习一次。"

卓玉还待拒绝，年叔已经不耐烦地封住了他的嘴，取出了手术刀，哼了一声：

"小鬼倒是精明得很，想从我这里偷学开腔治疗的医道，你师父当年都没有学会呢。"

穿行在热闹的商铺间，买了大包小包东西的林尹问身边的丁兰兰："张小雪呢？怎么跑没影了？"

丁兰兰摸着手里新采买的一个最新型号的小傀儡，爱不释手，心不在焉地回答："嗯，她说要去墓地，祭拜一位前辈。"

"魔灵界能有什么她想祭拜的前辈？真是个怪人。"林尹嘀咕了一句，也就撇开不管。

第
七
十
四
章

一生挚爱

穆雪坐在映天云上，飘在河对岸。

放眼望去，无数大大小小石子堆起来的小小塔尖遍布山野，无边无际，连绵不绝。

有些坟塔坚固整齐，边上还插着白色的招魂幡，雪白的幡条迎风飘摇，象征着亲人朋友对死者的想念。有些坟塔已经半崩塌损毁，显然是许久没有人前来祭拜修缮了。

这样石塔堆成的墓碑很不稳固，如果几年没人维护，很快就会在风吹日晒中分崩离析，日渐矮小，直至彻底湮灭。这是魔灵界的习俗，随着魂塔的消亡，也意味着世间不再有人记得这块土地下埋葬之人。这个曾在人世生活过，存在过的名字，也就彻底地被人遗忘。

穆雪从那本牛大壮所写的《十妙街记事》中看到过，自己魂冢就安置在此地。

虽然自己祭拜自己看起来有些奇怪，但当她行船经过，看到这漫天的招魂幡时，免不了心思浮动，回想起百年前自己死去时的情形。为了不使自己心境有所疏漏，她决定去自己的墓地前看看。

今日明明是晴天，天空中既没有飘雪也没有雷云，但穆雪踏上墓园，身置成山成海的墓碑之中，心神依稀回到了那电闪雷鸣的死亡时刻。

那时候，茫茫天地之间，无处求援，无所遁形。她只能孤身一人，面对着来自天道的责罚，硬抗狰狞恐怖的数百道紫色雷电。

多年苦心积累的法器和符篆逐一耗尽，就连一直陪伴在身边的千机都被九天神雷劈成了数块，它小小的头颅冒着青烟，滚落在自己脚边，那双小眼睛委屈地眨了眨，小小的嘴巴噘成三角形，发出生锈了一般沙哑的声音：

“对不起了……主人。”

有什么好对不起的，早知如此，还不如把你留给小山，至少你还能快快乐乐地活个上百年。

最后一道闪亮紫电劈开黑云迎面而来，灵力枯竭的穆雪不甘地站立着，怒视着这不公的天道之罚。

眼前的天空恢复了宁静，阳光明亮，飘扬着细细白白的招魂幡。

穆雪闭了一下眼睛，临死之前，心脏被攥紧的痛苦依稀还萦绕在心头。

岑千山看着眼前一袭红衣的背影。那人坐在云端，飘行在墓园之上。

“师尊。”他终于忍不住，开口喊了一声。

那人转过头看了他一眼，明明确确是听见了，却回避了他的称呼，转头驱动缥缈白云，向墓园深处飘去。

蹲在岑千山肩头的千机忍不住喊道：“你为什么不肯……让我说？”

话没有说完，就被主人封住了口。眼看着那红色的身影飘远，千机一把掰下主人的手掌，着急道：“主人，她为什么不承认了呢？她明明就是那个人。”

“我总觉得，这就像我的一场梦。”岑千山看着那坐在云端远去的背影，“我有时候觉得，只要真的问出口，这个梦就会突然碎了。如果她不愿意主动说，那我就不问好了。”

千机气得跺脚：“那怎么能行，你没听说他们过几日就要回去了吗？你就这样含含糊糊的，什么都没说清楚，连个名分都没确定。万一人家那啥后就无情，再不来了怎么办？”

可是不管它多么着急，主人已经不搭理它了，习惯了它碎碎念的主人在河边坐下，等着穆大家回来，还从怀里取出了九百送的那本小册子，慢慢看了起来。

穆雪找到了自己的魂冢所在。署名穆雪的魂塔比这里的任何一座魂塔都齐整，用洁白的石片垒得结结实实的，边上插着好几柄素白的招魂幡。

令人意外的是，魂塔的前面站着一个人。那人一袭蓝衫，气质沉稳，鬓发有些花白，眼角唇边，都留有清晰的岁月痕迹。

她正伸手往墓塔上添几枚白色的石片。墓塔前的地面上，还摆着几碟冒着热气的糕点。

穆雪的记忆有些恍惚，一时之间，难以将这位鬓发斑驳、神情肃穆的女子和当年青春正盛、容颜艳丽的好友阮红莲联系到一起。

可是脑海里已经响起了当年半开玩笑时说的话语：

"红莲，如果有一天我死了，不在这个世界了，你还会记得我吗？"

"好没来由地说这个。我可是要修成天魔，成千上万年活下去的人。谁有空记得你这个'傻白甜'？"

"那约好了，若是谁先死了，另一个人管埋。"

"管埋，不仅会埋了你，隔个十年百年想起来了，还带些点心去你坟头看看你行了吧。"

穆雪坐在云端，愣愣地看着眼前之人。仿佛到了这一刻，她才真正清晰地意识到了自己已经两世为人。

岁月流过的痕迹在此刻变得那样清晰，曾经韶华正好性情欢脱的朋友，已经变成了稳重成熟的知性女子，斑驳的白发和眼角的皱纹，明晃晃地昭示着时光已经过去了上百年。

修行之人寿数远远高于凡人。一生之中大部分的时日，都会保持着精力最为旺盛、年富力强之时的容貌。

只有到修为停滞不前，寿命接近终点的时候，才会开始逐渐显现出身体衰败，年华老去的模样。

虽然所有人终其一生都在追寻着长生久视之道，但千百年来，证得大道者寥寥无几，大部分人竭尽全力之后，依旧只能眼睁睁看着自己容颜老去，道终路竭，身死道消，再入轮回。所差不过时日长短而已。

在穆雪发愣的时候，阮红莲已经侧目看来，一双丹凤眼微微眯起："你是什么人？"

"我……"穆雪只觉喉咙干涩，"我慕名来看看穆……穆大家。"

阮红莲柳眉微皱，随后又笑了："想不到，还有你这样年轻的小友记得她。"

她转头对着穆雪的魂塔："看吧，你活着的时候，总担心没人记得你。谁知道死了以后，倒也不算寂寞。"

这句话，像是一道清晰的磬声，敲在穆雪心头。

曾经的她，厌倦世情，把自己封闭隔离在炼器的世界里。实际上心中隐隐寂寞又惶恐，总觉得自己孤独一人，不曾在世间任何人心中留下痕迹，一旦死了，就像根本没来过这个世界一般。

其实那时候，如果不那样蒙着自己的双眼，捂住自己的双耳，愿意多抬头看看，那么应当会发现身边还有许多美好的人，世界还有不少值得自己珍惜的情谊。

坐在河边的岑千山小心翼翼翻开穆雪的手记。

只见随手打开的那页书页上龙飞凤舞的字体密密记录了一项法器所需的材料，边上别了一小条采购清单，上面写了明日需要去货街采买的各种材料和设备，在清单的最尾写了一行字"记得买龙骨炖汤，小山爱喝"。

那行字被红笔圈了一圈，提醒自己重视。

岑千山的手在"小山爱喝"那几个字上来回摸了摸，翻到了下一页。

下一页画满了阵符，边缘随笔记了一段话：

"今日听得柳如烟的洞箫一曲，真的很好听。可惜我对音律不太懂，也不知道她吹的是些什么，早知道该带小山一起去，那孩子好像很喜欢这些。"

边上画了一个简笔的头像，是一个委委屈屈的小男孩，穆雪善画，虽寥寥几笔，却能看出是岑千山少年时期的模样。

岑千山带着笑，翻到最后一页，嘴角的笑容沉了下去。

"我的大劫眼看要到了。唉，此乃命数，避无可避，只能面对。这么多年，没见过谁成功渡过金丹大劫，只怕我也……不论怎么说，认真准备，全力以赴也就是了。只是小山那个孩子，实在令人不放心，还是多多地给他留些东西，希望他能自己照顾好自己。"

穆雪从墓地出来的时候，看见岑千山坐在河边，手持玉箫，孤身照水。

洞箫悠悠，如泣如诉，便是穆雪这般不通音律之人，听了都觉得心中一酸。

"这是怎么了？"穆雪坐在云上，挨到岑千山身边，拉了拉他的衣袖。

岑千山停下洞箫，侧首看来，双眸仿佛穿越了时空，星云璀璨，如梦似幻。他低垂眼睫，面色微红，凑近穆雪的耳边轻轻说：

"我好想你，去你那里好不好？就现在。"

他的声音本来就好听，动情的时候带着一点喑哑的喉音更是撩人。

没人能拒绝这样撩人的美人。

穆雪的眼睛亮了，咬了咬双唇："不，我想去你那边。"

她突然觉得他们像是那些年轻幼稚的情侣，相互邀约对方去自己家中私会时说的话。

座下的映天云漫起白雾，遮蔽了两人的身躯，将两人慢慢托起，飘上无人看见的云端。

岑千山的黄庭之中，依旧是黑暗无边的枯井。

这里看起来比上次来的时候好一些，天空离得近了一些，似乎不再那么高远而遥不可及。只是井壁依旧阴冷又潮湿，脚下还是漆黑一片的泥泞，那些不知哪儿来的花斑大蛇时而翻滚出它们恐惧冰冷的身躯，令人置身其中，就觉得压抑而难受，想要尽快离开。

这一次穆雪终于发现，一到了这里，身边的岑千山浑身的气势就瞬间绷紧了，他故作镇定地拉着自己的手，在漆黑无光的世界里冲自己笑笑，实际上迫不及待地想要带着自己离开这里，到上面熟悉的院子里去，到那棵落英缤纷的桃花树下，忘记了这道明明就存在的黑暗洞穴。

穆雪按住了他的手臂，把他抵在那冰冷的井壁上，踮起脚用柔软炙热的唇轻轻吻他。

岑千山抓住了她的手，语调生涩艰难："不要在这里，我们先上去。"

"不，不上去，我就要在这里吻你。"穆雪在黑暗中把他拉低一点，寻找他的双唇，"以后每一次过来，都先在这里亲你，亲到你不再觉得这个地方可怕为止。"

她刚刚从墓地回来，想起了上辈子自己渡劫失败时惨烈的情形，是不可能让她唯一的徒弟，让自己双修的道侣，带着这样缺漏的心境去渡那金丹大劫的。她可不想承受一遍那种眼睁睁看着心上人灰飞烟灭的痛苦。

岑千山的双唇又冰又凉，身躯僵硬，肌肉紧绷，几乎无法对她做出回应。

但穆雪有足够的耐心，轻碾慢研，直到那人的双唇重新炙热，直到他微微发出叹息之声，紧绷的肌肉慢慢放松了。

这里的光线很暗，可以看见男人脸部漂亮的轮廓线条和那微微滚动的喉结。他侧过脸去，像是松开了紧绷在心中的弦，穆雪轻轻吻他的喉结，他就发出低低的喉音，那声音压抑而低沉，撩人心扉。穆雪忍不住咬他的脖子，让他好更多地发出这样的声音给自己听一听。

渐渐地，周围的空气似乎变得更为凝滞，光线更暗了。

泥沼中那些翻滚搅动的声音越发清晰，在这样的黑暗中，似乎有无数令人厌恶的恐怖生物，在四周游动，翻滚，随时都有可能用那冰凉滑腻的身躯顺着你的腿爬上来。

这是岑千山黄庭中的井，心境中至暗之渊——浓郁的黑，窒息的空气，越来越多的蛇躯。

穆雪微微拉开了两人的距离，停下了手中的动作，有些犹豫自己是否逼得太紧。

滞留脖颈上的炙热离开，一股掠过肌肤的凉意让混乱中的岑千山微微有些清醒。这个暗无天日蛇虫盘踞的丑陋枯井，本是他心底不为人知的秘密所在。

这是他最恐怖的黑暗世界，从前的他一刻也不愿回到这里。但此刻他的身边是自己挚爱之人，自己等了一生，渴望了上百年的人。

岑千山靠在冰凉坚硬的石壁上，侧着脸，轻轻喘气，最终在那双温热的手要松开自己之前，不再僵直紧绷，而是伸出滚烫的双手回抱住了她。

迷蒙混乱的井底，似有桃花的花瓣从井口落下，飘飘荡荡落在淤泥中，贴在了汗水打湿的肌肤上。

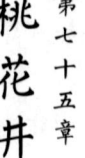

桃花井

第七十五章

这个时候，被夺取了什么，又得到了什么，根本无法细细思索。

井底是否泥泞，昏暗中是否有那冰冷的蟒蛇，他也已经无法再分出心神注意了，就连自己身在何处，都开始渐渐变得模糊。

混沌的世界里响起虎啸龙吟之声，白虎在下，为引水之枢机，红龙居上，起腾云之风。那只雄健有力的白虎绕着周身走了一圈，虎视眈眈，一跃而起，隐没入了他的体内。

赤红的龙身缠绕上来，冰冷的鳞片缠着毫无遮挡的元神游动。

岑千山觉得自己从身躯到元神都僵住了。

他睁大着双目，依稀间回到了幼年时期最害怕的那一刻——

柔弱而渺小的自己，漆黑恶臭的井底，和那些钻上钻下的冰凉蛇身。

无休无止的黑暗，无穷无尽的恐怖。

成年之后，为了克服自己这个弱点，他无数次地逼着自己深入蛇窟，害怕到了麻木之后，手便不再抖，剑也能出鞘。

他以为这样就算是克服了恐惧，可是自己的黄庭之中，却永远留着这口井、这些蛇，怎么也填不平，怎么都杀不完。

但此刻那些冰冷的鳞片开始渐渐变得炙热，小心翼翼地缠着他，拥抱着他，温热他冻僵了的身躯。

岑千山睁开被自己封闭的双目，一条红彤彤的火龙正昂颈看着自己。

她的火焰炙热而温暖，带着一种让自己莫名觉得亲切熟悉的感觉，毫无伤人之意，反而把自己围护在中央。

那暖焰破开黑暗，烘干了泥泞，驱逐了所有污秽的虫蛇。

最终那红龙俯身下来吻他湿润的眼角。

曾经最令人恐惧的乌黑井底，不知什么时候就变了，这里不再幽深潮湿。天空就在不远之处，日光洒了下来，井底温暖而干燥。桃花如雨，纷纷扬扬铺就了厚厚的一层。

岑千山在柔软的花瓣之中，意识陷入温暖的混沌中去。

龙虎渐歇，水火溶融。

穆雪坐了起来。

此刻，她体内气息交融，春气相合，清露凝华，舒畅难言。

这是她得了传承之后，第一次运行功法，得了天地造化，还得到了心上之人最为珍贵之物。过程当真是，其妙不可言，其乐无从述。

穆雪轻轻吻他湿润的眼角，看他的元神在满地桃花中陷入沉睡。

温暖的阳光从井口倾泻下来，殷红的花瓣片片飘落。

这是小山此刻的心境，小山这般高兴呢。

穆雪的心底生出一种奇怪的感觉，从今以后，他就属于自己了，完完整整，从内而外。他是这样完美而可爱，自己为什么没有早一点发现，白白耽误了这么多年。

以后，一定要对他更好一点。

眼前的地面上出现了一道彩玉铸造的门楼，穆雪慢慢起身，就站在门前，看着光华璀璨的大门对着自己敞开，露出一道金光大道。

这是自己第一次真正踩入这道大门，从今以后就该拉着小山的手，踩着这条路向前走。

她不知道的是，此时此刻，在一片浩茫冥渺的太虚之中，那些诡秘绚丽的星云之后，突兀地飘浮着一座赤白的祭坛，祭坛之上一位人面魔躯的天魔一手支着下颌，正闭目假寐。

祭台下晶莹洁白的阶梯蜿蜒而下，阶梯的末端一道黑玉门楼巍然耸立。

突然那哑黑无光的门楼像是感应到了什么，黑芒大盛，纯黑的光芒中折射出了五彩的色泽。

祭台之上那位雕塑一般沉睡的天魔，睁开了双眸。

他本是一位面容俊朗，长发旖旎的人类男子，但那苍白的胸膛之下，却连接着难以描述的恐怖魔躯。

那冰凉的双眸一经睁开，清辉冷冽，撼动得星云溃散，整片领域为之震动。

不少生活在附近的魔物都畏畏缩缩地伸出脑袋来瞧了眼动静，又迅速地攀爬了回去。

"那边的门居然亮了。"

"多少千年没听说这事了吧？"

"小声些，天魔大人留在人间的分身刚刚被毁了，虚耗不少，听说就是那位干的好事。正在气头上呢，别招惹他老人家。"

"三百年前，大人献祭了自己的同门兄弟，血染祭台，绝情断爱，以欲入魔。还以为我们黑门从此掌控情欲大道。想不到这么快，就有人点亮了对面那道门。"

"道魔之间，彼此消长，互有所长，天道制衡，诚不欺我。"

映天云之中，岑千山在一片茫茫的云雾中睁开眼，看着穆雪说："跟我回家去看看，好不好？"

第
七
十
六
章

心安之处

"小雪到底跑哪儿去了，难得到这里，这么多好吃好玩的，也不和我们一起逛逛。"

丁兰兰抱着一盒子沾了糖霜爆开的玉米，手上还拿着两串特色烤串，和林尹一起走在潮湿的街道边。

"别担心她了，她虽然年纪小，实力可是我们几人里最强的，没人欺负得了她。"林尹被花花绿绿的琉璃彩灯迷了眼，拉了拉丁兰兰的袖子，"你看那个人，他好像一直在看我们。"

街道边一彩灯明媚的门店外，站着一位白衣琢玉郎，身姿潇洒，眉目如画。

但见林尹看他，便迈步走了过来，在两位女郎面前保持着礼貌又带着点亲近的距离，嘴角含笑，微微弯腰说道："小姐姐们要不要去店里坐坐？"他用带着点魅惑的喉音轻声道，"我只要两颗灵石。"

明白过来他什么意思的林尹和丁兰兰吓得落荒而逃。

到了一个灯光明亮的地方，两个女孩才喘着气，彼此看了一眼，哈哈大笑了起来。

"太刺激了。"林尹拉住丁兰兰，"快看看我流鼻血了没？"

丁兰兰："我也是，吓了我一大跳。"

一架长龙模样的大型飞行法器从天而降，在两个女孩面前的路面上停了下来。玄铁制成的龙头，装饰了犄角、鬓发，巨大的鼻孔不断冒着白烟。

长长的龙身是扁平状的，上面背靠着背固定了长长一溜的椅子。

无数的人从丁兰兰和林尹身后过来，踩上龙身在那些椅子上坐下，并扣上了一条安全锁链。这些人有凡人，也有修士，并无区分地拥拥挤挤坐在一起。

那条铁皮巨龙的眼珠转了转，看着傻站在路边的林尹和丁兰兰开口说话："要上来吗？"

"不……不了，谢谢。"两个姑娘结结巴巴道。

铁龙的鼻孔里再一次喷出白烟，摇头摆尾升上半空，在高楼林立的夜色中几个晃动，很快消失不见。

"这就是传说中公用的飞行法器啊。"两个女孩手拉着手，昂头望着天空。

城中的民居大多低矮结实，个个修筑得有如堡垒一般。集市中心几座高耸入云的大楼间，有着川流不息的飞行法器，灯光交错的琉璃彩灯，梦幻般的飞天投影。

在这样千奇百怪的异乡，曾经那一点可笑的小隔阂，被更为强烈的同乡之情取代了。

"魔灵界的城镇好美啊，这么梦幻，和想象中的一点都不同呢。"

此刻天色渐晚，天际彩霞的色泽变得暧昧不清。夜晚的浮冈城，仿佛变了个模样一般，靡靡的曲乐声响起，大型的明灯海屍台逐个点亮。巨大的立体人影在城市的夜空中翩翩起舞，盘踞高处的巨大石雕，半隐半明退进了黑暗中。

千枝媚色，彩灯浪荡，纸醉金迷下藏着几多泥泞。

在一条混杂着包子铺、医馆、书店、茶楼的喧闹巷子里，卓玉捂着腹部，一脸不高兴地走在街道上。

年叔的医道确实高超，他内脏受损，本来是十分严重的伤，如今已经基本不疼。但刚刚那种被捆在手术台上的场景，他实在不想经历第二次。

泥泞昏暗的弄堂里传出一阵哭闹声，一个身材高大魁梧的老者，攥着一个衣衫褴褛的小男孩往外拖。

那男孩四肢纤细，赤着双脚踩在泥地上，哭泣哀求，不愿前行，老人一巴掌就扇在他的脸上，瘦弱的小脸上瞬间留下了一个鲜明的掌印。

"不，我不想去。母亲刚刚走了，家里还有年幼的弟弟和妹妹，请您再给我一点时间，那两块灵石，我一定会还的。"男孩抱着老者的腿，卑微地苦苦哀求。

老者抓起男孩纤细的手腕，把他整个人提到空中摇了摇，从怀里取出一张卖身契对周围的人说道："这是我花钱买的徒弟，我想怎么对待还有人管得着吗？"

"又买徒弟，他们家一年都死了几个孩子了。"

"唉，没办法的事，管不着。"

路人或有摇头叹息，但也就没人再过问此事。

小男孩突然抱住了老者的胳膊狠狠咬下去。

老人想要踹开他小小的身躯，谁知那个男孩死死咬住他的手臂，任凭怎么踢打也不肯放手。

卓玉从这样哭闹着的弄堂口经过，他并不太想管这里的事。

那男孩死死抱着老者的腿，肿着半边脸，双目流泪，嘴角沁血，在老者毫不顾惜的脚下显然已经受了内伤，依旧死死咬住老者的手臂。

卓玉迟疑了一瞬间。

师尊的模样在脑海中浮现。掌门师尊素以慈悲之名闻世，若非如此，当年师尊也不至于收下他这么个饱受争议的徒弟。

而自己是师尊的弟子。

"他值多少钱？我买了。"

那老者停下踢打虐待的动作，上下打量一眼卓玉："你若是想要，得出十个灵石，你买得起吗？"

卓玉从储物袋里取出十个灵石，从他手里拿过那张卖身契，手心引火燃成灰烬，转身离开。

"恩人，"那个男孩跌跌撞撞地追上了他，匍匐在他身前的泥地里，"恩人请等一下。"

他几乎是用最卑微的姿势匍匐在卓玉的脚下，小心翼翼地抬起眼来，捧着卓玉的手道谢："谢谢恩人，我还没和您道谢呢。"

那脸上又青又紫，嘴角裂了，肿成一块，还极力展露出一个讨好的笑容来。

卓玉凝视他许久，没有说话，松开手，转头离去。

小小的男孩张开自己的手心，看见手里多了一块光彩夺目的灵石，喜出望外，急忙握紧了，不顾满地的泥泞拼命地磕头道谢。

卓玉走到无人的巷子口，在巷子口的石磴上坐下，感到了一阵疲倦，不知道是刚刚愈合的身体，还是浮动的心境造成的。

巷子里的一个侧门突然被推开，阴冷的白光斜照出来，一个小女孩放声尖叫，从那扇门里连滚带爬地滚出来："师父，我不敢了，再不敢偷吃包子了。"

她的师父是个腰粗膀圆的女厨师，举着扫帚跨出门来，劈头盖脸往女孩身上抽去。

那不过四五岁的小女孩十分机敏，一把死死抱住师父的大腿，各种痛哭求饶："不敢了，再不敢了，师父饶命啊。"

她的师父本欲再打，转脸看见了巷子口的卓玉，肥胖的脸上肌肉抖了抖，哼了一声拧着那女孩的耳朵关上门进去了。

卓玉愣了半天，靠着冰冷的石墙，苦笑了一声，抬头仰望。

夹道都是高耸的建筑外墙，天空只看得见一点点。一只魔物的石雕蹲在建筑的高处，居高临下地看着巷子口的他。

他想起张小雪在擂台上和他说过的话。

"其实你这样，是仗着掌门宠你吧？你没有见过，一个真正受到欺负的小孩。……想要活下来，只能百般隐忍，小心翼翼地讨好，谨小慎微地收敛起自己所有的天真和脾气。"

原来，我只是仗着师尊宠我吗？卓玉看着头顶那尊魔物石雕的眼睛。

人的一生走哪条道路，有时候或许就差在那么一点点的际遇。

他突然觉得，如果没有参加那次大比，没有遇到那些人，或许在遇到徐昆的时候，面对那样的诱惑，面对生死的考验，他是不是真的会伸出手，推那么一把，将萧长歌和自己的道心一起推下悬崖。

那么如今，坐在这儿的自己早已经堕入魔道，再也无颜回到师门。

卓玉后背起了一层冷汗。

"卓师兄，你怎么坐在这里？倒叫我们好找。"

"走啊，逛逛去，和我们一道走。"

程宴和萧长歌找到了他，高兴地向他伸出手。

嗯，和你们一道走。

卓玉站起身来，在心里这样说。

岑千山和穆雪并肩走在十妙街的遗址上。

这里早已成了废墟，没了百年前的热闹繁华，飘雪的夜里，到处都是残垣断壁，死寂一片。

只有他们二人踩在雪面上发出的脚步声和小傀儡们机械的响动声。

千机牵着山小今的小手，咔嗒咔嗒地走在前面。

"我和你说啊，一百多年前，这里曾经是个很漂亮的地方，比现在的新城还气派。"千机以主人自居，边走边和新朋友介绍这里的情况，"看到那个生锈的转盘没有，以前只要丢钱币进去，就会滚出很多很多的糖果来呢。

"很快就到家了，我收着最新型号的机油可以请你擦。家里还有一个傻乎乎的小家伙，名字叫小丫，到了我介绍给你认识。"

穆雪在一处废墟前停住脚步，那里倒插着半块断了的牌匾，被白雪埋了大半，依稀可以看见"牛记"二字。

一百多年前，这里总是冒着热气腾腾的白烟。自己一个人住的那些岁月，为了省事，总会在回家的时候，顺便带走几个包子打发了一天的伙食。

"年轻的小姑娘，怎么能天天只吃包子，小心长胖了嫁不出去。"那个卖包子的大婶偶尔会叉着腰这样说。

穆雪也不知道自己的记忆为什么到了这里突然就变得这样清晰。

"牛婶前几年就已经不在了。"岑千山站在她的身后，轻轻说道，"但牛记食铺还在，牛大帅一直开着它。"

隔壁的院子门被推开，暖黄色的灯光照在了门前的雪地上。

四面是无边的废墟和无尽残骸，是被漫长岁月湮没的一切。

只有一座小小的院子被精心地保留在了时光里，依旧亮着温暖的灯，固执地等着那个人归来。

岑千山握住了穆雪的手。如今他的手掌很大，指腹带一点粗糙的老茧，炙热又滚烫，把穆雪的整个手都包住了。

他握住穆雪的手，低垂着眼睫，紧绷的下颌咬肌微微动了动，但终究还是一句话也没有说出口。

三只小小的傀儡，从门框边伸出小小的脑袋来看他们。

岑千山握紧穆雪的手，在雪地里留下两排真实的脚印，走进了家门。

一百多年过去了，又一次真实地踩在了庭院中，院子中的一切，还是和记忆中的一模一样。

仿佛不过是昨天，自己才刚刚离开，在外面打了一个盹，做了一个五彩斑斓的梦。

在飘雪的庭院中，穆雪突然想起自己拜入师门的时候，师尊给自己心境的批语：

心安后夜雪庭际，满目瑶花无处寻。

一朝明悟有情道，外域天魔不敢侵。

原来不管是从前，现在，还是过去。自己安心之处，依旧在这片雪夜华庭之中，在院中这个人的身上。

雪里花开，满目瑶花，心安自在。

"有些晚了，你一定饿了，我……我去给你弄点吃的。"

自从进屋后，拉着她手的男人就一直没有抬起头看她，他别过脸，用带着一点哽咽的沙哑声音说话。

穆雪按住他的手："还是我去吧。"

三只小傀儡齐齐坐在走廊的木质栏杆上，荡着小脚。

看着院子角落里那很少亮起灯的厨房被重新点亮。

山小今撑着它的荷叶，给身边的伙伴挡住头顶的飘雪。

厨房里传出了嗒嗒嗒的剁肉声和油锅里的油花声，很快传出了一股诱人的香味。

穆雪走了出来，盛着灵米肉丸粥的热锅悬在空中，随她的步伐一起移动进屋子里去，来到了餐桌边。

四溢的香气弥漫在空气里，穆雪笑盈盈地在桌边坐下，给坐在桌前的岑千山盛粥，拿起筷子往他碗里夹了一个煎得香喷喷的鸡蛋。

岑千山坐在那里，只是低头看着手中的筷子。

不用抬头，他都知道对方做了什么。

他永远也不会忘记，当年第一次到这间屋子里吃到的那碗美味食物。那是他人生中第一次品尝到幸福，当时这份食物滚过喉咙的滋味，他至今不曾忘记。

他握着筷子的手收紧了，手背单薄的肌肤下，青筋浮起。

就这样一直沉默了许久，方才哑着声音说道：

"我……我不用吃肉的。"

"我也不用吃鸡蛋。"

当年他第一次进入这个庭院，第一次和那人同桌吃饭，他说的便是这两句话。

对面，红色的衣袖下，素白的手不停地往他的碗里堆着肉丸，铺上两个焦黄的荷包蛋，在他紧迫的心跳声中，如他所愿地慢慢说出了当年的那句话：

"我虽然不算豪富，但家里也不差钱。放开来吃，管够。"

吃完晚餐，和从前一般，岑千山收拾碗筷去了。

穆雪独自坐在屋子里，怀念地看了一圈旧宅，在自己从前打坐的蒲团上坐了下来。

依照她在归源宗所习的系统丹法来说，人受天地灵气所生，寿命本可生生无穷，只因为不懂保守，日日消耗，最终耗尽真元，这才走到寿命的尽头。

但如学会了夺天地灵气，保体内真种的道法，修行凝炼金丹，便可以得到长生。

大药得之不易。各家功法不同，每日行功，不过摘取那粟米大小的一点大药，如此日日勤修不辍，方能积累足够的还丹金液。这时机极难掌控，这烹炼的火候也难以把握。对修行者的心性、毅力、天赋要求都极高。所以筑基弟子千万，炼成金丹出师者不足一二。

穆雪因缘际会，承袭了天道功法，又和岑千山情意相通，无形之中契合天地法则，这"大药"不需刻意而为，自然而然就能和元神相合，融溶顺畅，再无晦涩之处。

再加上穆雪逍遥峰修行这十年，听从师训，打了十分扎实的根基，隐隐便有了摸到了结丹边缘的感觉。

穆雪收敛功法，觉得自己似乎捡到了天大的便宜。看来筑基圆满，凝结金丹已经指日可待了。

在这里，隐约可以听见流水的响动声。小山好像趁着自己行功的时候，去水房洗澡了。

院子中，山小今分出了三枝荷叶，给它新认识的朋友一人一枝。三小只顶着荷叶，在落雪的院子里跑来跑去，玩得很快乐。

穆雪有些无聊，从书架上随手抽了一本书。那书插在书架的底层，包了封皮，很不起眼，想不到内页倒是十分精致，书页是绢质的，还配有精美的插图。

只是内容一看，让穆雪当场就笑了："原来他也偷看这个啊。"

风雪庭院，飘雪如絮，小傀儡们跑动时的铁皮撞动声不时传来。

屋内灯光暖暖，穆雪就着暖黄色的灯光兴致勃勃地翻看着岑千山偷藏的关于他们俩的绯色话本。

走廊上传来了脚步声，穆雪一时慌忙，飞快将书丢到椅子下，转过身，正好看见岑千山一边擦着头发，一边跨进屋来。

他或许是不好意思，穿了一身特别严实的外袍，盘扣高高扣到了脖子上。湿了的长发微微带着点卷，垂在一侧被一条白色的大毛巾擦拭着，柔化了男性硬朗的五官。只有脚下，是一双赤足，踩着水进来。

足弓薄薄的肌肤透出一点青色的血管，带水的脚踩在褐色的木地板上，让穆雪一下就想起刚刚在书卷的故事中看到的情节，她的脸一下就红了。

岑千山看见穆雪，一时想起两人在云中，情难自禁，彼此结为道侣的情形。

他刚刚在浴室之中冲了许久的冰水，方才勉强压制了自己激动难抑的心情，此刻眼见穆雪红了脸，更是不好意思起来。

两人手拉着手，红了一会儿脸。

庭院之中，飘雪知春信，屋中灯火无风自熄。

无限旖旎之中，香脸半开，玉郎新沐，共度欢喜无限。

第七十八章

所谓道侣

穆雪在茫然之中醒来，发现自己所处的世界迷蒙一片，空洞无物。她有些想不起来，自己刚刚做了些什么，又为什么会来到这里。

白茫茫的空间里，只立着两道几乎一模一样的门楼。

穆雪站在熟悉的彩玉门楼下，而远处立着那座漆黑而阴森的黑玉门楼。

在那门楼的顶上坐着一个男子，那人肌肤惨白，身躯烟雾缭绕，眯起眼睛，遥遥向自己看来。

他的面目并不狰狞，反而有些俊美，双目荧荧，神色也显得十分平和，如果只看面孔很难和传说中的域外天魔挂上钩。

但他只是这样淡淡的一眼，就仿佛有一个亘古神魔的巨大双眸，从深渊处望来。

那种来自高界魔神的恐怖威压，瞬间抓摄住了穆雪的心，使她几乎本能地感到一种强烈的恐惧。

那男子轻笑了声："你是哪个峰的弟子，师从何人？"

他的话语从渺渺冥冥中传递过来，语气像是一位慈爱的长辈对待师门中的晚辈。

穆雪却只觉浑身虚汗淋漓，咬紧牙关，方才一字一句道："逍遥峰，行庭真人门下。"

"行庭?"那人抬了抬眉头，笑着说，"原来是小行庭啊，想不到当年稚嫩的孩子都已经能独镇一峰，为人师表了。"

穆雪终于想起了那位传说中的人，盯着他问道："你就是徐昆？当年背叛师门的那个人？"

徐昆不以为意地举起手，苍白的手掌上生起一小团黑烟，天空的亮度便在那一瞬间降了下来，从那黑色的门楼下，滚出了大量浓浓黑烟。

虚空中传来乱人心神的诡异声音。无数形态诡异，由人体和魔躯拼凑成形的魔物在烟雾中现出身形。她们娇笑着，喘息着，发出鬼魅殊音，疯狂扭曲着向穆雪的方向迅速爬来。

穆雪条件反射地抽出手中的忘川剑。

如同秋水一般明亮的忘川剑身此刻竟像被什么东西污染了一般，变得锈迹斑斑。

穆雪不知道自己怎么会站在这里，也想不起自己为什么会面对这样恐怖而强大的存在。

她只能努力压下来自本能的恐惧，努力持着生锈了的剑，站直了，不让自己生出跪地求饶的心思。

一只人面马躯的魔物手持长矛第一个奔到，双蹄高抬，锐利的枪尖当空扎下，就在穆雪举着生锈的短剑，无力抵御的时候，一道身影突然出现，推开了她，以血肉之躯挡在了穆雪的身前。

那一瞬间似乎山崩地裂，天地失色。岑千山腹部被长枪贯穿，浑身是血，倒在了她的怀中。

穆雪双手染着血，抱住了怀里的人。她努力回想自己的前世今生，没有一刻比如今更为痛苦，便是当年被天雷劈死的时候，胸口也不曾痛成这样。

穆雪瞋目裂眦，眼前的世界仿佛全变成了血红色。

这一刻，她突然明白了小山这些年的痛，亲眼看见自己心爱之人死在眼前，原来是这样痛入骨髓。

无数张牙舞爪的魔物从四面围上前，徐昆云雾缥缈的身躯出现在半空中，居高临下看着眼前的穆雪。

"只要用你手中的那柄剑刺穿自己的胸膛，我就替你救回这个男人的性命。"他的语调依旧那般温柔，好像在劝别人走一条最容易解脱的道路。

"你深爱着他，不是吗？他这般温柔又多情，全心全意对你好。为了心爱之人，有什么是不能放弃的呢？"那苍白冰凉的手伸过来，握住了穆雪的手，倒转她手中沾了血的锈剑，轻声诱惑，"只要你愿意将这柄剑刺入自己的胸口，我保证一切痛苦都能结束。入我魔门，余下的只有轻松和快乐。"

穆雪望着怀中的人，那人面孔苍白，双眸紧闭，被贯穿的腹部流出鲜红的血染红了一地。

她眼睛湿润了，慢慢松开怀里的人，把他小心翼翼地放在地面上，握紧了对着自己的剑。

徐昆的嘴角刚刚露出了一点微笑。

下一刻，那柄锈迹斑斑的忘川剑插进了他的身躯内。

徐昆一直温柔浅笑的面容僵住了。

"为什么？"他疑惑不解地说，"你明明深爱着他，否则你们也不可能以情入道，接了欢喜殿的传承。"

穆雪慢慢站起身来，她面色苍白，双手却不再颤抖，持着锈剑，直视着眼前这无比强大的天魔。

"我不会为了任何人而死。因为我已经知道被留下来的人，所要承受的痛苦。"

她曾经畏惧的双眸重获澄明，手中被腐蚀了的雪剑也渐渐褪去污秽。穆雪握住那把重新变得澄如秋水的忘川剑，毫无畏惧地对视着天魔的双眼。

"我不会让他再体验一次这种痛，我只会让自己变得更强，让他从此安心。如若不能，但求在战场上同死。"

看着眼前年轻的女子坚定不移的眼神和她手中坚定无畏的剑，天魔露出不可置信的神色，烟雾凝结的身躯在穆雪的眼前开始溃散。

光华璀璨的彩玉门楼下，天魔叹息一般的声音，也消散在了风中。

穆雪睁开双眼，心口怦怦直跳，发现依旧还在那温暖而熟悉的屋子里。肌肤上传来温热的触感，自己的心爱之人躺在身边，睡得正香。

自己原来不过是做了一场噩梦，梦中情形回想起来，至今让她有些后怕。

屋外悄悄飘落着雪花，微弱的烛光照在凌乱的床榻上。

幸好，一切都只是梦。

穆雪低下头，用柔和而湿腻的吻吻身边人的侧脸。

岑千山的耳垂慢慢地变红了。

"你醒了。"

"我刚刚做了一个梦。"岑千山闭着眼睛说。

"梦见了什么?"

"梦见我死在了你的怀里。"岑千山转过身睁开眼看穆雪,没多久他先红了面孔,抬起头来轻轻吻穆雪的额头。

"你不用担心,我绝不会让自己那么没用。"他说,"与其想着为你而死,不如先学会让自己变强。"

穆雪带着点意外抬头看他。

岑千山的目光逐渐坚定,倒映着点点星火:"我会变得更强,成为一个不用你担心,而是让你引以为傲的人。"

穆雪看着他,想起了当初刚刚来到魔灵界的时候,师叔娄学林说过的话:

"修行本就艰难,还要从中觅得一位修为彼此相当,性情投契,能够彼此性命神识毫无保留地托付,相互扶助补益,又能千百年守心如初,忠诚不变之人,是何其难哉。实乃可遇而不可求之机缘也。"

这样可遇不可求的人,真的被自己遇到了。

院子外,山小今和小丫百无聊赖地坐在院子里看了许久的雪。

"你们说两位主人要什么时候才能出来啊?"小丫问。

"听这个声音,我感觉他们还不想出来。"千机拿着一支笔,埋头在一个它的小本子上写写画画。

"你这是在记录什么?"两小只好奇围观。

"这是我自己做的人类行为研究报告,"千机一边写,一边拿着笔杆在脑袋上戳了戳,"只有充分了解人类各种行为,才能够更好地理解主人的意思,成为一个优秀而杰出的傀儡。"

它看着自己记录下来的最新的一句话,叹息道:"我曾经以为我的主人是冰原上的一只野狼,如今才发现他其实只是一只狼犬,还是又奶又甜的那种。"

小丫举起一只手指:"你说得不对,在我的记忆里,狗是人类用来骂人的词语。"

千机:"没有吧,我记得忠犬、公狗腰这些词都是用来夸男人的。"

山小今和小丫一起转过头看它:"你平时看的都是些什么书?"

就在这个时候,院子外传来一道轻轻的铃声。

"有人敲门?"千机停下笔,一路从雪地里跑出去开门。

大门之外,站着一位身着华服,打着伞的女子。她恭恭敬敬地递上一封烫金的名帖："请岑大家务必赏脸驾临。"

在她弯腰鞠躬的时候，从伞的边缘露出一张美丽却呆滞的面孔，陶瓷一般的肌肤化了精致刻板的妆。

原来这位举止言行都十分类人的女子，竟也是一个人造傀儡。

"岑大家估计没空。"千机从门缝里伸出脑袋回答道。

"请岑大家务必赏脸驾临。"那女子只会维持着僵硬的笑容，不断鞠躬，重复着这句话，"还请岑大家务必赏脸驾临。"

"知道了，会为你转达的。"千机收回请帖，关上了大门。

在浮冈城热闹的集市上，林尹蹲在一家药材店里，对着琳琅满目的药材，大惊小怪到几乎挪不动脚步的程度。

"天哪，这是什么？朱果？朱果为什么论斤卖？"她悄悄对丁兰兰耳语，"在我们那里十枚灵石头还未必买得到一枚成色好的朱果。这里居然称斤卖。啊，我感觉自己要暴富了。"

"老板，老板！"她开口喊道，"朱果给我一斤，不对，来个十斤，要不还是二十斤好了。"

"我的天，兰兰。你快来看。那是什么？玲珑花，我们那儿一灵石一朵的玲珑花，这里居然要五十灵石，还郑重其事地放在玉匣里装着。"

"天哪，兰兰……"

"行啦，行啦。"丁兰兰提醒她，"悠着点，别把你的钱全花了，好歹留下这几天吃饭和住店的钱。"

事实上，昨夜她自己在材料行，不小心兴奋过度把钱袋倒空了，回去之后才清醒过来，不得不加班熬了整夜，做了两个魔灵界没有的小傀儡，早上放到店里卖了，勉强保证了自己不至于夜宿街头饿肚子。

此刻的她钱包已经空了，即便看到再合算的东西也买不起，不过陪着林尹逛逛而已。

"这是什么树，长得这样奇怪？"她指着一个玻璃罩子里的奇怪植物，问身边的店小二。

"客官大概是从外地来的，没见过我们浮冈城的一大特色植被。"店小二客气周到地说道，"这东西名叫淫柳，虽说名字不太好听，其实没有什么特别的危害，只是颇有些灵气，长大成株之后但凡靠近的人或妖兽，会被它的枝条死死缠住，各种挠痒逗弄一番，难以挣脱。"

丁兰兰正新奇地看着玻璃罩里那像触手一般的细细柳枝。

一位柔美动人的女子迈着极为标准的莲步，款款走到她的身边，弯腰鞠躬，递上一张烫金的名帖："请您务必赏观驾临。"

"我？"丁兰兰想不通在这里会有谁给她递名帖，她指着自己问道，"给我的吗？"

"是的，请您务必赏观驾临。"

那漂亮的傀儡人偶再度弯腰鞠躬，机械重复着口中的话语。

"这是金家的傀儡呢，还是金家家主亲自下的帖子，可了不得。"一边的伙计看到了，特意为她解释，"您可能不知道，在浮罔城，市面上能看得到的所有公用飞行法器、大型傀儡，几乎都是金家批量生产制造的。可是我们这里财力最雄厚的世家。"

早晨，千机拿着扫帚打扫庭院，一双小眼睛亮晶晶的，不时向着厨房的方向看去。

　　这么多年几乎都没有开过火的厨房，如今重新传来了饭菜的香味，穆大家在里面一边发出叮叮当当的烹饪声响，一边愉快地哼着歌。

　　而自己的主人包着头巾穿着罩衣在屋子里快乐地打扫卫生。

　　千机在这个家住了很久了，久到它已经不太记得最开始的模样。只知道，家里永远是冷清安静的，从来就没有这样热闹过，主人也从来没有传递给它过这样愉悦的心情。

　　千机觉得自己心里真是高兴啊，仿佛整个天空都变得明亮了起来。

　　小丫和新朋友小今帮着自己在庭院里一起扫雪。

　　其实扫雪不过是一个法术就能搞定的事，但它们作为傀儡，一不用修炼，二不用睡觉吃饭，闲着也是闲着，就喜欢学着人类的模样行动。

　　扫着扫着就忍不住堆起了雪人，堆着堆着又忍不住打起了雪战。很快庭院里比打扫之前更加一塌糊涂。

　　千机的心里升起了一种奇怪的感觉，它不知道该将之定义为难过、高兴还是怀念。

它停下扫帚，眨了眨眼。虽然记忆已经被消除，但它突然觉得自己的生活原本就是眼前这样的。

那时候屋子和厨房里总是传来叮叮当当的声音，而自己在院子里和无数傀儡小伙伴一起开开心心、无忧无虑地玩耍着。

这是什么时候的事呢？明明已经想不起来了，却好像觉得十分怀念。

就在千机站在雪庭里发愣的时候，主人突然从屋子里冲出来，先是向着厨房的方向看了一眼，再把千机和小丫叫到身前，做贼似的从身后取出一本包着封皮的书，压低着声音，几乎是用口型问道："这本书怎么会在椅子底下?!"

千机和小丫互相望了一眼，一起摇摇头。

小丫举起一只手臂："它本来是在书架上的，我保证。你们离开的这几天我还看见过它在书架上。"

岑千山看了它半晌，脸色白了："你能确定?"

小丫自豪道："我的记忆能力非常好，看过一眼的东西从不会记错，是主人您亲自改装的呢。"

蹲在走廊上的岑千山看了它半天，伸手捂住了脸，过了许久，方才慢慢地起身，进屋去了。

千机看着他的背影，十分疑惑，取出它的小本子记录道：恋爱中的男人就和这天气一样，情绪说变就变，明明刚刚还晴空万里，转眼又变得乌云密布。

"你们主人在伤心什么?"

"或许是因为……那本书被看到了?"小丫说道。

"哪本书?"

"就是那本，主人时常赶走我们，独自在屋里偷看的。"小丫还比画了一下，"描绘他和穆大家怎么柔情蜜意，恩爱两不疑的艳情话本。"

三小只彼此看了看，眼睛弯弯，捂着嘴巴溜到院子里玩去了。

吃早餐的时候，穆雪看见了那张来自金家的名帖。

金家的帖子还是老样子。穆雪怀念地来回翻看名帖。

曾经浮罔城最显赫的几大家族，烟家因强大的战斗能力，以及女子掌家的独特模式而闻名，柳家以饱受诟病的魅惑之术而有着独特的人脉，雷家因掌握了全城最大的贸易市场而财力雄厚。

相比之下，金家低调得多，他们几乎只专注于傀儡和法器的批量生产和开发。

一百多年过去了，各个家族势力此起彼伏，新旧更替，但传承多年的金家还是和从前一般稳如泰山。

"今天没什么特别的事，不如我们一起去金家看看吧？"穆雪这样对岑千山说。

对穆雪来说，浮罔城的几大世家中，她和金家往来颇多。

当年，很多她随性制作出来的生活类傀偶和飞行道具，例如九百和幽浮的原型，都被金家收购改良之后，在民众之中普遍推广开来。

金家的聚会，也往往会邀请众多炼器领域的名家，或是刚刚崭露头角的新人共聚一堂，相互探讨一些领域内的难题。

算是穆雪当年相对喜欢参与的聚会。

岑千山埋头吃着早餐，半天才茫然地啊了一声，似乎根本没听见穆雪说的是什么。

穆雪好笑地伸手捋了捋他的额发。

男人坠入爱河的时候，真是情绪多变啊，根本搞不清他一会儿高兴一会儿沮丧，都是为了什么。

岑千山反握住了穆雪的手，包在自己的手掌中，用拇指的指腹来回摩挲着穆雪的手背，迟疑了许久，终于伸手解开衣领的盘扣，从脖颈里取出了那枚穆雪跨越了百年才完成的红龙吊坠。

红色的玉石艳丽得很，像一滴心头血衬在岑千山如玉的肌肤上，美丽动人。

岑千山一手握住她的手，一手按在红龙上，闭上了双眼。

两人之间很快产生了通感，穆雪看见了红龙吊坠中的整个储物空间。

当年的穆雪，身为金丹大圆满的炼器宗师，她觉得自己也算是一个富有的女人。

但见到了岑千山的储物空间的时候，她还是被这里的场面给震慑住了。

岑千山秉承着他一贯严谨细致的风格，将空间内的所有东西分门别类摆放得井井有条。

穆雪只用神识浏览，都很难在短时间内浏览完那数不胜数的货架和那些绵绵无尽的隔断。

她在那里看见了深海巨鲨的遗骸，又或是整条的龙骨。

最为壮观的是在一间空白而宽敞的大屋内，堆满了山一样高的灵石。那些一两枚就足够让普通人家鬻女卖儿的珍贵灵石，被随意地倾倒在地板上。

无处不在彰显着这位接一次任务就十万灵石打底的男人有着多么傲人的身家。

岑千山睁开眼，取出一枚和吊坠材质几乎一模一样的红玉戒指：

"它和这条龙，出自同一块玉。我给它们之间，联了鸳鸯结。"

鸳鸯结是炼器的一个术语，炼成鸳鸯结的两个储物空间当彼此靠近到一定范围内的时候，可以共通有无。

虽然看似方便，但炼制成本极高，相隔距离又有限，因此很少有人去炼这样过于费力且昂贵的附属品。

穆雪想要收回手，岑千山握紧了她的手指不放，力道之大，甚至让穆雪感到了一点疼痛。

"这枚戒指，一百多年前就炼成了。"他看着穆雪慢慢说，"我做梦都想着它能有被使用上的一天。"

这话说得太痛，让穆雪心里发酸，无从拒绝。

她看着那个男人郑重其事地，将那枚红色的戒指慢慢套上自己的手指。

穆雪的手指匀称白皙，肌肤细腻，被一抹红痕圈住了，显眼得很。

岑千山看着穆雪指根上那一圈红色，终于露出了笑容。

"在我很小的时候，花了我师尊很多钱。"岑千山盯着穆雪手上的那枚戒指看，仿佛怎么也看不够，"看病，吃药，零食，玩具，武器，法宝……这些就不提了，就连最后，师尊她要去渡劫了，都还没忘给我留下大量的财物。

"师尊走了以后，我闲着没事，挣了很多灵石，总想着哪天她回来了，就可以换成由我给她买漂亮的衣服，买好吃的，买厉害的法器和法宝。"

这一句闲着没事，让穆雪心里难受。她很难想象这么多年来，这个男人是疯狂地进行了多少次狩猎，受了多少的伤，才能以一己之力堆积出这样惊人的财富。

岑千山带着一点愿望满足快乐，抬起穆雪的手，在那枚戒指上轻轻吻了吻：

"别给我省钱，在浮罔城的这几天，想怎么花就怎么花，也让我高兴一下。"

穆雪找到丁兰兰和林尹的时候，两个姑娘正愁眉苦脸地抱着两株奇怪的植物幼苗站在路边。

"你们买这个来做什么？这东西长大了可不得了，很能戏弄人。"穆雪凑近了戳戳那株小小的幼苗，那小小的树苗飞快伸出一条稚嫩的枝条缠住了她的手指，还在她的手心挠了挠。

"本来是不想买的，"丁兰兰叹了口气，"可是店小二说，今日买一送一。我想着这东西咱们那儿也没有，就没忍住。"

林尹苦着脸："而且他还说能搭一枚朱果。我一时激动，忘记了朱果在这里根本不值钱，结果把荷包里的灵石都花没了。"

两人又问穆雪："小雪，你昨天跑哪儿去了，都买了什么东西？快给我们看看。"

"我？我什么也没买。"

"天哪，小雪，我有时候真觉得你和我们就不是吃一样的米长大的。"丁兰兰不服气道，"为什么你的道心就能这么地稳，这样五光十色的世界一点都诱惑不到你吗？"

穆雪挠挠头，兰兰你误会了，这和道心有什么关系？一来这里我住惯了，二来昨夜被美色所迷哪里抽得出时间买东西。

"小雪你真该好好逛逛这里。这里的食物特别好吃，衣服也漂亮，有些珍贵的材料便宜到你不敢相信。"

丁兰兰把自己收到的名帖递给穆雪看："我不小心把钱花没了，早上不得不去傀儡行卖了两个新做的小傀儡，结果傀儡行的掌柜就派人给我送来了这个，说是那什么金家邀请的聚会。"

"小雪你想去吗？你觉得我们能去吗？"

穆雪正是来邀请丁兰兰这位同为炼器师的师姐一同前去金家的宴会，于是顺水推舟道："去吧，金家是魔灵界有名的傀儡制造世家。我们正好可以看一看魔灵界这些年最新的傀儡技术。"

金家所在之处，是一片如笋尖般高耸入云的金色高楼，连接高楼上下的是几个可以在高楼外侧载着人，飞速滑动的碧瓦琉璃八角华亭。

那风格复古的八角亭却有着透明的琉璃门，亮着前沿时尚的彩灯文字。

门开之后，角落里站立着华服隆装的女性傀儡，见到有人来了，用那张永远保持着笑容的僵硬面孔，弯腰鞠躬，声音柔美动听地说道：

"欢迎来到金家，很高兴为您服务。浮亭即将上行，请注意脚下安全。"

亭子透明的琉璃门闭合，很快开始向高处升去。

透过透明的门扇，从这里看下去，浮岗城的全貌逐渐出现在眼前，占地广阔的城墙之内，有着河流水脉、农田果园、交错的街道和高度繁华的城区，来回穿行的飞行法器，和那些浮现在城池中的大型幻影。

这是一个被护在围墙内，自给自足的乐园。

而一墙之隔的世界，是无尽荒凉，人类难以长期生存的原野。

城墙之外的荒野，不时有魔物古怪的身影，在远处缓缓走过。

就在浮亭不断升高的时候，丁兰兰三人看见几个身影，驾着飞车，一路向着城门的方向亡命奔逃。

浓烟滚滚的地平线处显出一个山岳般高大的金甲神像，那神像手托宝塔，身披金甲，彩绦玉环，威风凛凛。只是面目有如石雕，毫无表情，双目赤白一片，不见瞳孔。

它大踏步追来，震得地动山摇，一步跨出的距离无比之远，眼见着几次都险些踩到了亡命奔逃中的战士。

"快，跑快点！"从八角亭中看到这一幕的丁兰兰等人，都忍不住为那些人捏了一把冷汗。

巨大的鞋底从天而降，跑在最后的一名年轻魔修避之不及，被一脚踩翻在了神像的脚底。

他撑起了防护法器，咬着牙扛住了数百倍于自己的巨大神像，全力以赴，和死神争命。

面无表情的神像看着脚底蝼蚁一般挣扎的生命，脚下慢慢用力。

丁兰兰等人都紧张地尖叫起来。就在此时，蹲在浮罔城城头的那些魔神雕像，仿佛从睡梦中被惊醒的家园护卫，摇头摆尾苏醒过来。

岩石的身躯剥落，鳞甲转换，化为战斗形态的铁甲傀儡。这些铁甲傀儡纷纷从城头扑下，朝着那冲向城池的诡异神像迎去。

数量密集的战斗型傀儡很快将那巨大的魔神摧毁，被魔物踩在脚底的修士也在奄奄一息之时被同伴救进城去，勉强抢回了一条命。

在早已经停下的八角亭内，看到事件结果的丁兰兰等人长长吁出一口气，发觉自己紧张得出了一后背的冷汗。

八角亭向内的门扇早已打开。

她们这才发现自己抵达了一处装饰得复古奢华的大厅内，亭子中的华服傀儡恭恭敬敬地微弯着腰，等待着为她们引领指路。

不少乘坐其他八角亭上来的客人，整顿衣服，在傀儡周到礼貌的带领下从容地步入大厅。

他们对城墙之外的那场惊险战斗显得习以为常，根本没有多加留意，倒是对着丁兰兰、穆雪和林尹三人露出了好奇的神色。

"新人吗？哪个家族出了这样年轻的傀儡师？"

"没有听说呢，生面孔。"

"那孩子是谁，她肩膀上撑着荷叶的傀儡看起来有点意思。"

"虽然不强大，却很有灵气，喂，去打听一下是谁家的孩子好了。"

在这样完全陌生的地方，周围那些年纪各异，奇装异服，带着各种各样款式独特傀儡的魔修，纷纷朝着她们三人露出了探索的目光。

丁兰兰和林尹都开始有些胆怯了。

"我们这样冒冒失失进来，会不会不太安全啊？"

"现在回去，是不是还来得及？"

"对啊，这里全是魔修，一个认识的人都没有。"

"没事，你们看，那不是有一个熟人吗？"穆雪安慰她们俩。

丁兰兰和林尹一抬头，果然看见不远处站着一道熟悉的身影。

那人身形高挑，一身劲装，站在那里不动不摇，自带着一种不易亲近的威慑力，即便在密集的人流中，他的周边依旧平白空出了一段十分开阔的距离。正是和她们同行过一路的魔修第一人岑千山。

让丁兰兰和林尹觉得有些违和的是，这位威风凛凛的魔修看着她们的眼神依稀带着点等得不耐烦的委屈感。

一定是错觉。

不管怎么说，在这样的地方遇到了岑千山，让大家的心都安定了不少。

第八卷

天魔劫

送君入罗帷

第八十章 阮红莲

収到名帖来到这里的，大多都是炼器师。几乎每一个人，都随身带着自己最得意的傀儡。形形色色别具风格的大小傀儡伴随在主人身边，穿梭在金碧辉煌的会堂之间。

身材矮小、外观陈旧的千机在这样的场合就显得有些不够看了，它领着它的朋友在人类的脚下穿行的时候，偶尔身边会传来一些惊奇的议论声。

"快看，这是一两百年前的款式了吧，居然现在还有。"

"哎呀，这是多少年的古董了？我爷爷的仓库里就有个一样的。"

"到底是谁啊，来金家的宴会，好意思带这么寒酸的傀儡吗？"

但是很快有人提醒这些不懂事的年轻人："慎言，说话前先睁开眼睛看个仔细。那可是浮罔城最强的战斗型傀儡。它的主人是谁说出来会吓死你们。"

年轻人们脑袋转了转，想到了一位传说中的人物，顿时苍白了脸色，飞快地闭紧了嘴。

"别介意那些没见过世面的家伙说的话，"千机挺着自己的小胸脯，丝毫不以那些人的议论为意，边走边说，"别看这里的傀儡一个个外表光鲜漂亮，其实大多都只空有躯壳，没几个能和我们比的。"

山小今举着它小小的荷叶，新奇地四处张望。它诞生到这个世界的时间很

172

短，第一次见到这么多的同类。

从荷叶的边缘望上去，不时有穿着华丽衣裙的同类弯下腰来行礼。山小今昂着头，看着它们俯低时朝着自己的僵硬脸庞和开合的下颌，口里机械地重复着欢迎的词汇。

山小今悄悄和它们挥手，它们明明有看到自己的同伴却只是呆滞地笑着，没有对自己做出任何反应。山小今慢慢明白了，不再和它们打招呼了。

它突然觉得有些难过。它觉得自己不应该和这些冰冷呆滞的木头人划为同类，它觉得自己该和主人、小千、小丫是同类才对。

"嗯？这一次金家的宴席倒没有白来，被我发现一个有趣的小家伙。"湖蓝色的裙摆停在了山小今的面前，一位头发斑白，凤目有些凌厉的女修弯下腰来看山小今。那女子伸出有皱纹的手掌在山小今面前："来，给我看看。"

山小今吓了一跳，迅速后退，化为了一摊水贴着地面溜走，直滑溜到了穆雪身边，才恢复为人形，躲在穆雪身后。

那女子看见穆雪，略微有些吃惊："是你？又见面了，原来你也是傀儡师。"

原来正是穆雪那位已经年华老去的故友阮红莲。

穆雪抱起山小今，在阮红莲身前站起身来。

她和红莲相识于幼年，一起度过了人生最黑暗的那段岁月。

年幼的红莲曾和她一起在学堂上相互帮忙作弊，一起挨过师父的鞭子，一起抱着师父的腿哭求。

少女时期的红莲天姿国色，意气风发，追求者众多，活得恣意潇洒，是自己那几乎封闭的院子里唯一的客人。

幼年时期的红莲，少年时期的红莲，青年时期的红莲，慢慢和眼前白发苍苍的老者重叠在一起。

霜华满鬓，朱颜辞镜，最是人间留不住。

"这是你做的傀儡？能不能给我看看？"在穆雪发愣的时候，面前的阮红莲指着山小今问。

"啊，好的，当然。"穆雪反应过来，安抚了一下山小今，把它递到阮红莲的手中。

阮红莲捧着山小今仔细端详，叹息道："看来我真的是老了，江山代有才人出，我一眼之间竟不能完全参透它的材料。"

"主材用的是天外陨铁，另外炼化了一截从东岳神殿得来的莲藕和荷叶。"穆雪认真仔细地和她解释，"是材料比较少见，不是你老了。"

阮红莲就笑了起来："你我素昧平生，怎么这般随便就说给我听？真是个傻孩子，看着你倒是让我想起一位故人。"

她看着穆雪，凌厉的凤目变得柔和："她和你一样，是个天才，也和你一样单纯善良又没有什么心眼。"

原来，自己在红莲的心里，是这样的一个人啊。

阮红莲把小傀儡还给她，像对待一位晚辈一般，对待眼前这位让她喜欢的少女："你的傀儡做得很不错，但好像还没有完全完工，你觉得一个好的傀儡最重要的是拥有什么？"

穆雪还没有从过往的回忆中回过神来，讷讷地回复她："最重要的是，具有思考的能力，自我的意识，自主循环的能量体系。"

她的这句话，勾起了阮红莲少女时期的记忆，当年的画面在脑海中清晰地浮现出来。

那时候，自己还是一个不知天高地厚的少女，总觉得还有无穷无尽的岁月，可供自己随意挥霍。

她还记得那一天，阿雪跨坐在一个高大的傀儡上练习修理，擦了一鼻子乌黑的机油，口中问道：

"红莲，你以后想做什么样的傀儡？你说一个优秀的傀儡最重要的是拥有什么？"

"是什么？强大的攻击能力？坚不可摧的防御能力？多种模式的轻松切换？敏锐的传感系统？都很重要，我想不出来。"阮红莲挠挠头，"反正啊，我要做那种卖得最贵、最好挣钱的傀儡。"

"我觉得啊，是能够做出拥有自我意识的傀儡。"年少的阿雪停下手里的动作，双目亮晶晶的，"这样的傀儡，不管是战斗类型，还是生活类型，都会比只能呆滞地执行命令的傀儡强大无数倍。它们甚至可以陪在我身边，成为我的家人和伙伴。这是我的终极梦想。"

"哼哼，你可真敢想。如果那样，还能叫傀儡吗？几乎就和我们人类一样了。这是神明才能做到的事吧！"

"虽然做不到，想想总是可以的嘛。"当时还十分弱小的阿雪不好意思地抓抓头，"如果连想都不去想，又怎么能够实现呢？即使这辈子做不出来，下辈子说不定就有机会做出来了。"

后来专心致志沉浸在炼器之道的穆雪，真的做出了她想要的傀儡。即便是到了今日，还有她的徒弟继承着她的意志，不断完善改进她的心愿。

而自己分心于享乐玩耍，虽比阿雪多活了这么多年，终究是一事无成，修为也进步不大，时至今日，已经快要走到了寿数的终点。

宴会厅的大门外，锦衣华服，妆容精致的傀儡们端着菜肴，迈着整齐划一的步伐鱼贯而入，将阮红莲从回忆中拉了回来。

眼前那位少女正看着她，清澈而坚定的目光就和当年的阿雪一模一样。她肩头的小小傀儡冲着自己做了一个十分拟人的鬼脸。

阮红莲看着那少女的目光，心念波动，发现自己沉寂已久，停滞不前多年的修为似乎有了一丝丝的波动。

金家的家主来得有些晚，这是一位身材矮胖、一身富态的中年男人。他笑起来的时候眉目弯弯，很有喜感，只是似乎心中有事，不时面露忧郁之色。

酒过三巡之后，他站起身来，清了清喉咙。

"诸位，这一次把大家请来的缘故，想必大部分人都已经知晓了。"

会场上嗡一下响起了议论纷纷的声音。

"就是为了那事？我就知道。"

"又死了人。"

"这是第几个，盖不住了吧？"

"查出原因了吗？"

同桌坐在一起的丁兰兰、穆雪和林尹面面相觑，刚刚来到这里的她们自然不知道浮冈城今日发生了什么。

"他们说的是这段时间里，接连发生的傀儡杀害主人之事。"坐在丁兰兰身边的一位魔修开口为三位姑娘解释。

"傀儡杀了主人？这不可能。"丁兰兰和穆雪异口同声。

作为精通傀儡制作的炼器师，她们二人都知道制作傀儡第一要素，就是要对主人全心全意地绝对服从。

傀儡交付时候的第一件事，也是融入主人的心头血，以便建立主仆之间的连接，确保使用者的绝对控制权。

傀儡诞生千百年来，听说无数傀儡为了主人奋不顾身而死，从未听到过傀儡伤害自己主人的传闻。

首桌上，金家家主正在说话："第一个出事的，正是这批傀儡的制造者孙德俊，可怕的是，孙大家虽然死了，但他炼制这种傀儡的功法却不见了。"

他拍一拍手，宴会厅中心亮起明灯海蜃台的光，光芒中现出了案发现场的虚拟画面。

那是在一间昏暗的地下室内，随着镜头转动，四面墙壁鲜血淋漓，涂满异物的画面，让不少人都放下了餐具，再没有进食的欲望。

"诸位，若是不尽快查明此事的真相，影响的是全体傀儡师的声望。很快，所有人都会顾虑着不敢使用傀儡。我们傀儡师在城中的地位即将一落千丈。"金大掌柜冲着所有人深深鞠了一躬，"所以还望大家齐心合力，协助我们金家查清此事。若是能收回孙大家的炼制功法，找出其中弊端者，我金家必定重谢。"

接下来，一排锦衣傀儡抬着金家许诺的贵重谢仪，在全场走了一圈，引起了密集的议论声。

"这一批出事了的傀儡，都是金家从孙德俊那里采购，又高价出售给城中颇有些身份的人。"一年轻的魔修热情地和穆雪等人攀谈，"所以金家担着干系，特别着急。"

"孙德俊是一个什么样的人？"穆雪问他。

那魔修看到眼前娇妍美丽的红衣女郎被自己的话语吸引，心底雀跃起来。

他忍不住搓了搓手，向穆雪自报身家："鄙人姓柳，柳相权。已筑基中期，是柳家三十二房弟子。不知道妹妹们芳名？"

穆雪不接他的话，也没有露出不高兴的模样，只是依旧笑吟吟地问："所以说，孙德俊是一个什么样的人呢？"

柳相权被那笑容晃花了眼，越发想要卖弄，凑向穆雪身边说话："这事问我就对了，我对孙德俊的底细可了解得一清二楚。

"那孙瘸子被称为大家也就是这一年的事。从前他只不过是个糊得不行的炼器师，炼出来的傀儡也卖不出去，老婆都跟着别人跑了。家里穷得吃不起饭，连炼器的材料都买不起，只能靠拆借度日。就连我曾经都借给他过几个钱，曾经他见着我，还叫我一声柳哥。

"而且这个人也猥琐，衣着邋遢，猫狗都嫌他，以前是动不动就见他被人按进街边的水沟里去。嘿，半年前不知突然走了什么运道，突然就开了窍，做出来的傀儡比谁都聪明灵秀，大家都抢着要。就这样，从此抖了起来。

"这人一嘚瑟起来，整个人都变了，也不知道哪里来的癖好，不但换了大房子，还采买了一院子的义子义女。见着我也不再叫人了。"

“嘿嘿，可惜老天也没让他抖上多久。

“妹妹们对这事感兴趣，不如一会儿这里散了以后，我带你们到那孙家去看一看。那条街我熟得很，也不至于让登徒子冲撞了妹妹们。”

…………

柳相权的话还在继续说个不停，穆雪已经陷入了思索之中。

身为人类制造的傀儡，却动手杀死了制作出自己的主人，这件事，她也感到十分好奇，如果想弄清楚，得去现场看一看才行。

她抬头看了被人恭维着坐到了首桌那里的岑千山一眼，眉眼里带一点询问的神色。

岑千山也在看她，只冲她淡淡地笑了笑，修长的手指在桌面轻轻点了点，表示同意。

小山真的是长大了，比从前沉稳了不少。记得他小时候，自己如果和别的孩子亲近一点，他可是要噘着嘴，偷偷闹半日小别扭的，如今却是这样稳重大方。穆雪笑了，觉得非常欣慰。

宴会厅的落地窗前，正和小丫、小今比赛谁能更快用手臂打出蝴蝶结的千机突然不动了。

它咻一声收回了自己绕成几个圈的手臂，呆萌的笑脸翻了过来，现出一张凶恶的面孔。

“怎么了？”山小今问他。

“没什么，主人喊我去办点小事。”它拍了拍身体站起来，“你们先玩着，我去去就回。”

山小今看着茶杯大小的千机，无声无息地从宴会厅的各种桌椅下溜了过去，悄悄尾随上了一个正向茅房方向走去的年轻魔修。

“我怎么感觉它杀气腾腾的？”山小今说。

“没事的，不会弄出人命。主人这几天的心情很好。”小丫举起自己好不容易绕成四个蝴蝶结的手臂，“该你了，看你能打几个结？”

第八十一章 弑主的傀儡

离开金家的时候，刚刚在酒宴上承诺给她们带路的那位柳相权突然就不见了踪影。

"我刚刚见到他了，不知道被谁打得鼻青脸肿的，远远见到我和见到鬼一样，飞快跑没影了。倒把我吓了一跳。"林尹这样说道。

柳相权不见了，没人带路。倒是岑千山岑大家正巧站在门外，打探之下，听说他正好也要去那孙德俊的住处一探究竟，丁兰兰几人急忙厚着脸皮跟上了。

"我们运气真好啊，"丁兰兰悄悄和穆雪说，"每次都正巧碰到他。"

穆雪："啊，对。真的是好巧。"

"岑大家脾气真的好，虽然不爱说话，可是你看他飞得那么慢，就是为了特意等我们几个晚辈。"

穆雪捂脸："嗯，晚辈，或许吧。"

几人飞行远遁之后，金家家主召来了自己的亲信。

"查出来了吗？那三位姑娘从哪里来的？竟然能请动岑大家亲自等在门外护送。"

"属下特意打听了一圈，一点线索都没有。从来没人见过那几个人，那位姑娘只是凑巧在我们的店铺出售了一个小傀儡，略微有些特色，大掌柜看见了，随手派给了她一张请柬罢了。"他的亲信回答道，"但确实很奇怪，我们发现宴席上，连脾气很差的那位阮大家对她们都是和颜悦色的。听说年再桃年爷昨日还特意交代了他那一片街区的人，说不让动这几位姑娘。"

金家家主皱眉思索了片刻："行吧，我们也交代下去，没查清楚来历之前，都对这几位姑娘客气一点。"

穆雪不知道他们离开之后还留下了这样的小波澜。

孙德俊居住的位置十分偏僻，那是一栋十分豪华气派独门独院的住宅。院墙高耸，墙头明晃晃布置着密集的防御武器，院内的建筑厚墙铁窗，像是一个封闭的城堡。

只是此刻城堡的房门大开，庭院和屋舍内都被翻得乱七八糟，显然已经有无数拨人来搜寻过好几回了。

穆雪等人乘坐飞行法器，在荒草丛生的庭院内降落，顺着敞开的大门，走进这栋死气沉沉的大屋中。

此刻明明是午后，这栋建筑内却昏沉阴暗得很。屋子的各个角落，随意丢弃着傀儡的配件和制作了一半的类人形傀儡。

这里的窗户又小又窄，横着粗粗的铁栅栏。那些被栅栏分割的惨白日光，打在四散的呆滞人头、躯干和机械手臂上，显得更加诡异而恐怖。

"所以我不喜欢做成人形的傀儡，越像人的东西，难道不是越觉得恐怖吗？"林尹小心地穿行在那些零配件之中，避免自己突然踩到某条胳膊或者大腿，"要战斗的话，明明随便做成什么样都行。龙啊，麒麟啊什么的，为什么非要像人类呢？哎呀，是眼珠，吓死我了。"

炼器师出身的丁兰兰和穆雪没有她的这种苦恼，两人站在一个半成品的傀儡前，对着那只有半截躯干，双目呆滞的傀儡讨论。

"这样看起来，这个孙德俊对于制作傀儡确实有着一种狂热的执着。"穆雪摸着下巴，弯腰认真仔细地看着那傀儡被打开的头颅，"可以看出他制作的每一个傀儡都花费了很多心思和精力，只是水平还不够到位。"

丁兰兰："我觉得有些奇怪。"

"嗯？是哪里奇怪？"

"虽然也有很厉害的地方，但这位傀儡大师好像犯了很多常识性的错误。"丁兰兰指着傀儡被打开的胸腔，"比如这里，还有那里，连基础的传感法阵都错了，制动也不对劲。"

穆雪笑道："这里是魔灵界，任何技艺都只传家族子弟，秘不外传。甚至有些高级的功法和技术只传嫡系，连旁支子弟都不能学习。并非和仙灵界一样有学院和老师的统一授课，许多人想学一门术法，都是靠着自己一路琢磨出来的。所以在你看来最基础的常识，这里的人做错了，那是很正常的事。"

"原来是这样。所以他们以家族为传承，虽然更有凝聚力，却也有很多不好的地方。"丁兰兰恍然大悟，但她突然抬头问道，"奇怪，小雪，你对魔灵界怎么这样熟悉，就好像出生在这里一样。果然是书读得多的好处啊。"

岑千山打开了通往地下室的门，向那个发生了傀儡弑主的场所走下去。

一股难闻的恶臭从幽暗的楼梯深处传来。

穆雪站在门口，看着门里黑暗无光的世界，突然想起自己见过的那道黑色的门楼。那道门前有着无限延伸的阶梯和流着血的祭台，和这里的氛围莫名有些相似，令人本能地不太想走下去。

林尹："我……我有点怕。"

丁兰兰："我……我也是。"

楼梯的底下亮起了暖黄色的灯光，岑千山的声音从底下传上来："你们在上面等着就好，我看看就上来。"

三个女孩彼此交换了一下眼神。最爱干净的林尹深喘了口气，率先向下走去。

女孩子天生胆子更小，女孩子更不敢面对战斗。

师妹们就别上擂台了，师妹们应该先跑。

当你在某些时候习惯把自己天然摆在弱者的位置，想依赖他人的同时，你也就等同于自认为弱者，屈居于对方之下。

对修行者来说，这是一个必须克服的心魔，不论性别。

三个女孩手拉着手，沿着曲折的阶梯，向黑暗的深处走去。

血腥的现场，和明灯海赜台上看见的感觉还是大不相同。

发黑的血渍布满了狭小幽暗的空间，到处飞溅着成分不明的污秽物。

墙壁的最高处，有一排小小的琉璃窗，窗户上像是被手印抓过，涂满了污黑的痕迹，勉强从那些污浊的缝隙间透进一点点昏暗的光线，打在窗对面的墙角上。

四面的墙壁上挂着无数模样接近的苍白傀儡，它们呆滞而齐整地垂着头，看着地面浓郁的血迹，仿佛审批着曾经发生在这里的那一场凶案。

林尹感觉到胃部一阵翻腾恶心，她真的一刻也不想再在这里待下去了。

但小雪掌着灯从她的身后走过去，蹲下身去看墙角光斑照射下的血污，仿佛一点没有被这样的环境所影响。

从小，林尹就有些莫名不太喜欢张小雪。

如今，她终于明白原因，自己或许是在羡慕，羡慕这个孩子总比自己更为勇敢、更为坦率。张小雪似乎永远都能以最坦诚的模样，直面那些心底畏惧，想要逃避的东西。

林尹就没有见过她在困境面前后退过一次，不论是在学堂上、擂台上、战场上，还是在这样的地方。

胡说，林尹在心里想，这家伙比我还小好几岁呢，我怎么可能输给她这样的小丫头。

她站直了身躯，努力克制不去看墙壁和地面上那些不曾被清理的东西，和伙伴们并肩走在了一起。

"看这里，好像有一行字。"穆雪蹲在地面上，指着墙角一处被血污染过的地方。

"我后悔了……但一切都已经无济于事。"岑千山掌着灯，蹲下身念出墙角的那些文字，"又有谁能逃得过这样来自天魔的诱惑……没有人……

"我把一切都献给了他，得到的却不是我想要的……不是。"

在这些断断续续的文字后面，胡乱地画了一道门，一道黑色的门，门下有着长长的台阶，和一个被打上大叉的祭台。

穆雪回头看了岑千山一眼。

他们同时想起了一个人和一道门，一道在他们昨夜欢愉之后，出现在了彼此梦境中的黑色欲望之门。

就在这个时候，对面那高处狭小的玻璃窗后，突然出现了一双眼睛。

那双躲在血污后的眼睛，在和她的视线对上了之后，迅速地离开了。

"有人？快追！"穆雪二话不说，祭出映天云，当先从地下室追了出去。

那一抹看不清形态的黑影跑得很快，迅速地逃离了这座庭院，冲进了一处热闹的街区，隐没进了一处窄小而寒酸的庭院。

穆雪一行到达的时候，庭院里还有另一队人马。

为首的男子坐在庭院正中，听见飞行法器降落的声音，一脸不耐烦地转过身来："又来了什么人？这凡事都有先来后到……到，倒……倒茶，来人，快给岑大家倒杯茶来。"

直至看见了站在人群后的岑千山，他仿佛被什么蜇了一下似的匆忙跳起来，把屁股底下的椅子用袖子抹了抹，一边恭恭敬敬端请岑千山入座，一边小心而紧张地打量着岑千山的脸色。

"这是什么地方？"岑千山不搭理他的殷勤，开口问道。

"岑大家，您不知道吗？这就是如今闹得沸沸扬扬的孙德俊，孙大家从前的旧宅。"那人恭恭敬敬地回答。

岑千山环视一圈，已经找不到刚刚一路追寻之人的身影，于是不再说话。

那男子踢了一脚跟在身边的小弟："愣着做什么，还有三位小姑奶奶呢，还不快去搬椅子来，一点眼力见都没有。"

穆雪等人一落地，就意外地狐假虎威了一回，受到了一群人热情地恭维和招待。

看那几个胳膊上盘龙聚虎的大汉，战战兢兢站成一排，给她们端茶倒水，称呼她们为小姑奶奶，丁兰兰不免觉得十分好笑。

"他们为什么那么怕？岑大家明明挺好说话的。"她小声问穆雪。

"或许因为他们是雷家的人。"穆雪轻声说。

眼前这个男人穆雪认识，姓雷，名亮。

曾经是浮罔城声名赫赫的雷家二把手，以长袖善舞、圆滑世故出名，人人都称一声亮哥。

当年，自己就是从他的手上把身为奴隶的小山买了回来。

一百多年过去了，雷亮的面目变化不算太大，显然是修为有所进步，还没有到生命的衰退期。只是他见到小山的态度却和当年大不相同，几乎和老鼠见到猫一般战战兢兢，也不知这些年发生了什么。

"雷家也对此事感兴趣？"岑千山开口。

听见岑千山终于对他说话之后，雷亮略微松了口气，连忙接话道："最初的时候，大家对这事还不怎么放在心上，后来死的人多了起来，才逐渐引起了各大家族的重视。就连我们雷家也有一个不成器的后辈，死在了买来的傀儡手中。所以我才带人过来看看。"

岑千山身后转出一个穿着红裙的女孩，笑着问他："你们家的那个人，是怎么死在傀儡手中的？"

那是个十分年轻的女子，十六七岁的年纪，干净漂亮得不像话，一点也不像是出身于浮罔城中的孩子，不知什么来头。

"嘻，这样的污糟事说出来，倒是怕吓着小姑奶奶。"雷亮打了个哈哈。

看起来单纯天真的小姑娘，问的问题却简单犀利，直指事件的要害："我想知道他的死因，死亡的地点位置，以及傀儡的具体型号。"

百年光阴，世事变更，如今的雷家势力大不如前，不再是从前那制霸着浮罔城几乎所有交易市场的大家望族，在浮罔城已经没有多少说话的分量。雷亮的为人处世也更为谨慎了许多。

听见穆雪问得专业，便收起玩笑的态度，认真回答：

"说起来有些惭愧，我们家那个不成器的弟子有些不为人知的癖好，他也不敢将那些不入流的想法实施在真人身上，便偷偷买了些仿真傀儡，在傀儡身上可着劲折腾。谁知道孙大家的傀儡却发了狂，让他死在傀儡的手中。"

穆雪皱起眉头。

雷亮搓了搓手："大家都知道孙大家的傀儡也没有什么别的特别之处，就是以应激反应类人而闻名。所以其实不少人高价买他的傀儡，只不过是想宣泄一下平日里无处发泄的欲望而已。毕竟是傀儡嘛，无论怎么对待它们，也不会有负罪感。您说是吧？"

第八十二章

祭之伤

　　孙德俊的旧居相比起之前穆雪等人去过的豪宅，显得既破旧又寒酸，但穆雪觉得这个屋子里的一切看起来反而多了些生活的气息，不少地方似乎有女性居住过的痕迹。

　　厨房里整整齐齐摆着许久没被动过的整套厨具，还有粉色格子布的围裙和手套。窗台上摆着几盆自由生长的雏菊，此刻开了零星的几朵白色花苞，正在窗前轻轻摇摆。

　　穆雪在窗前的工作台边坐下，仔细拆解察看那些被留在屋子中的傀儡半成品，隔着斑驳的玻璃听见庭院里的一些对话声。

　　"这位是岑千山，岑大家，浮岡城如今最厉害的傀儡师。有他出马，一定能查清这件事发生的真正原因，尽早制止傀儡再度发狂伤人。你再把之前和我说过的话，和他细细说上一遍。"

　　"是，好的。我……我一直就住在他们家隔壁，孙大家在这里住了二十来年，几个月前才刚刚搬走的。

　　"孙大家从前和他的太太其实感情很好。他们家以前很穷，经常吃不上饭。但他的太太从不嫌弃他，每天笑眯眯的，很是阳光，自己努力挣取家用，还总是鼓励他，说她的先生是个天才。

"那时候，我们这些邻居，其实都有些羡慕他。

"孙瘸子，不不，我是说孙大家也一直很拼，没日没夜地研发傀儡。我们也知道他憋着一口气，想要出人头地，给他太太挣点面子，让他太太在娘家人面前也抬得起头来。

"所以后来，听说他的太太和别人跑了，我是不太相信的。"

屋外的交谈声不断在响起。

窗前的穆雪低头看着手中被拆开露出内部细节的傀儡。

同样身为傀儡师，她可以体会到手中这些作品中一度凝聚制作者众多的心血。这些傀儡的身上，哪怕每一个便宜的零配件，都经过了细致的打磨和拼接。

穆雪似乎可以看见曾经有一个男人坐在这样昏暗破旧的小屋里，疯狂地沉迷于炼制傀儡术。

他就像是当年的自己，在这个屋子中，忘却了身边的一切人和事务，狂热地醉心于炼器之术。他或许也有过和自己一样的理想，想要制作出最为接近神作的傀儡。

可惜的是，这个世界的有些事只有勤奋是远远不够的，这位傀儡师在天赋上还差了那么一些，目前看起来，他制作的傀儡僵硬呆滞，甚至连精品都还远远称不上。

只有一个特别之处在穆雪的细细观察下被发现，就是其中有那么几个傀儡的胸腔被打开之后，可以看见在一个隐秘的角落里，额外添加了一个奇怪的法阵。

"这样的位置，这样的阵符，是想要起什么作用呢？"穆雪的手指轻轻触碰那些阵符，凝眉沉思，努力想要通过那些符文，理解这个神秘法阵的含义。

浮岗城的天气总是变得很快，刚刚还晴朗的天空，不知什么时候就暗了下来，天空中雷云翻滚，变得黑沉沉的。

一窗之隔的庭院里，又开始传来了一些孩子的声音。

"啊，我们都是父亲买回来的。义父让我们全部住在大宅子的里面。"

"虐待？没有的，义父对我们很好，给吃饱，给穿暖，也不要求我们做什么事。我们只要安安静静生活在庭院里，不吵闹就好。"

"有没有发生什么奇怪的事？没有的，只是……"

"只是什么？说出来，不用顾忌。你们的义父已经死了。"岑千山的声音鼓励他。

"只是每隔一段时间，义父会来到我们中间，挑选一位优秀的孩子，说是被其他的家庭认养了。"

"是的，那些被挑走的兄弟和姐妹，我再没有见到过。"

在那个孩子说话的时候，黑沉沉的天空突然亮起一道闪电，闪电骤亮的光把窗外说话孩子的剪影打在了窗户上。

看着那道人影，穆雪的心中顿时有了一阵明悟，闪过了一个可怕的想法。

她理解了那个法阵使用的含义。

闪电透过窗户照进屋子内，屋里的各个角落，密密堆积着各种傀儡的躯干，那些半残缺的呆滞面孔，在闪电突明突暗的光线中，现出了黑白分明的轮廓阴影。

穆雪突然看见，那无数的苍白面孔之中，有一张面孔上的眼睛动了动。

屋外雷声炸响，大雨瓢泼而下。

在浮岗城一条街区的巷子口，卓玉、程宴、萧长歌三人挤在街边一处屋檐下避雨。

骤降的瓢泼大雨，阻挡了他们逛街的脚步。

浮岗城的天气很冷，这样又湿又冷的时节令人十分难受。

"恩人，恩人怎么站在这里？"之前被卓玉救下的小男孩撑着油纸伞路过，看见了卓玉又惊又喜，"我叫冰子，家就在附近，若是不嫌弃，还请几位去我家中避一避这雨。"

程宴和萧长歌一齐转头看卓玉。

程宴伸手搭上卓玉的肩膀，一脸自豪："原来师弟悄悄做了这样的好事，师弟真是个温柔的人。"

卓玉莫名觉得有些羞耻，虽然时常看见师门中的师兄弟们这样勾肩搭背，但这对他来说是一个十分不习惯的动作。

萧长歌施了一个避雨诀，和程宴勾肩搭背地挤在一起，推动夹带着卓玉在雨中跟着那个男孩冲进了巷子里一间老旧的石头屋里。

那屋子的外观看起来黑沉而破旧，内里倒是意外收拾得挺干净清爽。屋内烧着火炉，暖烘烘的，瞬间隔绝了外面的阴冷潮湿，有了一种家的感觉。

屋子里住着的除了冰子，角落里还有两个更小一些的孩子。

看见来了客人，稍微大一些的女孩利索地洗了三个杯子，垫着小脚从火炉上提下水壶，给客人倒了三杯热水。

听说是救了哥哥的恩人，女孩还特意打开上了锁的柜子，从里面端出几块黑漆漆的烤饼，殷勤地让给客人吃，顺手把流着口水的弟弟往身后扯了扯。

"若是在从前，我们这样的小孩，卖给人家做徒弟也是常见的事。"小女孩一边招呼客人，一边还热情地聊着天，"可是最近不知道为什么，强买强卖的事特别多，我们这样的街区，甚至时常有人直接抢了小孩就走。

"得亏是遇到了恩人，否则娘亲走了，哥哥又被人抢去，我怕是很难带着小宝活下去。"

那副成熟老练的模样和瘦瘦小小的身板一点都不相符，甚至在说到母亲离世这样的悲伤往事的时候，也不过是略微露出了一点克制的落寂。

卓玉将那饼拿在手里，又硬又粗，也不知放了多久。在师门内，他虽活得压抑，但师尊在物质上是从未短缺过自己的，自然吃不下这样的东西。

但他却看见坐在身边的萧长歌，若无其事地掰了半块黑饼给最小的男孩，笑吟吟地和他一起吃了。

吃完他拍拍手，从自己的储物袋里拿出一些随身携带的干粮，和三个孩子分享。与此同时还不动声色地将几枚灵石顺手塞进了他们家那个装黑饼的碗里。

这才是真正温柔的人该有的样子吧，卓玉这样想着，润物无声，确实不负他雨泽施布的盛名。

雨慢慢小了，萧长歌一行人告辞离去。

走出很远回头看去，还看见冰子牵着妹妹的手，站在巷子口目送他们离开。

"这里的孩子也太不容易了。"程宴边走边摇头叹息，"可惜我的灵石花没了，只在椅子下悄悄给他们留了几个。"

他搭上萧长歌的肩膀："晚餐蹭师弟的。"

萧长歌笑着许诺："晚上我做东，请两位师兄喝酒。"

踩着潮湿的街道，三人边说边走。一架密闭式的飞行法器，从他们的身边悄无声息地飞过。

雨后的街道里传来短促的一声尖叫。

三人回头看去，发现刚刚站在巷子口送别的那两个小小身影不见了，湿漉漉的街道上，掉着一只小女孩的鞋子。

而那无声无息的飞行法器刚刚合上黑洞洞的门，迅速向着远方飞去。

"×！"向来脾气很好的萧长歌骂了一句粗话，甩掉手中的雨伞，祭出随身飞行法器，第一个疾行狂追了出去。

在孙德俊的庭院中，岑千山正和那些曾经被孙德俊收养的义子义女说话，空中突然亮起闪电，响起了雷声。

他抬头看向雷云密布的天空之时，破旧的屋子里传来一声巨响，一抹黑影撞破屋门，向外逃窜。

穆雪的映天云紧跟着出来，疾驰追击。

岑千山也不急追，只轻轻唤了一声："千机。"

千机应身而现，全身的躯干在空中翻转重组，一瞬之间化身为了一柄漆黑的玄铁强弓。

岑千山重心后移，开弓如月，霹雳弦惊，箭如流星，向着那已经快消失在天际的黑影远远追去。箭势破空，一箭中的，那抹匆忙逃窜的黑影从空中坠落，掉进了一片密林之中。穆雪压下云头，紧随进入。

密林之内，树影婆娑，林木在闪电的光芒下拉出长长的影子。

倾盆大雨从天而降，穆雪步行在丛林中，任凭那瓢泼的冰雨打在自己的面孔上。

树荫下，缩着一个人形的破旧傀儡，那傀儡脸部的肌肤早已脱落大半，露出钢制的牙齿和机械眼球，像一个怪物一般可怖。

当穆雪缓缓靠近的时候，他下意识地举起双臂护住脸，用僵硬的腔调磕磕绊绊地说："别打我，别打我。"

穆雪站在雨中，低头看了他许久："你是谁？"

"我不知道，不知道……害怕，我害怕。"傀儡抱着脑袋胡乱摇头，两排露出牙龈的牙齿咯咯碰撞。

在穆雪弯下腰想要拉他的时候，他却仿佛突然受惊，弹起身，张着大嘴，挥舞钢化骨骼的手爪，向穆雪猛扑上来。

穆雪的手臂迅速附上一层玄铁鳞甲，单手按住那傀儡的面庞，把他强制按在地面。山小今现身化为液态，钻入傀儡的四肢关节，轻而易举地卸下了他的四肢，阻止了他半疯狂的攻击行为。

穆雪坐在他的身边，双手交错架在膝盖上，一直等他自己平静下来，躺在那里，呆滞地看着下雨的天空。

"还记得自己是谁吗？"穆雪问。

"不知道。我醒来的时候，就发现自己在这副冰冷的身躯里。"那傀儡有些呆滞地摇了摇头，用迟钝机械的声调慢慢地说，"但很奇怪，我总觉得自己不应该待在这里，好像我应该有一个更温暖的身体，更灵活的四肢。"

是的，你本来是一个人类，或许还只是一个孩子。有一个温暖的身体，还有灵活的四肢。

"是你杀了孙德俊？"穆雪问。

"不……记得了，我很怕那个人，非常……怕他。"傀儡愣愣地说着话，他的胸腔打开，伸出了一台每一个傀儡都配备的微型明灯海蜃台，海蜃台的光芒亮起出现了一些视角低下的画面。

在那画面中有一个苍白的祭台，祭台上摆满了白色的雏菊，躺着一位女子，那女子的手上套着一只粉色条纹格子手套。

祭台的下面跪着一个男人，他双目圆瞪，面上的神情似笑似哭，状若疯狂，跪在那里哆哆嗦嗦地反复念诵着一句话：

"把我最珍贵的东西献祭给您，请您一定要满足我的愿望，让我拥有如同神祇一般的傀儡术。"

"把我最珍贵的东西献祭给您，请您一定要满足我的愿望……"

"把我最珍贵的东西献祭给您……"

祭台之上，一股黑色的烟雾慢慢覆盖了纯白的一切，一个男子轻轻一声冷笑，似从幽冥深处传来："呵，那么，满足你。"

穆雪坐在冰冷的雨中，看着那光芒中再现的场景，觉得身躯从内到外都被冰冷的雨水淋透了。

"你……还愿意待在这里面吗？"最后，她这样问那个被束缚在傀儡中的人类生灵。

"不想了，真的不想。这里面实在太冷、太黑。我只想快一点离开这里，无论用什么方式都行。"

"那我送你离开。"穆雪的手按在那玄铁制成的冰凉胸腔上，"下一次醒来，一定会有温暖的身体，有母亲的怀抱、亲爱的兄弟姐妹和一个舒适安宁的家。"

冰雨中，那机械制作的眼球似乎微微亮起光：

"谢谢你，姐姐。你真是个温柔的人呢。"

在雨中亮起的光芒，伴随着雨声永远地消失了。

原来死亡并不是这世间最痛苦的事。

自己是这样幸运，从沉睡中苏醒，新生而脆弱的时候被护在温暖的怀中，有可亲可爱的家人，遇到值得尊敬的师长，和那些相互帮扶着长大的同门。

甚至如今还有了一个可以相伴一生的伴侣。

岑千山不知道已经来了多久，他伸手把瘫坐在地上的穆雪拉了起来。

在这样雷电交加的时刻，两人站在雨中看着彼此，不知道是谁心中的恐惧更为多一些。

"我好像有一点怕雷声。"穆雪对着他说。

下一刻，她立刻就被拉进了一个炽热而坚强的怀抱里。

那双结实的胳膊把她紧紧圈在怀中，为她撑起避雨诀，为她用灵力烘干衣服和头发。

"永远，不会让你再遭遇这种事。"那个温热的手掌摩挲着她的后脑勺，低沉的嗓音在她的头顶响起，几乎是一字一句地说出这句话。永远，也不想再失去你一次。

有了这样温暖的怀抱，雷电交加，冰雨飘泼，好像已经再也算不上什么值得恐惧的事了。

穆雪轻轻嗯了一声，双手环住了他的腰，放松自己靠在他的胸前。

就让自己这么偶尔软弱一次，依靠一下自己的道侣。

只在这场大雨停下来之前。

第八十三章 白雪覆青山

　　星云游荡的虚空之中，黑雾缭绕的天魔盘踞在祭台上，看着脚下深渊一般无穷无尽的世界。

　　在这无边的空间里，生活着无数形态诡异的魔物，巨大的骷髅赢鱼摇曳着白骨化的身躯，慢悠悠地从空中游过。小如萤火的魔灵，成群结队散下荧光飞舞。

　　在炙焰横流的星球上，无数面容狰狞形态可怖的魔物浮沉在熔岩之中，也有那美艳妖异的魔物轻狂媚笑，趴在祭台边缘。

　　蜿蜒盘旋悬浮在虚空中的纯白阶梯上，出现了一个匍匐的身影。他蜷缩在苍白的台阶上，身形一会儿溃散一会儿凝聚，瑟瑟发抖。

　　"哦，这么快就过来了？"有一只人面虫身的妖魔抬起脖颈，看着匍匐在脚下之人，红唇弯起，"哎呀，看上去，你死不太好看呀。"

　　那匍匐在台阶上的身影渐渐稳定了人形，一个浑身是血、瘸了腿的男人。男人抬起头来："这……这是哪里？为什么我会在这里？"

　　"真是可笑，不是你自己许诺的，要将你最珍贵的东西献祭给我们天魔大人的吗？"祭台上女妖们笑嘻嘻地回复他。

　　"不，不是。我已经把自己最珍贵的东西献给您了。"男人颤抖着举起自己的双手，"我亲手把我的挚爱，把我的妻子献给您了啊。"

"在我的面前，人类的欲望无所遁形。"那位盘踞在高台的天魔笑了，"你所最珍视的东西难道不是你自己吗？"

阶梯上的男人那本来人类模样的身躯，逐渐开始变得庞大扭曲，黑色的烟雾从那腐朽的肌肤中钻出。

"不，不，我不想变成魔物。我想做人，我想做个人啊。"男人捂着自己的脑袋，痛苦挣扎，虚空中徒留他无望的哀号，"我后悔了，我后悔了！"

他眼前光洁如镜的台阶面上，倒映出一个被撕裂得支离破碎的身躯。那是自己临死前的模样。那副模样在慢慢变化，即便他不断抗拒，依旧在黑雾的吞噬下，失去了人形，成为一只失去神志、面目可怖的魔物。

"真是的，无趣的生命即便成了魔，也依旧这般无趣。"坐在祭台上的天魔失望地挥了挥手，让那只呆滞的新生魔物自行去了。

他抬头看向远方，在他触摸不到的地方，有一扇彩玉门和他遥遥相望。

那种明亮的光芒，像是黑夜中的一轮明月，透过了黑夜而来，皎洁、明晰、丰富多彩。

到了最后，不知是自己的这份黑暗吞噬了那份光明，还是那道光明终究能够驱散浓黑呢。

依稀在很多年前，有一人和他说过这样话："徐昆，你这样做，总有一天会后悔的。"

后悔？

他早已经没有了这种属于人类的情绪。

人类那些所谓的情感，在浩瀚的宇宙之中，对他这样层面的神灵而言，根本毫无意义。

雷雨渐渐变小，穆雪和岑千山撑着伞并肩从小树林中走出来。

两人都没有说话，伴随着淅淅沥沥的雨声，往事如潮水一般涌上心头。

浮罔城下雨的时节不多，但凡雷雨，基本都是浩瀚磅礴的九天神雷。

从前的岑千山很喜欢这样的雷雨天，伴随着屋外的电闪雷鸣和瓢泼大雨，待在坚实稳固的屋子里，心里更有一种快要漫出来的幸福感。

因为每到这样的时候，师尊一般就不会出门，甚至在雷声响得厉害的时候，她会难得地放下手头的工作，嘱咐岑千山给她烫一壶酒来。

她总是靠着一张木质的小几，坐在走廊上，看着远远的天边一道又一道的雷电出神。

当时岑千山尚且不知道，天雷意味着一位强大魔修的终点。这么多年，魔灵界内几乎无人渡劫成功。不论多么强大的传奇人物，最终都逆不过天道，陨落在九天神雷之下。

以至于有不少魔修到了金丹期后，便不再修行，放任自己寿元慢慢耗尽，走到大限来临的那一日便重入轮回。

深杯酒满，烈酒入喉。今宵不知谁人渡劫。

每到这样电闪雷鸣的时刻，即便是当年的穆雪也会觉得有些许伤感。仿佛一道天雷劈下，自己的存在就将彻底在世界消散，再也没有留下半点痕迹，就像自己不曾来这世间走过一遭似的。

那一声声的惊雷敲在心头，像那不可逾越的命运，响起即将逼近的脚步声。

穆雪放下酒杯，空杯很快被人重新斟满了。岑千山陪坐在桌边，目光荧荧地看着她。

明明不过多了他一个人，整个家不知从什么时候开始，就变得这样温暖而令人安心了起来。

有了这样的他坐在自己身边，满天的雷声听起来好像也不再那么令人觉得心惊肉跳。

心中有了值得牵绊的人，有了等待着自己归来的家，即便是面对天道，穆雪的心里也不再像从前那样空虚而盲目，重新有了与天相争的勇气。

"我已经成年了，可以陪您一起喝一点酒？"二十岁左右的岑千山眼里都是星火，纤长的睫毛轻轻扇动。

"是啊，你怎么这么快就长大了。"穆雪翻出一个酒盏，用酒烫了，给他斟上一杯酒。

两人持杯的手在雨声中轻轻碰了一下。

"小山，你还记得你自己的亲生父母吗？"

"不太记得了，我只记得他们在卖我的时候，为了能得到两块灵石还是三块灵石争吵了很久。"

"我也不记得母亲的模样，也不知道父亲是谁。有时候在梦里，看见一个朦朦胧胧的脸，应该是我母亲，想认真看一看，又总是看不真切。"

风雨之中，有人相伴，酒水也变得越发香醇。

初尝杯中物的岑千山很快就醉倒在穆雪的身边，抓着她的衣摆醉语呢喃：

"不要紧的，我只要有您一个亲人就够了。"

穆雪看着雨，自斟自饮，伸手轻轻摸着手边柔软的头发。那蜷缩在自己身边的岑千山还在轻声说着含糊不清的醉话。

也是，此生能有小山做伴已经很好了。

只是真希望能渡过此劫，和他相处得更久一些。

雨中步行的穆雪从回忆中抽回思绪，抬头看撑着伞走在自己身边的道侣。

原来，从那么早时候开始，自己已经把千山放在心里了。

回到孙德俊的住宅，丁兰兰和林尹围上来询问消息：

"怎么样？追到了吗？我们仔细搜索了一圈屋子，没有再发现任何能够动弹的傀儡了。"

穆雪便将小树林里的所见所闻说了一遍，还带回了那个傀儡身体中的明灯海蜃台。

"你说什么？"两个小姑娘几乎不能相信自己的耳朵，"他……他……他为了得到傀儡炼制的技术，居然把自己的妻子献祭给魔神了？"

"他还提取了孩子的生魂，炼化到傀儡中，就为了让傀儡的反应像人一些？"丁兰兰脸都白了，提在手中的半截傀儡仿佛会烫手一般，吓得掉了下去。

她们这样年轻的女孩，几乎想象不到竟有如此的人性之恶。

几人之中只有雷亮似乎并不以此事稀罕。

"别这样看我啊，小姑奶奶们。"雷亮无奈解释，"这不是常有的事吗？别说为了这样玄妙的术法，便是为了一栋房子，为了些许银钱，杀妻卖子的男人我都见得多了。"

在浮冈城经营了多年货街各种交易的亮哥，见惯了人间的无情和背叛。相比之下，此事中让他紧张重视的，是孙德俊祭拜的那位魔神的身份。

那位天魔雷亮认识，他便是数百年前使得魔灵界第一繁华重镇大欢喜城毁于一旦的罪魁祸首。因他而死之人不知凡几，凶名在外，魔灵界但凡稍微年长一些的人，都或多或少见过他的影像。

"这事看起来不太妙啊，岑大家。"雷亮的脸色十分难看，"您应该知道三百年前，大欢喜城是怎么覆灭的吧？"

岑千山沉吟片刻，取出几张黑色的名帖，他手持名帖中的传音符，将发生在此地之事细述一遍，又从怀中取出一枚银色的印章在名帖上印下一个代表身份的银色图文。

银色的印章抬起时，黑色的名帖被印下了一道秘银图章，章中无字，唯有一幅壁立千仞，白雪覆青山的图纹，章名"山恋雪"。

他做好名帖，将它们交给被自己召唤出来的千机和小丫负责递送。

岑千山印完图章，耳朵微微有些发红，悄悄看了身边的穆雪一眼。

当时年少轻狂，骤失一生所爱，胸中抑郁难言悔不当初，恨不能让全天下都知道自己对师尊的心意。因而便是印鉴都用了雪覆青山这样直白的图章，如今当着师尊的面使用出来，不免觉得有些局促。

在浮岗城一个偏僻的宅院外，卓玉、萧长歌、程宴三人，悄悄从墙头上探出头来。

在那个戒备森严的院子中，搭了一个诡异的祭坛。祭台上设有一个黑色的门楼。祭台边的屋子里，关着十来个衣着破旧的凡人孩子。

一架密闭的大型飞行法器在院中停下，数个年幼的孩子被束在一条麻绳上，哭哭啼啼地被从那法器上拖拽下来，冰子和他的妹妹赫然就在其中。

"快快，先抓两个小崽子过来试试。"祭台边上，有人喊话，"原来孙瘸子就是祭拜了天魔，才这样容易地发了大财。呸，老子还以为他真的天赋异禀，突然开窍了呢。

"不过用一些凡人的小孩，便可以让傀儡的身价翻个数倍。哈哈哈，简直算得上无本买卖。

"合该也轮到我等尝一尝腰缠万贯的滋味了。

"干好了这事，房子和女人都不用愁了，哈哈哈。"

身材魁梧的男人来到一群孩子身边，伸出手，不顾吓得哇哇大哭的孩子，像抓小鸡崽一般，随手抓出两个人，向祭坛走去。

人群中冰子把自己的鞋子脱给光着脚的妹妹，努力用瘦小的身子挡在了妹妹的身前。

如今他唯一的希望，是至少妹妹能晚一些被抓到那看起来就十分恐怖的祭坛前。

"怎么样，确定要出手吗？"墙头的卓玉看着院子中的一切，悄声问，他黑沉着脸色，"别怪我没告诉你们。这一出手，别说顺利回去，就是能不能保着命，都说不准了。"

萧长歌和程宴互相看了一眼，苍白着脸但坚定地点了点头。

此时此刻，浮罔城的几大家主都收到一封印着"山恋雪"图章的名帖。

烟家的庭院内，烟家家主看着那黑色名帖上一枚银色的图章，对着女儿烟凌笑道："真是难得，岑千山居然会给我寄名帖。你知道吗？因为他十分少发帖子，这枚'山恋雪'的图章甚至可以到集市的书店里卖个高价呢。"

不紧不慢地听完名帖中传音符的内容，处变不惊的烟大掌柜一下站起身来："欢喜殿黑门？"

她背着手原地转了几圈，咬牙切齿道："哪个不知好歹的家伙，敢祭祀这尊天魔。当年大欢喜城的惨烈情形，难道还要在我们浮罔城再现吗？"

柳家的阁楼之中。

家主急召门中干将于密室。桌面上，摊着那张黑色的名帖。

"岑千山？岑千山居然会主动给我们柳家寄名帖。"家中年轻一代的弟子柳绿春道，"他不是惯常看咱们家不顺眼的吗？"

柳家家主捏着眉心，敲了敲桌子："你们年轻一辈或许忘记了，但我相信家中的老人绝不会忘记。三百年前，大欢喜城中天魔现世，无数域外妖魔是怎样蜂拥而至，使得千年重镇毁于一旦，城破人亡。便是我柳家也只留下了这一支子弟，勉强逃到浮罔城中立足。如今，哪怕三百多年过去，我们柳家还是难以恢复元气，不复当年之盛景。"

金家的入云楼中。

金家家主背着双手站在落地窗边，手持着黑色的名帖："照这样看来，或许这术法已经流传了出去。只怕有不少为了钱而不顾一切的蠢货，开始模仿孙德俊干这种傻事了。"

他睁开眯着的双眼："传我掌家之令，搜寻浮罔城中所有秘密祭拜魔神之人。"

几大家主，几乎同时说出这样的话：

"一经发现，即刻格杀，不计代价，摧毁祭坛。"

第八十四章

舍不下的浮罔城

浮罔城某个僻静的角落，响起了巨大的动静，一条烈焰红龙冲上天空，清鸣一声向地面喷出炽热的火焰。

在那附近，十余个侥幸从魔掌中逃脱的孩子抱着脑袋，在这样的硝烟战火中慌忙向家的方向逃去。

一个年幼的女孩被她同样年幼的兄长拉着手腕，奔跑在雨后的街道上。

"哥哥，"她不放心地频频回头张望，"那些来救我们的大哥哥，会不会有事？"

她的兄长没有回头，只是紧紧握着她的手腕，奔跑时踩到的积水溅了她一脸。

"跑，我们能做的只有尽量跑远一点。"

从女孩的角度可以看见哥哥紧抿的嘴和不断顺着脸颊掉下的泪水。

哥哥是家里最大的男孩子，这些年，除非在外人面前演戏，她几乎没有看见哥哥真正掉眼泪。

甚至在父亲离开家的时候，哥哥也没有和他们一起哭泣。母亲病逝的时候，哥哥也没有落泪。

直到这个时候，得到了来自陌生人的温暖，哥哥才一边哭着，一边拉着自己向生的希望跑去。

这个世界虽然有很多可恶的人，但原来也有这样好的人啊。女孩在漫天的火光中祈祷，希望那三位大哥哥一定不能有事。

卓玉三人寡不敌众，很快被那些魔修施展诡异的秘术擒拿，捆束手脚，丢在祭台上。

"哪儿来的三只兔崽子，竟然坏了我等的好事。"

"哼，既然放跑了那些小崽子，今日爷爷就剖出你们的心来，用来献祭天魔！"

那些人露出狰狞的嘴脸，其中一人踩翻萧长歌，撕开他的衣襟，雪亮的刀尖就抵在了他的胸膛上。

被压在地上动弹不得的卓玉红着眼眶，扭头看身边的萧长歌："后悔了吧？就为了几个凡人的孩子，值不值得？"

他这句话不知问的是即将引颈就死的同门师弟，还是在问他自己。

"师尊和我说过，我们修行之人，行事但问道心，不……不计得失。"萧长歌也在看着他，脸是白的，声音带着颤，语气却没有迟疑。

"好！说得好！"程宴大声应喝，"那个贼人，你有胆子倒是先冲我来，我年岁最大，理应先死，别对着我小师弟开刀。"

那魔修果然撇开萧长歌，来提程宴。

程宴放声大笑："好，来得好。卓师弟、萧师弟，哥哥我先走一步。你我三兄弟黄泉路上做伴，来世再一同入我师门，一样快活得很！"

就在那尖刀往程宴的胸口刺下的时候，院墙上响起了几个女子清冷的声音：

"不错啊，这年头倒也少见这样有担当的好男人。"

"死了倒是可惜，幸好赶上了。"

那几个玲珑身影，束发劲装，手持法器在墙头或蹲或站。

"浮罔城严令禁止祭祀天魔，你们这些人渣，居然敢明目张胆地在这里搞起来。"

"害得姑奶奶们奔波一晚上，我看你们是都活腻了。"

看清那几个女子的装束，院子里的魔修脸色全白了。

"烟家，是烟家的女人。"

"烟家的人为什么这么快出现在这里？"

衣冠不整的卓玉三人躺在祭台上，眼睁睁看着那清一色的女子军团从天而降，干净利落毫不手软地解决了院子内的魔修，推倒了祭台上的符文和装饰。

虽说是救了他们三人的性命，但这些身手不凡的女孩子却没有立刻解开他们身上束缚的意思。一群人毫不避讳地拿眼睛将他们上下打量一番。

"这些是谁家的小哥哥，这样单纯，不过是看他们一眼，就脸红了。嘻嘻。"

"而且生得都这般俊俏。"

"还看着干什么？你不是还没夫郎吗？快上去把人家扶起来，来个英雄救美。问一问人家愿不愿意做你的夫侍。"

就在三人局促难当的时候，岑千山和穆雪等人终于赶到。

刚刚面对敌人的尖刀还豪气干云的程宴差点就喊出"师妹救我"这样羞耻的话语来。

"这几位是我的朋友。"岑千山的一句话，让烟家那些女孩子立刻收敛了嘻嘻哈哈的态度，肃穆行礼之后，如潮水一般迅速离开。

终于获得解救的萧长歌有些不好意思："好像每次都要劳师妹相救，我这个师兄做得实在不太像样。"

程宴拍掉身上的绳索，跳将起来，不以为意道："修行之人不以得失行事，更不应以性别论英雄嘛。"

天色渐晚，浮罔城像是布在大地上的一个巨大阵盘，亮起了星星点点的灯火。

在这个夜晚，城池的不同方位，陆续传来术法争斗的痕迹。

柳绿春用她的黑鳞皮鞭，勒死了一个想要逃跑之人。这里的战斗简单而粗暴地结束了。她抖动鞭子在空中舞了一个鞭花，收起了长鞭，开口问一同前来的族中长辈：

"伯父，当年大欢喜城到底是怎么没的？"

那位上了年纪的长辈恨恨推倒祭坛，踩在祭坛的瓦砾上说起往事："你们应该都听过一个传说，大欢喜城中建有一个巨大雄伟的欢喜殿。但事实上，一直都没有人知道真正的欢喜殿藏在何地。直到那一天的到来……"

即便已经是三百年前的事，那位柳家的长辈回忆起来，依旧历历在目。

那一日，不知是何人打破远古的禁忌，伴随着那道巨大的黑门在欢喜城中心缓缓升起，天魔降临人间，无数的妖魔跨越虚空，蜂拥而来。尽管城中的所有魔修，包括当年处于鼎盛时期的柳家在内，都全力以赴奋起抵抗，但终究没能抵御住那铺天盖地而来的魔物军团。

那一日城墙失守，生灵涂炭。黑色的巨门，血红的残阳，热闹喧哗的千年重镇，废于一旦。那一城的血，遍地的哀号，至今还清晰地刻在老者的回忆中。

穆雪一行人坐在各自的飞行法器上，悬浮在高空俯视全城，再一次感慨这座城池占地之辽阔，万家灯火，庇护了万千生灵安居其中。

看到这样的场景，丁兰兰几人忍不住感慨：

"竟然有人施行这种丧心病狂的术法，就为了那么一点钱财而已。"

"幸好及时发现了，有这么多人齐心协力出动，大部分的孩子应该都能获救了吧。"

"我们马上就要离开了，临走之前，总算是做了一点好事呢。"

"是啊，就要回我们仙灵界了，走之前能做这么一件事，想想还真是高兴。"

他们带着即将回家的喜悦和兴奋，悬浮在空中彼此高兴地交谈着。

其中只有穆雪一人，紧凝双眉，深深看着脚下灯火辉煌的城镇。

"怎么了，小雪？"丁兰兰拉了拉她的衣袖。

穆雪莫名回头看了她半天，深吸一口气："没什么大事。"

她翻手祭出了她小巧的彩玉门楼。

"我似乎有一种共感，好像可以感觉到所有黑门祭坛所在的位置。"她打开海蜃台的灯光，现出一幅浮罔城的地图，"时间紧迫，我把位置标出来，大家一人去往一处。到了那里如果发现祭坛，就引燃信号弹求援。"

她分派这些任务的时候，神色平静，语气沉稳，有一种令人信服的气度。所有的人都没有多想，迅速向着安排给自己的方位飞去。

在最后的时候，穆雪拉住踩在幽浮上准备离去的岑千山。

"还记得昨夜我们说过的话吗？"

昨夜？

岑千山想起了那个令自己意乱情迷的夜晚，红了脸面，一时间没有发现穆雪语气中那细微的违和感。

在昨晚那样浓郁的夜里，他们彼此都说了多少让对方脸红心跳的话，他不想细想穆雪此刻指的是哪一句。

穆雪不再言语，冲着他笑，踮起脚尖，用力地在他的唇上吻了一下，把他吻得晕头转向，随后祭出映天云，驾云离开。

脚下世界暖黄色的灯光构出了无数人赖以生存的家园。

在这片璀璨的灯光中，别人看不见，但此刻在穆雪的眼中，清清楚楚地看见一道半透明状的巨大黑门正在城池的中心缓缓升起。

那位天魔徐昆穿着烟雾缭绕的衣袍，坐在那门楼的顶部，支着苍白的手臂，眺望人间烟火。

他半虚半实的身影时而凝固，时而散开。

那是真正的天魔。

在所有人看不见的虚空之中，真正的天魔正在降临人间。

徐昆的强大，穆雪深有体会。在天魔的真身面前，即便自己所有人联手相抗衡，也不会是这位域外天魔的对手。一旦他成功降临此地，脚下的这座城，这里所有的热闹和喧哗，便会如同三百年前的大欢喜城一般，成为血污，化为灰烬，最终消失在这个世间。

徒留一城死寂的废墟。

师姐和师兄们只是这里的过客，他们没有义务，也不应该卷入这样危险的世界中来。他们完全可以逃离此地，回到仙灵界，回到自己安逸温暖的家。

但穆雪觉得自己不一样，她曾经生在这里，长在这里，不可能眼睁睁看着脚下的世界化为血海。

穆雪看着城池中心那座忽隐忽现的虚幻黑门，心中恨不能立刻转身，追上岑千山，一道远远地逃离此地，远远躲开这场浩劫，手心却慢慢抬起，祭出了属于自己的那道彩玉门楼，咬咬牙，一头钻了进去。

在无尽的虚空之中，人类世界的繁华盛景在黑门之前时现时散。

只要再过片刻时间，黑门大开，将同人界相通。

无数的域外妖魔慢慢汇聚到了门后，吐出长长的舌头，窸窣有声，看着眼前奇妙的景观，只要黑门一开，两界相通，它们便可从门内一拥而入，去往那充满血气和生命的世界里肆虐一番。

就在这个时候，一道彩门突然正对着半开的黑门出现，从那里钻出了一个渺小的人类。

五彩的光芒宛如金乌一般耀眼，冲破了浓郁的黑暗，那些习惯于生活在黑暗中的众多妖魔，不得不在那片铺开的光芒的逼视下退回黑暗的深处。

坐在门楼上的徐昆挑了挑眉，看着穆雪浅笑道："小师侄，你来做什么？"

穆雪站在彩光中，在自己的门楼护持下，看着他不说话。

"你想阻止我去往人间？"徐昆笑了，"蝼蚁一般的小家伙，竟然这般不自量力吗？"

"你知不知道，"穆雪慢慢开口道，"即便是蝼蚁，也有活着的权利。即便是你认为渺小的每一个人类，也有他们自己的悲喜和苦痛，也都怀着希望和梦境努力生活过。你没有权利那样随意地剥夺他们的生命。"

穆雪感觉到，自从自己的彩门在此地出现，和黑门对峙之后，这个世界和浮罔城之间的连接明显地慢了下来。

天魔是依赖人类的大量祭祀，才能获得降临人间的机会。只要她多拖延一些时间，等到浮罔城的所有祭坛都被清理，这位天魔也就无法再直接降临到那个世界。

"你自觉自己俯视世界万物，不以任何生命为重，有岂知在更高的层面，也有人将你视为蝼蚁？"穆雪慢慢地说着话，力求尽量拖延时间。

徐昆坐在门楼顶上，交错双手，神色温和而平静，似乎没有意识到穆雪的目的。

"真是愚昧又无知。人类个体那些所谓的情感，对我来说根本毫无意义。我身为天魔，不过是履行天道所赋予的使命而已。至于我脚下，一两只蝼蚁是痛苦还是悲伤，又和我有什么关系呢？"

"你曾经也是一个名叫徐昆的人类。"穆雪说道，从自己的怀中取出一枚符玉，举在徐昆眼前。那枚风吹日晒了三百年的符玉上，"徐昆"两个字被交错的线条狠狠画去。

"你也曾在一间密闭的屋了内，彷徨痛苦，犹豫挣扎过。你也曾和师门同伴体会过欢笑和快乐。那些在你身上发生过的经历和感受，是你不可分割的一部分，是它们构成了如今我眼前的你。即便你如今忘记了，你也不该否认生而为人的一切价值。"

徐昆闭住了嘴，目光落在那枚符玉上，凝望了许久。

"你还年幼，被局限住了视野，建立在愚昧的认知上才会有这样的所思所想。"他冲穆雪挥挥手，"你退下吧，这一次我不伤你，你也不要想着阻拦我。"

穆雪缓缓抽出了自己的忘川剑，和梦中不同，此刻的剑身寒如秋水，面对强大的敌人，依旧战意澎湃。她孤身站在那道明如秋月的门中，对峙着黑如深渊的敌人。

徐昆慢悠悠抬起了手，浓郁的黑烟从他手心滚起，汇聚成线，向着穆雪扑去。

对徐昆来说，这或许是一场索然无味的战斗。

对手过于弱小，他只不过轻轻动了动手指，眼前那个幼年的彩门继承人便已浑身是血。

如果没有彩门的光护着她，她大概早被自己和自己的魔物军团碾成灰烬了。

但不论倒下去得多凄惨，那个小东西总能撑着那柄该死的剑颤颤巍巍地站起身来。

明明已经浑身像一个血人一般，站都站不直了，但终究还是扶着属于她的那道五彩斑斓的门，固执地慢慢起身。

只要她和这道彩玉门楼挡在眼前，自己便无法降临到人间的世界。自从成为天魔之后，徐昆想要做的事，还没有这样被人阻拦过。

"放弃吧，何必为了一些无关紧要的人，葬送了自己。"他轻柔温和的声音在浓雾中响起，劝慰着年幼的晚辈。

"你为什么会发抖，其实你很害怕吧？你还是一个人类，没有人会不畏惧死亡。

"或许你仗着自己那一点小秘密，觉得自己可以逃离生死轮回？

"你就不为你的那位伴侣想想吗？难道你忍心让他再等上百年？"

穆雪扶着彩玉的门楼，慢慢站起身来，红色的血液从头顶顺着脸颊流下。她已经很久没有这么狼狈过了。时间仿佛回到百年前，被天雷劈死的那一刻，心有不甘，拼尽全力，到了最后只是盲目地咬着牙，一遍又一遍顶着巨大的痛苦站起来。

只是如今的心境和那时候大有不同，心中没有不甘和怨恨，唯有持之不放的信念。穆雪在那一瞬间觉得有些不可思议，曾经的她永远只愿意待在自己小小的庭院中，醉心于自己的一亩三分地，从未想到自己有一天会这般愚蠢地挑起如此重责。

不过是区区十六年，自己的一颗道心，早已破茧成蝶，与往日大不相同了。

"我……不是为了任何人。"她以忘川剑支撑着自己摇摇欲坠的身体，"我为的是自己的道心。

"我喜欢那个城市，和那里面所有好与不好的人。

"既然我继承了明楼的道统，肩上担了这份责任，就绝不能眼睁睁看着你毁城杀人。

"他那么好，我当然舍不得他。但我们彼此心意相通，他最终一定能明白我的所思所想。不论如何，不论发生何事，我和他终究都还有很长的路要一起走。

"我们永不孤独，不像你这样，置身黑暗，只能永生和欲望的妖魔为伴罢了。"

浓稠的血液糊住了眼睛，眼前的世界混沌一片，穆雪几乎已经看不清了。通往浮罔城的连接闭合了没有，她不知道。徐昆是不是被她激怒了，她也不清楚。

直到一个坚实的怀抱接住了她。

"你竟敢把她伤成这样。总有一日，我势必会让你百倍偿还。"

她听见一个熟悉的声音咬牙切齿一字一句地说。

"这可是我们最小的师妹，你敢把小雪伤成这样。不管你是谁，我们都和你没完。"

"天魔又能如何，今天就和你死磕在这里。"

还有许多吵吵嚷嚷的声音在耳边喊道。

穆雪勉强举起手臂，擦掉了眼前的血污，在她的视线里，只看见了一圈坚定的后背。那些后背挡在她的身前，把她围在了一个小小的空间里。

被她特意远远支走的师兄师姐不知道什么时候找回来了。

面对着那样强大到无法抵御的敌人，他们用自己的后背围护住了自己。

穆雪被抱在一个熟悉而温热的怀里，觉得自己浑身都疼。

对面是强大而无敌的存在，自己这边不过是脆弱如蝼蚁的一群生命。但她的心突然就变得前所未有地安定了。

她透过那些负了伤，流着血，却依旧坚定挡在自己面前的肩膀看去，看到了徐昆独自一人，坐在黑暗中的面庞。

她仿佛从那张面容上，看见一种名为羡慕的情绪。

也不知是什么缘故，或许因为城中的所有祭坛已被清除，伴随着一声轻轻的叹息声，那扇黑色的门楼终于从眼前消失。他们还在浮罔城，落脚在雨后冰冷而又真实的大地上。

"天哪，这就是天魔，也太恐怖了。"受伤不轻的丁兰兰瘫倒在地面上，"为什么我们要和这样强大的魔神战斗啊？"

"都说了，叫你们走远一些，跑回来干什么？"穆雪躺在岑千山的怀里，看着浮罔城那灯光交错的夜空。

千山别过脸去始终都不肯看她，他这是生气了。

看着他那铁青的脸色，无端地，穆雪就想要哄哄他，让他那紧皱的眉头重新舒展开来，露出点笑脸给自己看。

"我走着走着，就感觉不对劲。"林尹说道，"总觉得你刚刚的口气和你小时候准备使坏的时候特别像，急忙跑回来看看。果然被我猜对了。"

"要是我们完完好好地回去了，把你一个人撂在这里，回去也没好果子吃，怕是会被苗师姐的大锅直接炖了。"丁兰兰叹了口气。

穆雪哎呀了一声："师姐，你别逗我笑了，我伤口好疼啊。"

"好歹你也是小师妹，我们做师兄师姐的，怎么也不能看着你被人欺负。这不是我们归源宗的风格。"

"以后有这种事，别瞒着大家。"

年叔的医馆里，一个又一个的重伤员，被愤怒的年叔包成了粽子。

"一群不知天高地厚的家伙，见到天魔不赶快跑，还上赶子去挑衅。"年叔一边忙碌，一边骂骂咧咧，"我之前就该直接挖坑把你们埋了，倒也不用这样反复浪费药材。"

穆雪全身上下被他绑满了绷带，也不生气，躺在那里还笑："年叔，您多说几句。明天就要回去了，以后想再听你念叨一耳朵，也不容易了。"

年叔的手顿了顿，冷哼一声："趁早滚回你们师父那里去，省得我白担着责任，天天还得提心吊胆。"

在穆雪慢慢爬起身，往外走去的时候，一个装着丹药的小储物袋丢在了她吊着绷带的胳膊上。

身后的老人没有回头，传来别别扭扭、哼哼唧唧的道谢声。

"拿回去省着点用。多亏了你们，我这老骨头还能这样安安静静地待在浮罔城里，不用再一次被魔物撵着搬家。"

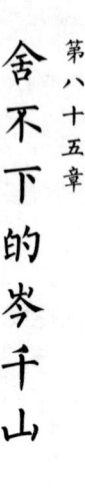

穆雪师兄妹几人，坐在浮冈城一家酒肆的厢房内。

虽然各自身上都带着点伤，还都绑着绷带，但大家此刻的心情都很好。想到这趟旅程中的各种离奇遭遇和一路走来的种种收获辛劳，不免感慨万千。

"明天就要回去了，还真有点舍不得。"林尹喝了几杯，有些上头，摇晃着空了的酒壶嚷嚷，"酒没了，叫小二哥再来点。"

丁兰兰劝道："悠着点吧，这里的消费不便宜。大家身上的灵石都没多少了，小心走的时候凑不够结账的灵石。"

穆雪笑着道："没事，我还留着点灵石。这一顿我来请，大家敞开来喝便是。"

林尹眼睛亮了："真的？你……你还有多少灵石？明日就要回去了，我还有好多想吃的东西没尝到。"

穆雪心中感激大家冒死进入欢喜门相救自己，又仗着岑千山分享给自己的雄厚家底，转了转戴在手指上的那一圈嫣红的戒指，把店小二叫了上来："把店里的特色菜全上一遍，要最好的酒。"伙伴们发出兴奋的欢呼声。

"再请几位唱曲的娘子和奏乐的郎君来助兴。"穆雪拉住了小二哥，递给他一把灵石，"要教坊里曲乐最好的头牌娘子和郎君。"

林尹和丁兰兰拉着手差点尖叫起来："小雪你可以啊，平时一点都没看出来你是这样的人。"

"所以我觉得，看一个人真的不能只看表面，也不能道听途说，还是要真正相处过了，才能了解真相。"程宴也喝得有点多，举着杯子站起身来，"想当初在山上，我一直以为卓师弟是个孤僻冷傲之人，这一路走来，发现自己是大错特错。"

他举杯和卓玉碰了一下："相处了一路，才知道师弟是个满怀热血、慈心为怀的汉子。师兄我错了，这里和你赔个不是。"

卓玉很是不习惯，举起酒杯和他碰了一下，一声不吭地喝了。

"还有啊，当初也觉得小雪师妹乃是高岭之花，不问红尘世事，"程宴又举杯敬穆雪，"却想不到师妹你一个女孩子能如此心怀大义，不计生死，普度苍生。师兄我自愧不如，敬你一杯。"

穆雪和他喝了一杯酒，摆摆手："并非师兄说的那样，这天底下哪有不计生死之人。要我特意为他人舍身，那是做不到。只是事情恰好摆在了眼前，道心上不容退缩罢了。相信换了师兄师姐们，也会和我一样。"

萧长歌想起刚刚冲进穆雪留下的彩玉门楼，直接对上了天魔徐昆，心有余悸："天魔的实力，实在过于强大。幸亏城中的祭坛及时被毁，让他退回了虚空。否则不但我们全要折在这里，此刻的浮冈城只怕也已经生灵涂炭。"

"是啊，幸好他退回去了，不然我们加起来也不是他的对手。明天就回去了，应该再也遇不着那个魔头了吧？"

"今后如果还有这种事，小雪你一定不能再瞒着我们。"

"我们自己师兄妹倒也罢了，每次都连累岑大家和我们一道受伤，我心里有些过意不去。明日走之前，还是该找他好好道谢辞行。"

"对了，岑大家为什么不来和我们一起吃饭？从医馆出来，我看他板着张脸，直接就走了，似乎不太高兴。"

"岑大家的性格是有些独特，但不管怎么说，他一路救助匡扶我们多次，真是一个十分好的人啊。"

大家借着酒劲热络地议论着岑千山。穆雪想到那个从年叔的医馆出来之后便一言不发，独自离去的背影，心底有些发虚。

在那飘着薄雪的院子里，千机从屋内溜了出来。

"怎么样？"小丫悄悄问他。

千机双手做了个无可奈何的动作："没用，劝也不听，就一个人坐在里面，一句话也不肯说，只拿着他那个吊坠，翻来覆去地玩。"

小丫叹息一声："那可怎么办？"

"我都快替他急死了。"千机跺脚道，"穆大家明日就要回仙灵界了，主人他竟然不知道珍惜今晚的时间，一个人跑回来生气。"

庭院里的两小只快要替他们的主人愁死了。院墙上发出了一点轻微的响动声，一个熟悉的脑袋从那里冒了出来。

这个庭院历经两代炼器大师的改良，具有高强度的防御体系。若是来访之人不规规矩矩敲响正门，企图从高空突破入内，是几乎不可能的。

但显然，此刻来的这个人对这里的各种防具十分熟悉。她一只手臂受伤，吊着绷带，只用一只手便轻而易举地破解了机关，蹑手蹑脚翻过墙头，进入了庭院。

院子里的千机和小丫惊讶地睁圆了眼珠子。穆雪看见千机和小丫只竖起手指，无声地做了个问询的表情。

千机和小丫迅速伸出小手，齐齐给她指明了岑千山所在的方向。

天早已黑透，屋子里并没有掌灯。

岑千山独自坐在小小的木床上，借着窗口照进来的微弱雪光，低头反复把玩手中的那枚红龙吊坠，不知道是在焦虑地想些什么。

穆雪轻手轻脚地走到他的身后，伸出一只手捂住了他的眼睛。她几乎立刻可以看见，那人后脖颈上那些细微的汗毛都竖立了起来。

"我受伤了，哪儿都疼。"她俯在他的背上，一手蒙住他的眼睛，不让他挣扎，"你怎么就跑了，不陪我疗伤吗？"

于是，她看见那位明明还在生气的人，却被自己亲一下就红了脖子。

昏暗无光的屋内，穆雪牵着岑千山的手，默念法诀：

"玄中之玄，天中之天，动精雪室，千液山泉，上有华盖，下有绛宫。"

伴随着法诀的吟诵，穆雪的黄庭之中，景物发生了变幻，巍巍华盖从天而降，金楼穹隆由地而起。

屋外四面波涛荡漾，天空日月照临。屋子之内却是红纱帐幔，罗帷重重，香榻软枕，龙虎列位。

正是千山照水之处，雪中擒虎之时。堵在心里的那些埋怨和悲愤，还来不及说出口，便在细密而汹涌的快乐中，化为柔水，被冲于无形。

几度雨云，龙虎渐歇。

穆雪拉过他的一只手臂，拆开上面缠绕着的白色绷带，轻轻抚摸那些纵横交错的伤疤。

在漫长的时光里，岑千山每一次开启幽冥万相聚魂阵，便割破手臂，以血祭祀，在肌肤上留下一道深深的十字伤痕。

"我从年叔那里拿了膏药，可以祛除陈年的伤疤。"穆雪的手指在那些陈年的旧伤上滑过，"以后，我们双修一次，我就替你消掉一道疤痕，好不好？"

埋在枕头间的岑千山转过头来看着她，那深埋双眸中欲说还休的情丝当真令人心动。

明明刚刚面对天魔的时候，还凶巴巴地咬着牙要别人血债血偿，到了自己面前，怎么就柔软好欺负到这副模样。

穆雪知道岑千山想问的是什么，他想问自己能不能留在魔灵界，想问自己下一次见面会是什么时候。

岑千山心里害怕，又不愿问出口。

穆雪趴在那小小的木床上，从自己的乾坤袋里取出了一枚小小的彩玉门楼。

她把掌中小小的神器递给岑千山看："千山，你知道这道欢喜门最大的作用是什么吗？"

岑千山摇摇头。

"是可以让你跨越空间，随时到达自己心上人的身边。"

这句话音一落，岑千山的双眸里，瞬间就有了星光。

穆雪笑道："本来，我想着回到师门之后，再用这个门楼回来找你。但是托你的福，这一次来到魔灵界我的修为大涨，很有可能回去不久就该去矿留金，凝结金丹了。"

"结丹的时间长短不一，短则数日，长则数年，还要在师长的护持下稳固境界多时。我怕让你等得着急，所以想着把这个留给你。"她把那枚价值连城的神器，放进了岑千山手中，"如果你想我了，就来仙灵界找我。你和我一起修行过欢喜门的功法，你当也能驱动此门才是。"

岑千山这几日的患得患失，心中焦虑被穆雪一句话瞬间抚平。

仙魔两界一隔，十年也难见一面。他几日来辗转反侧，夜不能眠，怎么也想不到两全之法。

万万没有想到，穆雪不仅已经找到了办法，还愿意将此事的主动权递到他的手中，连这样珍贵的法宝，都愿意借给自己使用。

他握着掌心的小小门楼，很想说不必如此，我等着你来找我便是，就是千年百年我也等得住。

可是心头酸涩难明，这么简简单单的话怎么也说不出口。

若是从前，没有见着她，多少年也都熬得住，可如今既已相见，反而觉得一时一刻的分别，都令人难以忍耐。

穆雪又半开玩笑地说了一句："听说凡人夫妻结婚之前，要给对方一个信物，作为定礼，这就算我给你的定礼好了。"

岑千山收拢手掌，将那枚彩玉门楼紧紧握在掌心，轻轻嗯了一声。

第八十六章　天雷劫

　　在法阵将要关闭的最后一日，守在御行阵外的娄学林有些坐不住了，频频爬上高处不断向远处张望。

　　直到看见废墟的道路尽头，出现了那六个完完整整的身影，他压在心底的一块大石才彻底放了下来，长长地松了口气。

　　短短的几日旅程，归来的六个孩子似乎和离去的时候有了很大的不同。

　　那个孤僻不合群的卓玉收起了他浑身的刺，正略有些不自在地被身边的伙伴搭住了肩膀，听着师兄弟们热闹的话语。

　　高傲而娇气的小姑娘们身上绑着带着血迹的绷带，亲亲热热地拉着彼此的手。

　　那位一进师门就被捧在云端，时时刻刻紧绷着自己的萧长歌，似乎解开了捆住身躯的枷锁，正和身边的人说着什么，放松而愉快地笑了起来。

　　但所有的这些孩子里，最让娄学林吃惊的还是上一次大比的魁首，逍遥峰出身的那个张小雪。

　　在这位金丹期修士眼中，这个孩子整个人看起来就像那即将跃出海面的丹阳，摆脱了所有的淤泥和沉疴，周身遍布满溢而出的光芒，掩也掩不住的灵气跃跃欲出。

　　娄学林突然意识到，这位不到二十岁的弟子，已经达到了筑基期的顶峰，很

211

快就要结丹了。

经此一行，或许当年那"雪里花开"境的孩子，会成为归源宗有史以来，最为年轻的一位金丹期修士。

穿过通魔御行阵，回到逍遥峰的穆雪，受到了师兄师姐们的热情迎接。

"小雪，哈哈，太好了小雪，终于回来了，你不知道我们有多为你担心。"苗红儿抱着穆雪转了几个圈，"快让我看看，瘦了没？师姐给你煮了好多你爱吃的，都在厨房里热着。"

叶航舟顶着一双熬了几夜的黑眼圈："没什么好担心的。我都说了，小雪嘛，那肯定是没有问题的。"

便是向来冷淡的付云，也难得地露出了一点笑容："魔灵界之行，凶险异常，每一次都有人死伤。你去的这几日，不说我们大家，便是师尊都着实为你担心，不知坐在庐中为你摇了多少卦。"

回雪飘摇的浮罔城，烽烟四起的欢喜殿，一路的艰难险阻，伤痛疲惫，被这样温暖的师门瞬间治愈了。

见过了师兄师姐，又分别给掌门和师尊请安，一通热闹之后，穆雪回到了自己开满桃花的庭院中。

关了院门，一切重归寂静。穆雪躺在清凉的回廊中，别有一种安心舒适的感觉。

院中落英缤纷，桃花如雨，不由得让她想起了开在某个人心中的那株桃花树，和他在树下干过的那些荒唐事。

小山现在在干些什么？他应该很快就会来找我了吧？

不对不对，明明是我嘱咐他略微等个把月，好让我在师门之中凝结金丹，再找个机会禀明师尊。

只是分离了一日，怎么就开始这样想他。

穆雪在飘落的桃花中闭上了双目，静下心来，开内视之眼，进入了自己的黄庭之中。

黄庭之内，日月交替，心湖浩浩，金屋伴水，罗帷缥缈。

只是想藏在金屋中的那个人，如今却还不曾来。

穆雪坐在帷帐之内，伸手抚摸匍匐在身边的白虎。

身边的白虎很快变换形态，成为自己想念之人的模样。

天空飘着细细的白雪。

十妙街的旧址，阮红莲沿着荒废多年的道路，慢慢走到已逝故友的旧居前，轻轻敲了敲门。

来开门的是一只活泼的小傀儡。

而自己好友当年收的小徒弟，如今在浮罔城声名赫赫的岑千山，正卷起袖子，以一根手指撑着地面，让巨大化的千机坐在他的脊背上，在院子里做最基础的体能锻炼。

"你这是在做什么？"阮红莲奇怪地问，"到你这样的程度了，还需要做这样基础的炼体吗？"

岑千山看见阮红莲来了，站起身来，绾了一下被汗湿了的头发，恭恭敬敬地行了一个晚辈礼："不曾日日如此，只是近日偶尔借此调整一下心态。"

他的头发抓到脑后，露出漂亮的额头，额头和脸颊上都挂着汗滴，使得原本就白皙的肌肤显得更加通透如玉。

温顺低垂的睫毛下，迷人的眼睑带着笑，那如水的眼眸里透出点点星芒。

整个人看起来熠熠生辉，夺目而耀眼。

穆雪的这个徒弟生得十分俊美，阮红莲是知道的。但这些年他一直郁郁寡欢，颓废而消沉，把自己藏在阴暗悲凉的斗篷中。

最近几日，不知为何，他终于像那破茧而出的蝴蝶，彻底地在春日里舒展了美丽的蝶翼。玉树流光，郎艳独绝，明艳到令人惊叹的程度。

"你，"阮红莲看了他半天，突然变了脸色，"你这是金丹圆满，即将渡劫了？"

岑千山没有否认，面上飞过一丝不易察觉的红晕："我本已接近金丹大圆满多年，近日……近日又得了一些补益，终究功行圆满，准备冲击元婴。"

鬓发斑驳的阮红莲张了张嘴，讷讷道："你……你这就到了冲击元婴的时候了？"

一百多年前，自己的好友穆雪金丹圆满，冲击元婴，渡劫失败，身死道消，给她的心理造成了严重的撼动，一度使她失去了跨越境界，冲击元婴的勇气。

近几年来她的境界更是凝滞不前，再无寸进，以至于真元漏尽，容颜渐衰，眼见就走到寿元的尽头。

岑千山对穆雪的感情，阮红莲是最为清楚的，穆雪的离开对他的打击远比自己来的更为沉重。

但他却没有像自己这般畏惧退缩，反而一路奋进，在修为上不仅超越了自己，成为浮罔城第一强者。如今更是在这样的年纪便功行圆满，准备直面当初穆

213

雪所面对的恐怖天劫。

"你……都准备好了吗？你心里真的就一点都不怕吗？"阮红莲在佩服的同时，心中不免也为他担心，数百年了，魔灵界都不曾听过渡劫成功之人。她不想看见这位故人的徒弟，再度重复穆雪当年的后尘。

"您不必为我担心。"岑千山的语气甚至不带任何情绪的起伏，就像在说一件坚信而笃定的事实，"曾经，我的心底有着缺漏，或许是过不了天劫。但如今，它已经被填满，完整而无憾，不再畏惧任何事。"岑千山伸手按着自己的胸口，抬起眼睫来。他的眼底透着一股坚定的自信，仿佛整个灵魂都带着一份不可撼动的信心。

"我会成功，会渡过天劫。我要变得更强大，再去见我想见的那个人。"

阮红莲看了他许久，突然长吁一口气："真不愧是你师尊引以为傲的弟子。如果阿雪看到今天的你，一定会发自内心地为你高兴。"

岑千山便微垂下眼睫，眼底带着一点笑。

"我这些年别的事没做，不过专心炼制了几个防御性能尚可的法器，回头我给你送来。希望能在你渡劫的时候，帮上一点小忙。"阮红莲伸手，像对待朋友一般拍了拍他的肩膀，"不用推拒，从此以后，我也打算重新振作。等到我有朝一日不得不面对天劫之时，我也要来寻你相助。"

这话里的意思，透着对岑千山能够成功的祝福和坚信。

岑千山抱拳行礼："多谢前辈。"

"说来也是凑巧，前日我在金家的宴会上认识了一个年轻的女孩。虽然长得并不像，但她不论说话的神态还是语气，都总是让我想起阿雪当年的样子。"阮红莲笑着道，"于是我就想替阿雪来看看你。"

她却没有察觉，岑千山在这时候轻轻咳了一声，露出了一点不好意思的神色。

告辞离开的时候，阮红莲看着容光焕发的岑千山，心中升起些许疑惑。

"小山，你是不是重新有了喜欢的人？"她开口问道，"你可以如实告诉我，这么多年了，如果你能够放下阿雪，重新开始，我只会为你高兴。"

"不，并没有别人。"岑千山面色有些微红，"我这一生都只会是……她的人。"

浮罔城的巷子里，挑着担子的货郎抬起头来，看着天空乌沉沉地压着黑云，远处的天边黑云滚滚，紫色的闪电在云中交织成网，不断有那狰狞巨蟒，张牙舞爪，劈向大地的某处。

"这劫云还没有散。"那货郎摇摇头，眺望天边，"到底是什么人在渡劫啊，眼看着这九天神雷都劈了这许久，居然还没有结束。"

"你还不知道吗？"一位客人回答他，"就是那位——岑千山，岑大家。"

"哦哦，原来是这位啊，难怪，难怪。"

在金家的那些高楼顶部，有人站在视野开阔的落地窗前，背着手，看着天边滚滚劫云。

"这么多年了，都不曾有人成功渡劫，使大家向上之心都渐渐歇了。这一次，倒是看到了一点希望。希望他能够成功吧。"

烟家的庭院内，烟大掌柜支着手臂坐在窗前，看着天空的雷电。

"家主，有何吩咐？"几位年轻的女子出现在屋中，跪地请示。

"走吧，随我一道去就近看一看。"烟大掌柜站起身来，"我感觉，这个人或许真的要成功历劫了。或许，我们也能从中悟出点什么来。"

正值饭点，牛记食铺内十分热闹，坐满了客人。

老板牛大帅不思经营，反而点着三支香，在亡母的牌位前祭拜个不停，口中念念有词：

"阿娘，今日是岑大家在渡劫，就是从前咱家隔壁的小山。你在天有灵，多多保佑，保佑老天的雷全劈歪了，让他顺顺利利地过了这一关。"

店内坐着的大多是熟客，当中有不少从当年十妙街过来的老街坊，见到牛大帅这副模样，忍不住说话：

"我感觉啊，岑大家没准就能过了这天劫。你说我们魔灵界什么时候出过多情山这样的情种？没准贼老天就偏爱他这一类的，给他过了这关。"

"说得也是，岑千山这样强悍的要都过不了天劫，那我真想不出来谁还能过。"

"牛大壮，你赶快使劲拜，如果牛婶能保佑人过天劫，过了今日，你这铺子的门槛只怕都要被人踩断了。"

白塔皑皑的墓园之中，阮红莲坐在穆雪的墓塔前，将一杯酒浇在地上：

"阿雪，到了今日，我才发现自己事事比不上你。对术法的执着不如你，勇气不如你，就连看人的眼光也不如你。

"你当年挑的这个徒弟，当真是很难得。如果你在天有灵，千万要好好地看一看他。

"我也不会再输给你们。从今日开始，我要重新开始努力修行，争取也有一日，能和你们一样，无所畏惧地站在雷云之下，面对天威，为自己的命运一搏。"

第八十七章

圣胎初成

　　在那劫云密布之处，黑云层层如盖，游龙般的紫电闪烁穿行，霹雳所向，天威浩荡无边。

　　滚滚黑云之中，若有天神睁目垂视人间，若有恶鬼四面疯狂咆哮。那种铺天盖地的神威和恐惧，使得修为略低一些之人根本无法靠近此地。

　　远处的山头，几个壮着胆子悄悄躲在那里的魔修刚刚探出头来，一道手臂那么粗的紫电撕裂天空，在地面之上炸开一片电网，夷平了数座山丘。

　　细碎的电幅一路跳跃，大地撼动，溅起的飞石甚至砸到了如此之远的她们头上。

　　吓得那些偷窥的女子匆忙缩回脖子，被这样的巨大天罚之威压制得瑟瑟发抖。

　　"家……家主，我们回去吧，实在太可怕了。"有人牙齿打战，浑身战栗。

　　"闭嘴，都给我咬牙忍着，这么远看着都受不了，等到了那一天，看你们怎么过。"

　　在那样恐怖的雷电汇聚中点，有一男子长身而立，手持寒霜，与九天神雷对峙。

　　天地间骤明骤暗的电光，照亮了那张俊美无双的容颜。

　　他抬头直视空中蜿蜒盘布的雷电，眼里亮着坚定，嘴角甚至敢于勾起一点笑。

冷静的容颜和凛然的气势，混合出了一种夺目的美。

躲在山头的那些女修，都看呆了。

这是一个属于强者的世界。

那寒霜傲骨的身躯立于雷云之下，无谓神威，与天道相争，生出了一种令所有人折服的独特魅力。

何况他还生得那样俊美，有着悲惨的身世，是传说中凄美故事的主角。

"千万别死了啊，多情山。"一个女孩忍不住轻声祈祷，"我可是看着你的故事长大的。"

"加油，活下去，你还要找到你的师尊，和她幸福地生活在一起呢。"

"都已经坚持了这么久，再坚持一会儿，就挺过去了。"

"虽然有些讨厌你，但还是加油吧，岑千山。"

"别死了，让我们看一看魔修第一人的实力。"

隐蔽在四面八方的无数人，默默在心底发出这样那样的声音。

战斗中的岑千山并不知道孤独了半生的自己被这么多人惦念着。

站在他此刻的位置，深深体会到来自天道对自己的恶意。滚滚天雷，连绵无尽，誓要将他这样逆天而行之人碾为尘埃，焚为灰烬。

岑千山祭出自己百年来制作的万千法器，血红的阵盘，赤金的法盾，交替出现在他的身前。

千机所化的大黑天神，小丫变化的铁甲，和无数强大的傀儡，轮番上阵，挡下天空中的雷神之怒。

在岑千山挺立的身躯后，隐隐现出虚空幻境。虚空之中，六道天魔的法身现出，同那天雷相抗。

原来，这就是师尊当年所面对的一切。

她独自一人面对着这样恐怖的场面，到了最后的时刻，她的心里该是多么绝望。

即便如此，她还是将唯一陪在她身边的自己支到远处，让自己在尘埃落定，不可挽回之后，才匆匆赶来。

然而这样艰险的战斗，似乎无穷无尽没有尽头，灵力快要耗尽，他的耳边嗡嗡直响，久站的双腿都开始微微颤抖。

他已经不知道自己在这样高强度的战斗下坚持了多久，此刻他耳边听不清任何声音，眼皮沉重得快要睁不开，世界只剩下那成片不断闪烁的紫电。

在逍遥峰的顶上，坐在师尊面前的穆雪突然心底某处莫名刺痛了一下。

她转头向窗外望去，九连山上正值春盛，芳草鲜美，柳重烟深，气候温暖湿润，已经不是那个飘着雪、冰冰冷冷的浮罔城。

"小雪，小雪？发什么愣呢？"师尊苏行庭的声音把她拉了回来。

此刻的高堂上坐着掌门丹阳子、师尊苏行庭、师叔丁慧柔，他们正在商量关于穆雪结丹之事。

"你这孩子，掌门在这里，怎么还敢走神？"面色严肃的丁慧柔责怪了一句，"是不是心里害怕？到了那个时候，我和你师父会亲自为你护法，保你万无一失便是。"

掌门捻着胡须笑吟吟道："你这个年纪就结丹，真是令我们惊喜万分，我们归源宗还不曾出过这样年轻的金丹期修士。你莫要担心，离你结丹尚有数日时间，若有不明之处，再细细问你师尊。"

苏行庭合起折扇，将穆雪拉到身边，温言交代："为师已为你择一禁地，布好金帐护身阵。金丹天劫虽厉害，但也不必害怕。"

这些师长似乎比自己还更为紧张，看着他们为了自己结个丹，百般筹措，穆雪心中升起一股温暖到家的感觉。

但穆雪对金丹期的天劫并不过于畏惧。

一来，她已经渡过一次，有所体验；二来，这些年性命双修，观心得道，自觉道心稳固，没有明显的动摇缺憾之处。

只是浮罔城一行，勾起了前世今生种种回忆，想起多时不曾回家乡探望父母兄长，便禀明掌门和师尊，想在结丹前回家乡一趟。

她驾着映天云，来回用不上多少时间。苏行庭点点头，让她自去了。

穆雪高高兴兴地和师尊们辞别。她一出门，刚刚还一脸刻板严肃的丁慧柔垮下来，咬住了手绢："这孩子，连这个规矩都懂。她心里肯定是怕得很吧。"

仙灵界有着一个不成文的习俗，结丹是一件十分危险之事，一个不慎，便身死道消，故而，大部分修士在渡劫之前，都会特意和家人、好友会个面，留几句话语，以防再无相见之时。

穆雪年纪虽小，也知道渡劫之前去见家人一面，让丁慧柔心疼万分："她才十几岁，刚刚成年，到底在魔灵界都经历了些什么啊，怎么回来就到达临界点了呢。早知如此，当初就不教她那么多，宁可她走慢一点，今日也不至于如此不放心。"

苏行庭叹息一声："我也是，宁可她慢一点，稳妥一些。可是这孩子天赋自小就高，机缘又是绝佳，只能说是她的缘分。"

九连山下，平原万里，孤月高悬。

一朵映天云月下惊飞，下仙山入凡尘，云上红衣烈烈。

坐在映天云中，向家乡飞去的穆雪总觉得心中十分不安。

怎么回事？她摸了摸自己的胸口，回家本来是十分高兴的事，为什么会觉得这样不安？修行之人窥天道之机密，灵感被触动时很可能发生了什么与自己息息相关的大事。

不会是小山出了什么事吧？穆雪抬头看着天空。

万里晴空之中，唯有孤月一轮，繁星数点。岑千山此刻在干些什么，在他那里是否也看得见这样的星月。

雷云之下的岑千山已几乎到了灵力枯竭的地步。千机和小丫的自我修复速度都已经跟不上来。法宝一路上可能也消耗得差不多了。他已然到了山穷水尽、灵力耗尽的程度。

在这个时候，即便是他，内心不禁也产生了一丝动摇。

自己当初是不是不该留下那道彩门？

如果在这里死了，就没有办法把这至关重要的法器还给师尊了。

不，没有如果。

我答应过她，要变得更强。

他伸手抹去了脸上的血迹，割破手腕，血空书符。

绝不死在这样的时刻。绝不能输在这里。

百年的等待，这般艰难地和她重逢，如此不易才得到她的眷顾。

还有那么多美好的事想和她一起做。

是的，自己就是贪婪。

贪念着她细细密密的吻，贪念着她柔软温热的手心，贪念着她带给自己的一切快乐。

从深渊中爬出，品尝到了这样的甜和美好，不肯放手，也不能放手。

不论是什么，也无法撼动他这颗执着着固守了百年的心。

雷声终于渐渐远去，乌云舒卷开来，天光从云间洒落，照在几乎被夷平了的大地上，洒在那历经万千雷劫依旧不曾垮下的肩头。

那人浑身是血，沐浴在天光中，抬头看着出现在头顶的星穹。

仿佛有星星从苍穹中坠落，宛如飘雪一般。无数星辉从天飘飘荡荡而降，全部汇聚进了伫立在大地上的那个身影。

那人荧荧生辉，耀眼夺目。

那人历劫重生，脱胎换骨。

三花聚顶，群阴剥尽。

纯阳无漏，圣胎初成。

"真的……结婴了。"远处的山头，有人慢慢站起身来，轻声赞叹。

有些地方，甚至响起了稀稀落落的掌声。

"怎么办啊，我为什么这么感动，好想为他鼓掌。"

"没错，我也想为他鼓掌。"

"是的，他好棒！多少年了，终于看到有人成功渡劫，即便我们是魔修，也终于看到了那一丝希望。"

"哼，岑千山能做到，我也能做到，我不可能输给一个男人。"

第九卷

喜双行

送君入罗帷

第八十八章 血脉至亲

岑千山成功渡劫，迅速成为浮罔城内街头巷尾最热闹的话题。

不仅是那些束于困局、进退两难的金丹期大佬看到了希望，便是普通低阶修士乃至凡人，也都因城中出了整个魔灵界都十分罕见的元婴修士而感到兴奋。

酒肆茶馆中，几乎所有人都在热络地谈论着此事。书铺之内，关于岑千山生平事迹的各种书卷被抢购一空。

就连街边摆摊的商贩，都一排排地摆出录制了岑千山渡劫时影像的明灯海蜃台。

一群孩子蹲在摊位前，当看见全景仿真的紫电从天而降的时候，齐齐发出吃惊的呼喊声。

茶馆内的说书先生看着台下座无虚席的听众，感到兴奋异常，越发地卖弄起看家本领，口角波俏，抑扬顿挫，将那近期最为热门的岑千山情史故事描说得活色生香，入筋入骨，引来台下听众阵阵喝彩声。

台上正说到妙处，台下哄堂而笑，便有人喊道：

"不可能，这胡诌得也过了。昨日尔等不曾到那雷劫现场，别说是区区穆大家，就是铁大家、金大家，都抵不过他半根指头。以岑大家的雄姿，我不信他在心上人面前，能如此温和。"

当下立刻有人反驳："你看到的是如今，当年的岑大家可还鲜嫩着呢，自然是什么都有可能发生。先生莫要理他，我就好听这一口，速速紧着往下说。"

从茶馆后门出来，说书先生领着自己的小徒弟走在回家的路上。他平日休息写作的小家，就在这茶楼后的巷子里。

托岑大家的福，今日有了怀里这些银钱，晚上可以和小徒弟稍微吃一顿好的了，说书先生边走边高兴地想着。

岂料到了巷子口，一个交错双手，靠墙等待的身影把他吓了一大跳。他下意识地就想要拔腿逃跑，在反应过来自己不可能跑得掉之后，才硬着头皮，慢吞吞靠近那位正被全城热议着的男人。

说书先生和他的小徒弟战战兢兢站在自己狭小的屋子中，看着那位跟着他们莫名进入这间小屋子里的大人物。

岑千山站在靠窗唯一的桌子边，不紧不慢地翻阅着一卷最新话本的手稿，半晌不说话。

"岑……岑大家，"说书先生结结巴巴道，"这最新的话本都是按您的意思写的。我将那些不相干的男人全写得凄惨无比，穆大家从今以后就只一心一意对您好。"

岑千山轻轻嗯了一声，只是那薄唇勾起的一丝幅度，让可怜的说书先生松了口气，略微放下心来。

说书先生细细揣摩他的神色，见他确实没有生气，终于鼓起勇气说道："岑大家，说实话，我写你们二人的故事写了这么些年，虽是拙作，但我心里真心比这浮罔城内任何一个人，都期待看见这故事的结局。

"听说您顺利结婴了，连结婴都能成功，你一定也有能和穆大家再续前缘的一日。我们都等着看呢。"他搓着手，指望起岑大家亲口给他透露出一言半语，好让他有着最真实的素材。

岑千山顿住了翻书的手，微微侧过脸："我来找你，便是有一事想要和你请教。我想你写了那么多书，想必……对这方面经验丰富。"

如果不是屋中的光线太暗，那一瞬间，那位说书先生甚至以为岑大家的脸红了。

"什么？"等他听完岑千山所有的话语之后，一下就扑到桌子前，"你的意思是，你已经和穆大家重聚了？"

对一手情节的热切渴望，让他暂时忘记了对岑大魔头的恐惧感。他甚至还敢拿起纸笔，蘸了墨，指望着必要时候，能记上一笔。

"这事你找我就对了，我这专注话本数十年了，一定能找到你想要的东西。"

岑千山："你，真的能帮上我的忙？"

"当然，当然，我可是专业的。"说书先生激动地拍胸口保证，"别的不敢说，男女之间那点事，你问我就对了。但不知您想要什么样的？您请坐，坐一会儿，请别嫌弃，徒弟快去倒杯水来。"

岑千山犹豫片刻，自觉难以启齿，终究还是吞吞吐吐地说了："我就要去见她了，还有她的家人长辈。但我没什么经验，只想让她更高兴一些。"

"有有有。我各地迎亲嫁娶礼仪的书籍，甚至明灯海蜃台都有。"说书先生一时间兴奋过度，拼命往桌上搬东西，凑近他小声说，"这些，都是让女孩子高兴的。"

这一次，躲在说书先生背后的小徒弟是真的看见岑大家俊美的面容上飞起一层霞色。

但他依旧出手，将师父摆在桌面上的所有东西，扫进了自己的储物袋，并在桌面上留下了一把价值不菲的灵石。

小徒弟敏锐地感觉到，这位传说中强大无双的男人，其实有着一颗纤细而温柔的心。

此刻的他坐在自己家昏暗的屋子中，透窗而来的天光笼罩着他整个身躯，使得那张俊美的面容透着一点幸福的柔软，和从前见到的那个偏执狠戾的男人，完全是判若两人。

小徒弟看得呆住了，想起这个男人为了自己心尖上的女孩，孤独而寂寞地拼命努力了上百年。如今终于得偿所愿，开始一心一意想给心上人更多的幸福快乐。从小听着他们故事长大的小徒弟不由得发自内心为他感到高兴。

仙灵界之内。

农田的田埂边的一个孩子指着天空飘过的一朵白云。

"看，是仙人。"

在田地中劳作的父母抬头看去，只见一位红衣女子踏云而来，越过碧绿的田野，向着远处的张家镇飞去。

"哎呀，是张家的那位女神仙，"那孩子的父母双手合十，朝着流云远去的方向拜拜，"孩子，快拜拜，让神仙保佑你。"

张家的院子如今是整个镇子里最气派的一座住宅。自从十年前张家的一个女儿在上元节接了仙缘，被引入仙山，张家的日子便发生了翻天覆地的变化。

幸得家里的主人本性敦厚，不好过度张扬，这才刹住了那些无止境的宴请和馈赠。他们也不愿搬去生活更为舒适的城镇，只还在故土中安家。

因为农户出身，那本来十分雅致的大宅院，被养上了鸡鸭，开垦了菜园。除了晚辈的孩子们被送入私塾读书之外，一家人依旧和从前一般本本分分度日。

正从厨房出来的张家长媳，猛然看见一红衣少女踩着云落进院子里，唬得把手中的碟子都洒了："哎呀，我的娘呀，这……这是姑姑回家来了。"

围着围裙在院子中喂鸡的张母听见呼声，把手里的簸箕一丢，在围裙上擦了擦，奔将过来，一把就将穆雪搂进了怀中。

她的双手因早年的操劳而粗糙，身材矮小干瘦，满面皱纹，身上也没有十分干净清香。但这个世界上大概只有这个怀抱，会不论在什么时候，都这样不管不顾地冲上来抱住自己，会让穆雪觉得这样理所当然，心安理得。

如今的穆雪，心里不再有幼年时期对这个世界的疏离感。

对她来说，这位对自己有着生养之恩，同自己血脉相连的凡人女子，已经是她真正意义上的母亲。

她赋予了自己全新的生命，给了自己弥足珍贵的一段童年时光。

"母亲，我回家来看看你们。"穆雪蹲下身，柔软地任凭母亲将自己搂在怀中。

张家做了神仙的闺女回家来探亲的消息，迅速传遍了十里八乡。一时间大门外挤满了探头探脑前来偷看的邻居。甚至连附近的大树上，都爬上了想要一窥神仙真容的皮孩子们。

可惜那位做了神仙的闺女喜静不喜打扰，外人一律不见，只关起门见见自家亲眷。

在张宅大堂内，穆雪的两位新嫂子和出嫁了的大姐张大丫，全都一身正装，带着点紧张和兴奋，将各自的孩子引到穆雪身前。

孩子之中大的和穆雪当年离开家的年纪相近，小的还抱在手中牙牙学语。

穆雪在两位嫂子和姐姐期待的目光中，依照传说中的习俗，伸手在每个孩子头顶摸了摸。

仙人抚我顶，结发授长生。

实际这不过是一种寄托着美好愿望的风俗罢了，便是穆雪这些修行之人，尚且做不到长生久视，与太虚同岁，何况只是被他们摸一摸头顶的孩子呢。

看着这些孩子在院子中嬉闹游戏，眉眼间透着自己和兄姐们年幼时的模样，穆雪似乎看见了自己童年时被哥哥和姐姐们争相抱着，在家里的院子中奔跑的情形。

在这样的时刻，她突然想起那位长居在虚空中的天魔。那人高高在上，蔑视着人间一切脆弱的生命。

但此刻看着眼前这些凡人的后代，穆雪突然心中有所领悟，身为人类虽然个体脆弱且寿命短暂，但整个种族的血脉却有着一种强大的生命力在使之不断延续。

而天魔那样的强者，一旦毁灭，便是永远在世间消亡，若是从更高一些的角度看下来，谁更可悲也很难说。

穆雪来到自家的菜园子。

兄长张大柱正在那里忙着采摘架子上的几根黄瓜。顶花带刺的黄瓜现摘下来，和一些新摘的红色番茄一起摆在竹篮子里，放在井水中洗过，鲜嫩嫩地惹人喜爱。

"小雪怎么到这里来了，仔细地里的泥脏了你的裙子。"大柱看见了她，转头就笑了，"我很快就回去了。"

大柱如今娶了妻子生了娃娃，却依稀还有当年少年时的模样，笑起来的时候露出一口整齐的白牙："我想着啊，你难得回来，别的东西估计也不稀罕，倒是要让你尝一尝自己家现摘的菜才是好的。"

穆雪就坐在田埂上，拿起一个洗好的番茄，放在口中咬了一大口，酸甜可口的果肉，覆盖了她的舌尖，新鲜的红色汁水，顺着指缝流了下去。

"原来神仙姑姑也吃东西的。"

"原来姑姑和我们一样，吃番茄也会弄脏手的。"

几个偷偷跟来的孩子，躲在栅栏后面嘀嘀咕咕，看见穆雪转过头来，飞快地互相拉扯着跑远了。

是的呢，我和你们，本质上并没有什么不同。穆雪在心里想。

张大柱提起装满蔬菜的竹筐，和穆雪一前一后往家里走。

他走在田埂的边缘，时不时回头看身后已经被奉为仙人的妹妹一眼，总担心妹妹像是从前一般，一不小心就在土路上摔个跟头。

"明年上元节，城里又会举行三年一度的接仙缘大会，"张大柱转头问道，"咱家这几个孩子，你都看过了，有没有……和你像的娃娃？"

穆雪摇摇头，家中的晚辈中，并没有修行天赋突出的孩子，想来是接不到仙缘的。

张大柱长吁一口气，拍拍胸口："没有倒也好。虽然阿雪你当了仙人是一件天大的好事，但你不知道，那一年我抱着你去城里，回来手里却空落落的，心里不知道有多难过。我在路上几次差点犯傻，想转回头去，把你给带回家。"

穆雪便笑了，好像六岁那年一样，跟在兄长身后，慢慢踩在田埂上，向着家的方向走去。

归源宗内，萧长歌正在培植栩目蝶的花田内巡视花苗生长情况。

"今年栩目蝶养得好，翻过年去，上元节的金蝶问道，想必能为宗门招收不少优秀的新弟子。"萧长歌这样说道。

同行的师弟们恭维他："再怎么多的蝴蝶，只怕也很难和师兄当年的心境相提并论。"

萧长歌抬头看向辽阔的天边，想起在魔灵界途中的所见所闻，摇头笑道："你们没出过山门，看到你师兄我们几人就觉得厉害，实则外面的世界中卧虎藏龙，当真有无数惊才绝艳之人。我等这般实算不上什么，该当全力以赴，更进一步才是。"

碧游峰上，丁兰兰、林尹和几个师姐妹正挤在一处玩耍。

"以前，只在我们自己山头，总觉得自己也算是一个还不错的人物了。"林尹说道，"到了魔灵界一看，真的比那些天天在刀口喋血的魔修差个太远。"

丁兰兰正在摆弄着一个师妹从山下集市上买回来的傀儡，听到林尹这样说，连连点头："我连欢喜城都没出，就差点死在了魔修手中。幸好碰到了岑大家，捞了我一把，才能完完好好地回来见你们。"

"岑大家，就是那位多情山吗？你们真的遇到他了？他怎么样？和海蜃台中的样子一模一样吗？"

"不止呢，比海蜃台里的看起来还英俊一些，而且温柔又守礼，心怀仁义，和传说中的一点都不像。"丁兰兰说着话的时候，突然皱起了眉头，"这个傀儡哪儿来的？"

她的手中是一个普通生铁制造的铁皮人，僵硬的四肢，粗糙的加工，却和普通傀儡的死板呆滞不同，有着十分灵活的神态和举止，对它们做任何举动，都会迅速有着相应的反应。

就在丁兰兰想要抓住它拆开胸腔的时候，那个笨拙的小傀儡发出了尖锐的呼叫声，咬了她一口，从她手中逃跑了。

丁兰兰愣了愣，心中一跳总觉得哪里不对劲。

"这个啊？也不知道是谁捣鼓出来的，比普通傀儡聪明好用很多。"那位拥有傀儡的师妹不以为意地说道，"奇怪的是这样复杂高端的工艺，价格还不贵，十分亲民。最近凡间很流行，许多人都买了一个。"

浮冈城中所见的诡异黑门和那些献祭天魔的祭坛，一起在丁兰兰和林尹脑海中浮现。两人相互看了一眼，突然齐齐出手擒住那只傀儡，打开它的胸腔，正好看见布在心脏附近那道熟悉而诡异的法阵。

清净峰的演武场上，一条红龙腾空而起，灼灼烈焰铺天盖地，热浪滚滚覆满山头。

　　冲天烈焰之中，现出一个巨大的法像金身，那法像伸出巨大的金色手掌，抓住火龙，在烈火之中与之缠斗在一起。

　　修为尚低的弟子们承受不住这样漫山遍野的腾腾热浪，不得不远远避开。

　　"为什么铁柱峰的程宴最近总过来啊？"

　　"从前我们峰有一个卓玉是修行狂魔也就罢了，如今加上程宴，整日的烈焰浓金，搞得演武场烟熏火烤，实在是受不了。"

　　"似乎玄丹峰的萧长歌和碧游峰的丁兰兰近日也常来。卓玉那个怪人的人缘什么时候变得这般好了。"

　　"这几位本就是天才，去了一趟魔灵界回来反而越发勤奋，还能不能给我们这些普通人留一点机会啊？"

　　"算了，别光看着了，另找一处演武场吧。资质不如别人，如果连勤奋也比不上，更是没希望了。"

　　演武场内程宴收了法身，跳出战场，弯腰喘息，连连摆手："停停停，休息一下。卓玉你今天是怎么了，受了啥刺激，这样拼命？"

对面的卓玉收回火龙，站在一地烈焰之中低声说道：

"张小雪她，快要结丹了。"

"什么？"程宴诧异地抬起头，"张小雪，她才多少岁？就要结丹了？"

"她比我还小两岁。"

"当初在擂台上，就知道她很厉害。"程宴有些愣愣地说，"想不到如今，人家一脚迈入和我们彻底不同的大境界里去了。看来我们真的要被她甩下了。"

"被甩下的是你，请把'们'字去了。"卓玉双臂燃起熊熊烈火，"我很快就会跟上她的脚步。"

"你这个人也太不会说话了，我不过是谦虚一下，你还以为我真的不如你？"程宴直起身躯，肌肤上重新覆盖起一层金属光泽，"来，咱们再比一场！"

逍遥峰的议事厅内，掌门丹阳子正和几位金丹期修士商议门中事务，从这里的窗户看出去，正可以看见演武场上金身战火龙，好不热闹。

"年轻的弟子们还真是精力旺盛，看来魔灵界一行对他们都大有补益。"

"这一次通魔御行阵的收获颇丰，换回了不少珍贵的材料，前去的弟子也都平安归来。当真是可喜可贺。"

"几个月后的金蝶问道，又将有一批资质优秀的弟子入山门。门派眼见着是越来越兴旺了啊。"

几位金丹期的前辈面带微笑议论纷纷。

苏行庭翻阅着娄学林从魔灵界带回来的几份简报，简报之内刻录了魔灵界近期发生的要闻趣事。在最新的一份简报上，着重记录了浮罔城内有人私底下献祭天魔，获取了将活人魂魄凝练进傀儡的秘术，引发一连串儿童谋害案的残酷事件。

"此事小雪回来后提过。"苏行庭将简报递给掌门丹阳子，"他们几人机缘巧合，还参与了其中，见到了欢喜殿的那位……天魔。"

丹阳子久久凝视简报上的"天魔"二字，花白的眉头深深紧皱在一起。

"也多亏了浮罔城那些魔修战斗意识强大，反应迅速，才能这样及时找到并摧毁所有祭坛，打断了天魔的降临。"苏行庭摇头叹息，"若此事放在我们这儿，可没那么容易解决。"

他把玩着手中的卵中天地："我仙灵界已安逸繁华了数百年，近几年我心中一直隐隐不安，总是担心天地浩劫随时降临。"

丹阳子抚须轻叹："天之道，损有余而补不足。我等修士夺取天地灵气，追寻长生久视，本就是与天争命。天道降下浩劫，域外天魔为祸人间，实乃天道制约平衡的一种方式。我等也唯有逆流前行，不可畏惧。"

就在此时，碧游峰主丁慧柔面色凝重地带着两名弟子匆匆而来，把一个拆解开的傀儡摆放在了桌面上。

"情况不太妙。"丁慧柔对在场的所有人说，随后示意跟在身后的丁兰兰和林尹上前，"你们将刚刚和我说的话，再说一遍。"

丁兰兰走上前，在各位师长面前将在魔灵界发生的一切，简要说了一遍。

听了丁兰兰的一番叙述，丹阳子一下站起了身，发白的胡须在风中抖动，紧绷着面孔查看了傀儡身躯中的那个法阵，随后抬头看向丁兰兰和林尹：

"当真如你们二人所言？"

丁林二人同时点头，齐声道："回禀掌门，这些都是弟子们亲眼所见之事，绝不会搞错。"

丹阳子又看向丁慧柔，丁慧柔沉着面孔点头道："我查看过了，确实是一种未曾见过，和灵魂有关的法阵，里面束缚了一个生魂。"

"生魂？将活人的灵魂禁锢在这样的傀儡之中？"

围观的金丹期修士们倒吸一口凉气，激烈地议论开来。

"如此卑劣恶毒之事，进行了这么多日，为何没有任何人发现端倪？"

"唉，咱们这里和魔灵界不同。凡间城镇众多，人口数量何止亿万。少上个把凡人，很难惊动到我们这里。"

"现在如何是好？迅速联系各大门派，速速找到那些祭坛，防止天魔降临才对。"

"这种类型的傀儡如今在市面上已流传多时，物美价廉，售卖的人很多。便是凡人的城镇之中，都有出现，难以抓到所有根源。"

"天魔，天魔！恐怕，真的已经太晚了。"丹阳子闭上双眼，长叹一声，在椅子上颓然坐下，整个人似乎都变得苍老了许多。

但再次睁眼的时候，他又恢复了往日精神矍铄，让人信赖的模样。

"传我掌门令，迅速组织人手，寻傀儡的来源，尽可能破坏推倒祭坛。联络通知其他门派掌门真人告知此事。

"同时，准备启动我们九连山脉的护山大阵。"坚强而可靠的一门之掌，大声下达了守护门派的命令。

魔灵界浮罔城内。

收拾好一切的岑千山站在庭院内，祭出了一道五彩斑斓的彩玉门楼。

他看着眼前门内的华光，想到马上就要见到师尊，心跳便开始慢慢加快，胸口被那种兴奋和期待填得满满的，带着一点过度幸福的微微刺痛感。

如今的世界，对他来说，是这样地真实生动而多彩。喜悦和疼痛，欢欣和寂寞，不再像曾经那般麻木灰暗。在他的黄庭之中蜷缩着一位小小的婴儿，那小小的圣胎于桃花树下睁开双目，感知到广阔天地中的一切。

高空中一片飘落的雪花，厚土下蚁穴中一只爬行的蚂蚁，极远之处瓦砾下一个拾荒的孩子，肩头千机体内转动的轴承，所有的一切，无不清晰地在他的感知范围内。

世间的种种，都显得生机勃勃，令人心中喜悦。

岑千山抬起脚，心中想着穆雪的模样，向着那道彩门跨去。

仙灵界内。

穆雪辞别了家人，准备回归师门。

艳阳当空，洁白的映天云在一碧如洗的蓝天中划过。

头顶着浩瀚苍穹，脚下是连绵不绝的青山绿草，万物生机勃勃，一切都这样美好而动人。

几只灵巧的麋鹿伴着云影在绿野中奔逃，一只白额猛虎自林中追出，扑倒了那只落后的麋鹿。

凶恶的野兽毫不容情地咬住它柔软的脖颈，将那无力反抗的弱小生命压倒在自己的钢牙利爪之下。

虎口下抽搐挣扎的麋鹿发出一声悲鸣，那双湿漉漉的眼睛绝望地看着天空中的穆雪。

炙热而赤红的鲜血从它的脖颈中流出，染在绿茵之上。

一个鲜活的生命就这样在穆雪的眼前展示了自己的奔放、死亡和传递。

站在云端这样的高处，穆雪不会插手丛林间弱肉强食的法则。

但若是自己身在其中，身为这样的弱者呢？

或许到了那样的时刻，自己就会有着完全不同的想法。即便是违背天地法则，也会想要尽力与天道争一争，会在力所能及之处，全力伸手护住身边可爱可亲之人。

人性往往是一种理智和冲动的结合体，是世间最为复杂之物。

修行不仅是静坐观想，面壁苦修，更是在这样真实的岁月生活之中，沉淀出